光文社文庫

文庫書下ろし

後宮女官の事件簿㈡

月の章

藍川竜樹

光　文　社

この作品は光文社文庫のために書下ろされました。

目次

登場人物

魏蛍雪（ぎけいせつ）　代々刑部の高官を務める名門・魏家の娘。訳あって後宮入りし宮正女官に。

趙燕子（ちょうえんし）　女性武官に扮した凱（がい）国の皇帝。蛍雪の護衛という名目で後宮入り。捕り物好き。

崙々（ろんろん）　ふかふかの茶毛につぶらな瞳。目にすれば誰もがなで回したくなる宮正犬。

砡霜月（ぎょくそうげつ）　宦官。まだ若いが後宮では珍しい腕のいい医師。人望も厚い。

後宮、それはあまたの美姫がただ一つの寵を欲する、皇帝の閨房。男の代が替わるごと、新たに召された女たちが互いの命を啜り合う、壺中の檻。終わりのないねっとりとした闇に囚われ、おしつぶされるのは妃嬪だけではない。
ここでしかありえないとくべつな〈つながり〉が生まれ、そして……。

事件が、起こる。

第一話　恋呪い

「この馬鹿者がああ、なにがどうしてこうなったっ」

祖父の魏琮厳が、顔を真っ赤にして怒鳴っている。

「後宮に巣くった病巣も取り除けた。それがなぜそなたのお世話役継続ということになっているっ」

そなた、なにかしたのではなかろうな、と言われたが、濡れ衣だ。陛下の一時のお気まぐれ、お忍びも終了となるはずだ。

（私ごとき一女官が畏れ多くも主上の御意向を左右できるわけないでしょう）

なにがどうしてこうなった、それは自分のほうこそ問いたい。

外朝の祖父のもとまで呼出された魏蛍雪は、黙って顔を伏せたまま祖父の怒りが通り過ぎるのを待つ。反論はしない。彼の真意がどうであれ、こうなったのは事実だ。

なにより、祖父が言うとおり、これはあくまで皇帝の気まぐれ。一時のことに過ぎないのだから。

夏も終わった、とある秋の午後のことである――。

宮殿の甍の上を、涼味をおびた風が吹き抜けていく。

凱国、後宮に属する女官、魏蛍雪がそのことを聞いたのは秋の初め。いつぶりかの澄みきった空にほっと一息をつき、それでいて過ぎた夏の名残りを寂しく思う、そんな昼下がりのことだった。

「後宮の女嬬の間で、お呪いが流行ってるんだって」

同じく後宮にて女官を務める紹杏が言ったのだ。

その日の蛍雪は捕り物中に負った傷も癒え、本格的な職務復帰を果たしたばかりだった。

朝から各種申し送りで忙しい。たまった書類の処理はできたが、中食を食べ損ねた。

少し休憩をとろうと宮正司付きの女嬬に湯を運ばせ、茶を淹れていたところだった。

紹杏と、これまた同僚である芳玉が、蛍雪の房子に顔を出したのだ。

「呪いといっても怪しげな呪とは違う、たわいもない恋のお呪いだけどね」

お茶菓子にと出した、たっぷり杏仁をのせて油で揚げた酥餅に目を輝かせながら、紹杏が続ける。

「花の汁で恋と書いたお守りとか、星を数えて願掛けした組紐とか。ただ、中に、それが欲しいって言った相手に金子を要求する悪質なのがあったらしくてさ」

「女嬬たちの間でけっこうもめたみたいなんです。それで乾坤宮(けんこんきゅう)から宮正司に立ち入り要請が来たのだとか」

潑剌(はつらつ)とした野育ちの紹杏とは違い、文人一族の出である芳玉が、しっとりとした響きをもつ声で、控えめにつけ加える。

乾坤宮とは、広い後宮内に多々ある妃嬪が住まう宮殿の一つだ。

そして宮正司とは後宮に住まう女たちの不正を糺(ただ)す、女のみで構成された組織のこと。

蛍雪は掌(しょう)の位をもつ女官吏として籍をおいている。

ちなみに掌とは宮正司の位順でいうと典正(てんせい)の下。定員は二名。蛍雪の他にもう一人、琴馨(きんけい)という掌がいて、実際に現場に出る女官たちをとりまとめている。

紹杏と芳玉、それにここにはいないが暁紅(ぎょうこう)、如意(にょい)といった女官たちが蛍雪の配下にあたる。

そんな蛍雪の傍(かたわ)らで偉そうに腕を組み、凛々しい眉をひそめているごつい男装の麗人は蛍雪の護衛を務める娘子兵(じょうしへい)の趙燕子(ちょうえんし)だ。

娘子兵とはその名の通り、武芸に秀でた女武官のこと。彼女は武官の登竜門、武挙(ぶきょ)にも受かった才媛だが、いかんせん地方暮らしが長く宮廷作法が間に合っていない。妃嬪の護衛に推挙したくとも粗相があっては困る。

なので遠縁であり、外朝で刑部令(けいぶれい)を務める蛍雪の祖父の口利きで蛍雪付き武官を務め、後宮のあれこれを学んでいる……ということになっている。が、それは表向きだ。

彼女は、いや、〈彼〉は実は女性ではない。

身をかがめた彼が、蛍雪の耳に低い、実に男らしい美声でささやいてくる。

「ちょっと待て。後宮は朕以外、男子禁制だろう？」

肌にあたった吐息に思わず蛍雪は身をふるわせる。驚いたからではない。畏れからだ。

〈朕〉と、この国ではただ一人しか口にできない一人称を使ったことでもわかるように、この人は髭を剃り、娘子兵に扮した皇帝陛下だ。本来、蛍雪ごとき女官が吐息を感じられるほど近くに侍れる人ではない。

そんな雲の上の御方がなぜ女装をして蛍雪の隣にいるのか。それには深いわけがある。

四年前に即位した今上帝はいまだ二十七と歳若ながらも任せるところは臣に任せられる、度量の広い皇帝として皆に慕われている。

そんな彼だが、一つだけ困った趣味がある。

捕り物好きなのだ。

今の世は太平だ。戦も起こらない。力とやる気を持て余した彼は、「獣を追う狩りにも飽きた」と、悪人相手の追跡劇に興味を示し、お忍びで城下に降りては刑部がおこなう裁きや捜査に首を突っ込んでいた。

お忍びといっても護衛は付く。その身分はわかる者にはわかる。

そんな相手に一挙手一投足を検分されてはたまらない。

仕事にならないと現場から泣きつかれた蛍雪の祖父、魏刑部令がちょうどその頃起きていた事件を解決するために言葉巧みに彼を後宮に隔離。ごつい体格を鎧でごまかし、身分を偽らせて、孫の蛍雪を〈お世話役〉に任命した、というのがここまでの事情だ。

紆余曲折あって、蛍雪と皇帝の二人はともに事件を捜査する相棒の間柄になっている。

ちなみに、女嬬とは後宮で清掃などの雑務をおこなう最下層の宮官のことだ。五年年季の婢扱いの少女たちで、たいていは十三、四歳で後宮に入ってくる。

「朕しか男がいない状態でなぜ恋呪いが流行るのだ？　女嬬とは内官ではなく、宮官。厳密に言えば朕の妻というわけではない。そんな年端もいかぬ、権門の出でもない娘たちが政治も絡む朕との縁を望むとは思えんが」

後宮の美姫三千とよくいうが、皇后を筆頭に四妃九嬪、婕妤、美人、才人といった内官と呼ばれる皇帝の妻妾と、後宮の実務をおこなう職業人である女官や女嬬など宮官の間には純然たる線引きがある。宮官は皇后の許可がない限り、皇帝の褥に侍ることはできない。

なので本来、彼が言うとおり、宮官の間で恋呪いが流行るわけがない。

が、恋に恋するお年頃の女嬬はとくべつだ。

「高い塀に囲まれ、外と隔絶された後宮は刺激にとぼしいですから」

女嬬は年齢的に子どもと大人の境にある。しかも地方の出が多いのだと説明する。

「まだまだ〈遊び〉が必要な、親元が恋しい娘たちです。それが突如、都の奢侈にあふれた後宮に入れられ、厳しい上役の叱責を受けるのです。鬱屈も溜まります。これが潤沢な年俸を持つ妃嬪なら贅沢な菓子に美しい衣にと気を紛らわせることもできますが、自身の年俸すら親に渡して入宮した貧しい家の出の娘はそうもいきません。華のない後宮暮らしを彩るために、自分にもできる楽しみを見つけるのです」

「つまり恋は娯楽の一つということか」

「はい。暮らしの中の息抜きというか、生きがいですね。別に対象が傍にいなくてもいいのです。記憶の中で美化された故郷の幼なじみや、遠目に見る護衛の備身、若く見目麗しい宦官に素敵な先輩と、なにかと憧れる相手を作りたがるのです」

ある意味、現実逃避めいた行為だが、皇帝の妻たる内官とは違い女嬬は年季が明ければ親元へ帰ることができる。

そうなれば元後宮勤めの娘との箔がつき、縁談相手に困らない。後宮に入ったからといって恋心を殺す必要はないのだ。後宮で恋呪いに手をだす娘たちは将来、嫁ぐ際の心の準備をしておきたいという心理もあるのだろう。

「なので恋呪いといえど、呪は呪、皇城内でおこなうのは本来、禁じられたことではありますが。ちょっとした願掛けと同じで、羽目を外さない程度なら楽しみも必要だと、ふだんは上役たちも見て見ぬふりをするのです」

それをわざわざ立ち入り要請をしてきたということは、よほどもめたのだろう。

紹杏がぽりぽりと気持ちのよい音を立てて酥餅をかじりながら言う。

「私もちょっと聞いただけだけどさ。どうしても欲しい呪いの紐飾りがあったらしいんだ。憧れの人と話ができる腕輪だったかな。で、けっこうな額を要求されて。払えないからって、朋輩の金子に手をつけた子がいたんだよ」

「他にも八枚葉の三叶草を見つければ願いが叶うと、探すのに夢中になって回廊の清掃をおろそかにしたり。恋呪いの流行は後宮全体のことですけど、とくに乾坤宮はひどいらしくて。それで女嬬たちをまとめる上役が、宮正が介入すれば皆、自分たちのお遊びが大事になったことに驚いて騒ぎもおさまるだろうと頼みにきたんです」

「だから立ち入りって言ってもなにかするわけじゃないんだ。こちらは宮正様でございって難しい顔をしていろいろ聞くだけでいいんだって」

「抑止力というものですね。脅し役扱いで複雑な心境ですけど」

「私らもすごいよね。顔出すだけで効果があるってんだから冥府の閻羅様も真っ青だよ」

紹杏は得意げに胸を張るが、芳玉の言うとおり、ていのいい〈脅し役〉だ。悪戯ばかりしている童子に親が、「いい子にしないと人さらいが来るよ」と言って叱るアレだ。

皇帝がぼそりと言った。

「……宮正はこんなことにまで使われているのか」

「後宮が平和でよかったですね、趙殿」

身内の罪を暴く恐ろしいところと後宮の女たちから嫌われ、遠巻きにされる宮正司だが、使い勝手よく扱われもする。持ち込まれる案件の八割はこういった小さなもめ事の仲裁だ。悪人と知恵比べがしたいと公務の合間を縫い、三日に一度、午後の二刻ばかり暇をつくって通ってくる皇帝には悪いが、そうそう彼好みの事件があるわけではない。

茶を飲み終わった紹杏と芳玉が、さて、いくか、と腰を上げる。

それを見て、皇帝が隣に座る蛍雪の脇腹を、ぐい、と肘で押した。

禁軍の鎧を身につけた皇帝の肘打ちは痛い。ぐえ、と思わず妙な声が出る。

「蛍雪様、どうかなさったんですか？」

「変な声が聞こえたけど、前の傷が治りきってないとか？」

紹杏と芳玉が心配そうな顔をする。蛍雪はあわてて「大丈夫」と返した。

「ごめんなさい、ちょっとお茶が喉の変なところに入っただけ。それより私も行っていい？　たまってた仕事も片付いたし、少し体を動かしたいの」

小さなもめ事とはいえ、事件は事件だ。

相棒の休みが長く、捜査に関われずにいた皇帝のいらだちがつのっている。さっきの肘鉄は「さっさと介入しろ」の合図だ。無視するとさらなる強い突きがくる。

「療養休みのせいで捜査の勘がにぶってるのよ。体のならしも終わったし、そろそろ現場に出て取り戻したいの。もちろんこれはあなたたちが受けた案件だから、後ろで見てるだけにするから。趙殿も一緒に行っていいよね？」

重ねて言うと、隣で皇帝が満足げにうなずいた。

口に出さぬのに、よくぞ朕の望みを察したと、褒めるような眼差しを向けてくる。

（……一応、相棒、ですから）

蛍雪も目線で返す。が、複雑だ。本音を言うと彼を現場には連れて行きたくない。

なにしろ、今回の出動目的は恋呪いの沈静化だ。

身分と性別を隠しているが、凜々しい体格と施した化粧のおかげでこの人は一部の娘たちの間で、〈麗しい、少し陰のある剣士のお姉様〉と憧れの対象になっている。

何度も言うが、外と隔絶された後宮は刺激に乏しい。

娯楽に飢えた女嬬たちが、同性とはいえ新顔の美形武官を見逃すわけがない。

（しかも趙殿は一度、この姿で乾坤宮に行ったことがあるもの。趙殿に憧れる子が一定数いるのは確かよね）

その中にこの人を投げ入れたらどうなるか。騒ぎがよけいに大きくなる気がする。

だが無視しても「連れて行け」と、皇帝が騒ぐのは目に見えている。そもそも彼が後宮で捜査に参加し、日頃の鬱屈を発散できなければ外朝の官吏に皺寄せが行く。そうなればまた祖父に呼出されて蛍雪が叱られる。

（……お世話役継続となった以上、連れて行くしかないか）

以心伝心になってしまった皇帝の要請ぶりに、着実にならされているなあと思いつつも、蛍雪は紹杏たちにむかって、お願い、と手を合わせた。


広い後宮内を縦断して、南にある乾坤宮に向かう。

高い塀で囲われた、やや縦長の四角の形をした後宮は東西南北に門がある。

南の正門が皇帝、皇后が使う最も格の高いもの。東は妃嬪たちの他、皇族や外朝の高官が後宮に用のあるときに用いる副門だ。北はその他の人間の出入りや物資の運び入れをおこなう通用門で、西は後宮で出た遺体などを運び出す不浄門となっている。

そのためか、煌（きら）びやかな妃嬪の住まう宮殿は東と南、宮正司など女官が使う殿舎や倉は北、汚物を処理する〈お花園〉や宦官たちの住まう建物は西に固まっている。

なので宮正司の詰め所、安西殿（あんせいでん）から乾坤宮に向かうと北から南へけっこうな距離がある。

蛍雪たちがお出かけの用意をしているのを見て、宮正司で飼っている宮正犬の崙々（ろんろん）が駆けてきた。尾をふり、見上げてくる。

「くうん……」

「ごめんね。今日は連れて行けないの」

ふかふかの茶毛につぶらな瞳という、目にすればなで回したくなる姿を持つ嵩々は、犬を飼えない他部署へ行けば自分がちやほやされると知っている。一緒に行きたいのだ。が、今回は先方に〈抑止力〉を求められての臨場だ。恐ろしい宮正女官の雰囲気を演出しなくてはならない。癒し系の嵩々は連れて行けない。

代わりに、厳(いか)つい鎧を着た皇帝が蛍雪の傍らについた。

安西殿を出て、後宮の長い塀に囲まれた路を行く。

とたんに、周囲の女たちの目が集まった。皇帝の存在に慣れた宮正司の面々とは違い、他部署の女たちは女孺と同じく刺激に飢えている。

（乾坤宮についてからの騒ぎが思いやられる……）

蛍雪は改めてため息をつくと、皇帝からさりげなく距離をとった。

が、そんな空気がわからないのか、追うように彼が身を寄せてくる。

「にしても若い娘たちの間では愛らしいものが流行るのだな。恋呪いか」

逞しい長身をかがめ、蛍雪の耳にささやく。

彼の正体を知るのは後宮では蛍雪だけだ。そのため彼はすぐこうして内緒話をしかけてくる。外見は女でも中身は男と知る蛍雪は近すぎる距離に居心地が悪い。女たちの妬心の目がきつくなった気がする。

「寵を得ようとぎらついた目を向けてくる妃嬪の相手は正直、気力がいるが。こういうのはいいな。女嬬たちの話を聞くのが楽しみになってきた。こう、自分の初々しい乙女時代を思い出して、胸が甘酸っぱくうずいてくるような」

「……しみじみ言っておられますが初々しい乙女時代とは、主上にいつそんな時代があったのですか」

小声でつっこむ。これは冗談。皇帝流のお茶目で、少しでも後宮の女たちに馴染もうという配慮だ。本気で言ってはいない。そう信じたい。が、安心しきれないところがあるのがこの人だ。

（化粧が取れるのも厭わず、遺体を引き上げるために池に飛び込んだことがあるからなあ……）

今回も行けば女嬬に混ざって恋呪いを試しそうで怖い。なにしろこの人は凝り性だ。変装術を究めるためにこの姿のときは心も女性に寄せようとする。

確かに女になりきったほうが女装のぼろは出ない。場所柄、捜査対象は女が多いし女心を理解したほうが役に立つ。そういう深い考えあっての行動と思うが蛍雪としては日を追うごとに後宮の水に馴染みまくっている彼にはらはらする。

（あなた様の正体がばれて害を被る筆頭は、お世話役をまかされた私ですからね？）

またなにかやらかしそうなので、しっかり釘を刺しておく。

「駄目ですよ。乙女心がうずいてもお呪いに手を出しては。女嬬たちのほうから誘ってきたとしても、主上では皆と性別も身の上も違います。同じ恋話などできません。必要以上に親しくして正体がばれたらどうします。私が祖父に叱られます」

「う。きついことを言う。朕は皇帝ぞ？　それになぜ琮厳が出てくる。朕がここでなにをしようとそなたが黙していればいいだけではないか」

「そのお姿のときは一護衛として扱え、敬語も無用と言われたのは主上です。そもそも目をつむるのは無理な相談ですから。主上がこちらにおられる間のことは一挙手一投足に至るまで、報告せよと祖父に言われていますし」

「報告しているのか！」

この人とつきあいだして早三月。ことあるごとに繰り返されるやりとりにも慣れた。遠慮なく、苦言を呈する。

「そもそも真剣にお呪いをしている子だっているんです。なのに好奇心から手をだすなんて恥ずべきことです。こっそり陰に回ってというのも駄目ですよ？　後宮におられる間は私が見張っておりますからね」

「ちっ」

「今、ちっ、っておっしゃいましたよね!?　本当にやったら駄目ですよ、やったら衛児(えいじ)様にも言いつけますからね！」

祖父だけでなく、後宮の外と内を結ぶ皇帝のお付き役、宦官の曹衛元の仮名も出す。

「……あやつの名は出すな、ああ見えて怒らせると怖いのだ」

皇帝が大きな体を小さくしているが、彼の正体は秘中の秘だ。それをしっかり自覚してほしい。皇帝の妻たる妃嬪が夫と秘密を共有する女がいると知れば何をするかわからない。

（妃嬪の皆様にばれたら私はもう後宮では生きていけないのですからね？ 任務だった、なんて言い訳は通用しない。ここを出ないと殺される。妃嬪の方々の妬心は女嬬の愛らしい憧れとは比べものにならない業の深さなんですからっ）

私事だが、蛍雪は訳ありだ。無事、後宮を出られても実家には戻れない。

それだけではない。蛍雪が〈お忍び中の皇帝陛下のお世話役〉というとくべつな役目につけたのは、刑部令の孫でありながら後宮の宮正司に身を置くという偶然があったからだ。

つまり、宮正女官を辞め、後宮を出ればもう皇帝との接点はない。

（前は女一人で生きていくために退官の歳まで女官を続けたい、それが望みだったけど）

今は一日でも長く、彼の〈お世話役〉女官でいたい。

一緒に捕り物に携わりたいと思うのだ。

「お忙しいところをこのような遠くまでご足労いただきましてありがとうございます」

乾坤宮に到着するとさっそく、出動要請をした年配の宮官が蛍雪たちを出迎えた。女嬬たちの上役だという女で、李姚と名乗る。

「皆様には女嬬がおこなう恋呪いについて問いただし、釘を刺していただきたいのです」

深々と頭を下げ、頼んでくる。

一刻も早く案件に関わりたい心を抑えきれなかったのだろう。皇帝が担当である紹杏や芳玉を差し置き、前へ出た。問いかける。

「なるほど。つまり娘たちにどんな呪いをしているかを問い、注意すればいいのだな？」

「は、はい。一人、調子が悪いと房でふせっている者がいますが、後は皆、あちらに集めましたので、よろしくお願いいたします」

なぜ、宮正司の女官ではなく護衛の娘子兵が、しかも女とは思えない野太い声で迫ってくるのか。顔を引きつらせながらもそこは年の功。気づかぬふりで流して李姚が言った。

「このような些事に宮正司の方々のお手をわずらわせるのもどうかと思ったのですが、私がいくら叱っても聞かないのです。その場では反省した顔をするのですが、少したつとまたくすくす笑いながら仕事をほっぽって恋呪いをやっていて」

この呪いはやっては駄目、と禁じても、次から次へと新手の呪いを編み出すそうだ。

「それでまた注意しても、『このお呪いは李姚様が禁じておられませんでしたもの』と、悪びれた様子もなくへりくつを申すのです。いたちごっこといいますか、ほとほと困り果て。このままでは宮殿の主である彭修媛様にも浮ついた様を気づかれてしまいます。そうなればどのようなお叱りを受けるか」

ため息をつく李烑の顔がやつれている。

おっとりとした話し方といい、この李烑という上役は下の者にきつく言えない性格らしい。それで若い盛りの女孀たちを統率するのは骨が折れるだろう。

「ですので最終手段に出ることにいたしました。どうか、よろしくお願いいたします」

きっぱり言い切る李烑の目がすわっている。

皇帝が気圧された顔をした。

「……宮正は最終手段扱いなのか」

「趙殿、そう言わずに。李烑殿も困っておられるのですから」

「そうそう、とにかく仕事をしようよ。趙殿も一緒にやるだろ？　趙殿だって私ら宮正女官の仲間なんだからさ」

「いいのか⁉　よ、よし、まずは朕、いや、私がやってみよう。人を叱りつけることなら慣れている」

頼まれた案件が重い犯罪に関わるものではないからか、紹杏と芳玉は出過ぎた真似をした皇帝を咎めない。それどころか仲間扱いをして彼の背を押している。新参者に仕事を教える先輩の風情だ。

蛍雪もあえて止めなかった。

紹杏たちには彼が関わることを許してもらえたようだし、叱り役をやるのであれば必要以上に女嬬と親しんでぼろを出すこともない。

張り切る皇帝を追って、蛍雪も李姚が示した裏方の院子に向かう。

そこには若い娘ばかりがずらりと三、四十人ほど並んでいた。

皆、妙に楽しそうだ。

これから叱られるとわかっているだろうに身を寄せ合い、くすくす笑っている。蛍雪は娘たちの幾人かが、おそろいの紐飾りを手首につけているのに目をやった。

(もしかして、あれもお呪い?)

さんざん叱って禁じてもこれか。李姚が苦労するわけだ。

そこへ皇帝が言い放った。

「おい、そこの者たち、少し話がある」

紹杏と芳玉の許しが出たからか、くいと顎をあげた堂々たる態度だ。もはや裏方に徹しようという気配はみじんもない。趙燕子として後宮に出入りするようになった初めの頃は、正体がばれるのはまずいと会話はすべてこちらに丸投げしていたのに。

げにすさまじきは慣れ。ここにいるのは皇帝の姿など拝したことのない下っ端ばかりだ。だからだろうが気を抜きすぎだ。せめて声だけでも潜めるよう言うべきか。

皇帝はもともと上背があり、体格的に宦官になりすますのが無理だった人だ。消去法で娘子兵に扮するしかなかったが、男であることを隠すために顔には化粧を施し、胸に詰め物をしたうえで首には手巾(しゅきん)を巻いてのどぼとけを隠している。外見だけならなかなかの女剣士ぶりだが、声までは変えられない。野太い、男の声だ。接触の多い宮正仲間には、「試合中、槍の石突で喉をつかれてつぶれた声しか出なくなった」との設定を披露しているが、それを知らない乾坤宮の女孀たちは硬直している。

「……まずい。男とばれたか」

「いえ、そういうわけでもなさそうですよ」

顔を引きつらせた皇帝に、大丈夫のようです、とささやき返す。

「彼女たちの様子を見るに、今まで想像することしかできなかった〈お姉様〉から漏れた生の声に驚いただけのようです。心配が杞憂で私もほっとしました」

なにしろここは後宮だ。男がいるとは思わない。

その先入観が皆の目をくもらせる。

「やだ、うわさには聞いていたけど、本当に殿方みたいなお声、素敵！」

「見て、あの逞しい肩！　慶徳(けいとく)宮の侍女の方を軽々と抱き上げたって納得よ。ねえねえ、あの方のお名前の字を教えて。頑張って覚える。私、次はあの方とのお呪いをしたいっ」

最初の驚きから覚めた女孀たちは、頬を赤く染め、目を輝かせながら皇帝を見ている。

それどころかあくまで低い声のお姉様だと誤解して、さらなる恋呪いの沼にはまる者が急増している。

（やはりこうなったか……）

蛍雪は頭を抱えた。これでは仕事にならない。

今回の案件は紹杏と芳玉の担当だ。後ろで見ているだけの約束だし、そろそろ皇帝を止めた方がいいだろう。にやにや笑ってなんでも面白がる紹杏と違い、芳玉が怒ると恐いのだ。黙ってこちらを見つめるだけだが、ふだんが楚々とした娘だけに迫力がある。

「あの、趙殿、ここは引いて……」

くださいと続けようとしたが遅かった。彼はすでに女嬬たちに囲まれ脱出不能になっている。

「お、おい、押すな、私はそなたらを呪いのことで叱りに来ただけであってだな……」

相手がいとけない少女たちでは強引に出ることもできない。溺れた者の風情だ。上背があるので胸より上は外から見えるが、他は女嬬たちの波に埋まっている。

「ち、趙殿!?」

蛍雪はあわてて救助を試みた。が、無理だ。恋する娘の熱気が幾重もの壁となり、弾かれて近づけない。

「蛍雪様、こうなっては手出しをしないほうが。二重遭難になります。また怪我をなさいますよ」

芳玉にも止められた。それに、と彼女が言う。

「あの子たちが趙殿に群がっていろいろ話してくれるなら好都合です。一方的におさえつけるのも芸がないですし、どんな呪いが流行っているか聞き出しておきたいですから」

「ほら、たわいのないお呪いと思ってる中に危険なものがあると困るだろ。知らずに禁制の呪を恋呪いに流用してることもあり得るしさ」

紹杏もおもしろがった顔をしながらも、同意する。

「後宮に呪詛はつきものだもん。いざ、訴えがあったとき、たわいのない恋呪いとそうでないものの区別をつける必要があるって、李典正様に言われてるんだ」

「そうなんです。これを機会に記録をとっておきなさい、と」

李典正とは、蛍雪たちの上役にあたる女官だ。自身が現場に出ることはないが、宮正司の詰め所である安西殿につめ、常に配下に目を配っている。

「飴と鞭だね。がつんと叱るのは最後にまとめてやるってことで」

「初めくらいは気持ちよく、憧れの君と話をさせてあげましょう」

芳玉と紹杏の二人が、女嬬の口を軽くするのは皇帝にまかせ、ちゃっかり持参した筆で聞き取ったことを書き留めている。こうなると皇帝を引っ張り出すわけにもいかない。

それに蛍雪自身も女嬬たちが話す内容が気になってきた。

「やっぱりこのお呪い、効くよね。まさか本当にあの方が来られるなんて」

「うん、話せちゃった。批林も来て自分の目で確かめたらよかったのに」

彼女たちは自分の手首に巻いた組紐にふれながら興奮気味に目を輝かせている。

もしやあれが話に聞いた、対価を要求されたというお呪いだろうか。そして批林というのは、一人、ふせってこの場にいないという女嬬のこと？

気になる。「後ろで見てるだけにする」と来る前に言ったが、黙って見ているだけというのも落ち着かない。

螢雪が一歩、踏み出しかけたときだった。

「ね、ねえ、何を言ってるの」

おとなしそうな娘が一人、おどおどした声で同僚たちの会話を止めた。

「お、お呪いは誰かに話したら効果がなくなるって言ったでしょ。それにこんなところで批林の名前を口にしないほうが。宮正の人たちに聞かれたらどうするの……」

螢雪がすでに聞き咎めていることに気づいていないのか、彼女は声を潜め、必死の形相で他の女嬬たちに訴えている。その様はふだん他の子たちに話しかけるのに慣れていないことがよくわかる。なのにわざわざ声をかけ、注意をしているのが気になった。

上役の李姚に聞いてみる。

「あの子は？」

「ああ、遥々（ようよう）ですか。山西州（さんせい）の山間の邑（むら）の出で、おとなしい子です。今回の呪いさわぎには関わっていないのですが同じ班ですから。一応、呼んだのです」

そして名の出た批林という娘は、旅芸人一座の出。遥々とは真逆の目端のきく性格で、てきぱき動く皆の人気者。女嬬たちの間に流行を作り出す先導役でもあるという。

「今回、ご相談することになった、金子を要求した娘というのが批林なんです。ですからこの場に呼びたかったのですけど、宮正の皆様が来ると聞いてさすがに動揺したのか、熱を出してしまって。後で私から注意いたしますので」

なんと騒ぎの元凶が来ていないのか。それは仮病ではとも思ったが、李烑の困り切った顔を見るとできるだけのことはしたのだろうと、それ以上は言えなくなる。

蛍雪は批林を連れてくるように言うのはあきらめ、代わりに遥々に声をかけてみる。

「あなたが遥々？　聞きたいことがあるのだけど」

すると彼女は真っ青になった。後ずさり、小さく叫ぶように言う。

「わ、私は恋呪いなんてしてないですっ、何も知らない、関係ないですからっ」

激しくふるえる肩と泳ぐ目は、後ろめたいことがあると告白しているも同然だ。

だが、この娘は腕にもどこにもお呪いらしいものはつけていない。他の娘たちはこれ見よがしに、仲間の証（あかし）のように身につけ、見せびらかしているのに。

朴訥（ぼくとつ）とした様子の娘だから、嘘もつき慣れていないのだろう。この娘が何を隠しているにせよ、恋呪いをしていないとの自己申告は確かだ。ここまで流行すると自分だけやらないというのは勇気がいる。恋する相手がいなくとも、うわべだけは他と合わせるはずだ。それが狭い女社会で生き抜くすべだし、このおどおどした娘は我が道を行くと孤高を保つだけの気力があるようには見えない。

（なのになぜ同僚の話を止めたの？　なぜそこまで怯えてる？）

気になる。自分が恋呪いをしていないなら、他の娘が宮正になにを話そうと平気のはずだ。金子を要求した批林と違い、遥々が叱られることはない。

さらに蛍雪が問いかけようとしたときだった。紹杏に袖を引かれた。止められる。

「蛍雪様、なにをそんなに顔をしかめてるの。怖いよ」

「え？　私、顔をしかめてた？」

蛍雪はあわてて自分の顔に手をやる。芳玉もよってきた。

「ほら、可哀そうに硬直してますよ、その子」

「そうそう、いくらこの子たちが若くて楽しそうだからってひがんじゃ駄目だよ」

いや、ひがんだわけではない。考え事をしていたら難しい顔になっていただけだ。が、紹杏と芳玉は聞いてくれない。立ちすくむ遥々に、「もう行っていいよ」と告げて、蛍雪に諭すように言う。

「これもおつとめなんですから。そんな険しい顔だと話す口も閉じてしまいますよ」

「そうそう、私たちは可愛い女嬬と恋呪いの話をするために来たんだから」

そう言われてはそれ以上、話せない。気になるがそれもまた若さに嫉妬したうえでの言いがかりと諭されては上役の立場がない。

そもそも蛍雪は「捜査の勘を取り戻す」「見てるだけ」という建前でついてきたのだ。

（……建前でなく、本当に療養中に勘が鈍ったかな）

紹杏たちが遥々を不審に思わないということは、そういうことかもしれない。

反省した蛍雪は、それからはおとなしく聞き役に徹した。

女嬬たちのほうはてっきりなにか言われると思っていたのが大丈夫だとわかった。それどころかもっと話せと水を向けられたのだ。肩の荷が下りた気分なのだろう。

相手が怖い宮正女官だということも忘れて口々に知っている呪いを教えてくれる。

「満月の夜に生えた釣り鐘型の茸を食べれば恋が叶うって聞いたわ。素敵でしょ」

「恋、恋、恋って三回書いた紙を燃やしてその炭を眉に塗って眠れば想い人の夢に出ることができるの。これ、本当よ。本当に夢に出られて想いが叶った子がいるんだから！」

賑やかに話す娘たちの目はきらきらと輝いて眩しい。

確かにこんな子たちに向かって難しい顔をしていては、ひがんでいるととられてもしかたがない。そう納得させるだけの力があった。

それは恋話とは無縁の野生児女官、紹杏も同じだったのだろう。あいかわらず聞いた呪いを書き付けながらだが、女嬬たちを微笑ましそうに見ている。

「お妃様たちの恋話は聞くのも嫌だけど、こういうのは楽しいね」

「妃嬪の方々の恋話はただの恨み言でしょう。あんなぎすぎすどろどろした話とこの子たちのきらきらを一緒にしないで、紹杏」

「あー、そっか。にしても趙殿の人気ってすごいな。蟻がびっしりたかった蟬の死骸みたい。どこかに引かれてかなきゃいいけど」

女嬬たちにたかられた皇帝はともかく、自分で言うのもなんだが女官の年齢層は高い。試験を重ねて出世していくわけだからどうしてもそうなる。だからだろうか、女嬬たちの若さが眩しい。自分が通り過ぎた遠い日の残光を見る気分だ。きらきらと、ただ眩しい。

蛍雪も、「確かにね」と紹杏たちに相づちをうった。

「この程度のことならただの願掛けと変わらないし。李桃殿の要請どおり、仕事をおろそかにしないように訓示するだけでいいか。恋呪いが本当に効くかも怪しいし」

「だよね。本当に想いが叶った子がいるっていうけど、それが偶然か否か。呪いに関係なく恋が成就したのか、呪いが効いてそうなったのか、そもそもどうやって判定するの」

「実際に効くお呪いは呪詛にも通じるわ。下手をすれば相手の心をねじ曲げるわけだから厭魅の罪に分類されて宮正の取り締まり対象になる。けど、それが呪か気休めのお呪いか、判別する方法はないですからね」

あくまで恋とは個人の心の動き。目に見えないから判定のしようもない。

「言われたとおり報告をあげて李典正様に後の判断はおまかせしましょう」

女嬬たちの言葉を記録していた芳玉が結論づけ、筆をおく。

紹杏も筆を片付けた。

これで甘い飴の時間は終わり。難しい顔をつくって、鞭の時間に入る。

仕事をおろそかにすると罰を科しに宮正が来訪するぞと情感豊かに脅して、半泣きになった女嬬たちの中から皇帝を引っ張り出し、乾坤宮を後にする。

「どう、私の演技力。あれだけ脅したらもう仕事も手を抜かないでしょ」

にこにこ紹杏は笑っているが、幸福の絶頂から一転、叱責地獄に落とされた女嬬たちには心に傷が残る出来事だっただろう。

実際、お灸がきいたようで、あれからは皆、仕事をさぼらなくなった、と、李姚から礼状と、季節の焼き栗の詰め合わせが盒いっぱいに届いた。

甘い、ほこほこの栗を食べながら報告書を上にあげ、皆が新たに起こった事件に目を向け、この一件を忘れかけたときだった。

それは起こった。

李姚から悲鳴のような文が届いたのだ。

乾坤宮の女嬬たちが不審な症状でふせっている、原因を究明してくれ、と。

後宮の片隅につくられた、医局付属の診療所の中は戦場だった。

大勢の少女たちが床几に寝かされ、うめいている。

上役の許可を得て駆けつけた蛍雪は、案内の宦官に問いかけた。

「……倒れたのは、乾坤宮の女嬬だけではなかったの？」

「慶徳宮や、翠玉宮や……後宮中です。幸いなことに命に別状がある者は今のところいません。ですがなにが原因かわからず、対症療法しかできていない状況です」

宮正女官たちがやってきたのを見て、案内の宦官に代わり、応対に出た医官が言う。

ほっそりとした、まだ二十歳くらいの青年だ。

この人なら蛍雪も知っている。信のおける相手だ。何度か検死にも協力してくれた彼は、やぶ揃いの後宮医官の中では唯一と言っていい、命を預けても大丈夫と思える腕のいい医師で、名は砡霜月という。

「下痢や嘔吐などの症状を出している娘がほとんどですが、これだけの数の娘たちが同時に、しかも各宮殿をまたいで倒れるなどただごとではありません。流行病も疑いましたが、人によって症状が違いすぎていて」

うろうろ、おろおろするだけの他の医官たちを代表して、彼が手早く説明する。

彼は子どもの頃に仕えていたお嬢様が入宮することになり、続けて仕えるために浄身したという、主想いの人だ。体を壊したお嬢様のために宦官として宮中に仕えながら医師の資格をとった、向上心ある人でもある。そんな彼だけに、後宮の女たちにも親身になってくれる。腕だけでなく仁の面でも頼りになる〈当たり〉の医師だ。その彼が原因がわからないというのでは、ことは深刻だ。

「食中毒も疑いましたが、同じ料理を食べても症状の出ていない娘も多くいます。つまりあたった食品を特定できないのです。原因がわからない状態で薬を服用させれば体内でなにが起こるかわかりません。様子を見ながら水を飲ませ、毒素を出すしか手段がなく参っています」

「それで、皆、ここに集めているのですか……」

各宮殿で出る病の女嬬の扱いはぞんざいだ。他に感染するものでなければ上役が房での休養を許可するだけで終わる。長引けば後宮から出されるか冷宮送りだ。

何しろ後宮の医官は腕がよくない。診せるのも無駄だと、上役は呼ぶ手間すら省く。そもそも薬を処方されても金子がかかる。払えないからと女嬬自身がよほど重篤な状態にならない限り、医師を呼ぶのは止めてくれと頼むのだ。同僚がくれた市井の呪いめいた万能薬や親が持たせてくれた〈おばあちゃんの知恵〉的な薬を飲んで、治るのを待つ。

が、今回は足腰の立たないほどの重篤な症状を示す者が同時に、しかも多数出た。

万が一、流行病ではまずいと青くなった上役たちが医局に使いをやって往診を頼み、事態を重く見た霜月が皆をここに収容することを提案したのだという。

「ここまで弱っている者を介護の手もない房に一人で寝かせておくわけにもいきません。かといって各宮殿に散らばる患者すべてに介護の手をつける余裕もありません。なので申し訳ないですがこちらにまとめさせていただきました」

霜月が言って、並んだ床几を見回す。

げっそりやつれて身をふるわせる娘たちは痛ましい。

「あ、あの子」

見覚えがある。床几に半身を起こし盥を引き寄せ吐いているのは、乾坤宮で目を輝かせて満月の夜に生える茸のお呪いを教えてくれた子だ。

「本当に薬の処方のしようがないのか？　何か、朕、いや、私にできることはないか」

三日に一度の後宮通いで安西殿に居合わせ、駆けつけた皇帝も言う。

「くそっ、療養開けで事件が起これればいいとは思っていたが、こんなものは望んでいないぞ」

ふだん側近たちによって厳重に病から隔離されている彼は、苦しむ患者を見るのは初めてなのだろう。息を飲み、傍にいる医官につめよっている。

蛍雪もじっとしてなどいられない。傍らにいた医官見習いの宦官の補助をおこない、吐物を盥に受けながら、思いつく限りの可能性を口にする。

原因を探るにしても何を探ればいいか、ある程度の指針がないと動けない。

「不特定多数、勤める宮もばらばら、なのに共通している症状の娘たちもいる、かといって流行病ではなさそうだ、というならやはり症状からして食中毒がもっとも疑わしいのでは。症状に個人差があるのは、特定の食べ物が体にあわない娘がいたということではありませんか」

「確かに他の者は平気でも人によって毒となるものはありますが、聞いても思い当たるものがないそうなんです」

霜月もまた、患者の処置をしながら顔をしかめる。

「心当たりはないと言うばかりで。今はそれどころではない者も多く、錯乱状態になったり、意識がもうろうとしている者までいます。とくに症状の重い数人は瞳孔も開いて、倦怠感から起き上がれない有様で」

「その症状だと、大麻叶泽兰（ヒヨドリバナ）の中毒でしょうか？　それとも金灯花（ヒガンバナ）？」

医師の娘である宮正女官、暁紅が「心得があります、手伝います」と申告して治療に参加しながら、中毒をおこしやすい〈食材〉をあげていく。

「どちらも通常、食事に混ざったりしないものですが、納入された菜に誤って紛れ込んでいた可能性はあります」

　幼い頃、鍛冶職人だった父について野山で育った野生児女官、紹杏も「あ、大麻叶泽兰なら私もあたったことがあるよ」と、傍らの女孺に水を飲ませながら自身の体験を話す。

「薬にもなるっていうから大丈夫だろうって蜜をなめたら吐き気はするわ、体がしびれるわで参ったよ。山のものには気をつけてたつもりだったんだけどさ、人が種を蒔いた畑と違って、いろいろ混ざって生えてる山じゃ毒とそうじゃないのの区別って面倒なんだよね。食べられる山菜を見つけたら、同じとこに生えてるなら同じ種類だろうっていちいち見ないで籠に入れちゃうし、持って帰ったらそのままごそっと洗って煮込んじゃうし」

「野山に詳しい紹杏でもそれじゃあ、街の商家とかの出の女孺ならなおさらね。知らずに何か食べてしまったのかも」

　後宮の女孺となる娘は国中から集められる。なので出自はばらばらだ。

「そういえば誤って鈴蘭（スズラン）を従姉（いとこ）に飲ませた子がいたわね。あの子も毒と知らなかった」

　芳玉が眉をひそめて言った。以前に関わった事件のことだ。毒は意外と身近な存在である。後宮にもたくさん生えている。

「ちょっと、蛍雪、のんきに言ってる場合じゃないじゃないっ。それって食材に毒が混ざってたかもしれないってことでしょ？　勝手にそこらに生えてる草を食べる紹杏みたいな子がこんなにいるわけない。なら、厨（くりや）で調理されたものを食べて中毒を起こしたとしか考えられないもの。後宮の下っ端用の食材なんて大量にまとめて買うのよ？」

　蛍雪と同じく掌の位をもつ宮正女官、琴馨が眉を吊りあげた。

「そこに混じってたってことじゃない！　日持ちのする穀物や芋、乾物はまとめて仕入れて、いったん、北門近くの倉に保管される。そこから求めに応じて各宮殿の庫へと分配されるのよ。つまり同じものが安西殿の卓にものるの。いえ、私たちだけですめばいいけど妃嬪の方々も口になさる恐れがあるわ。これはれっきとした事件よ。李典正様に各倉と庫の開示請求をしてもらって危険なものがないか調べないとっ」

　そのとおりだ。故意ではなく、誤って毒素をもつ食材を混入させた場合でも、被害者が出た以上、厨や倉の担当者、もしくは仕入れをおこなった者の怠慢だ。即刻、女嬬たちの口に入ったものの経路を調べて再発防止に努めないといけない。

　なにより、医師でない蛍雪たちがここにいてもできることはない。

　そして、捜査方針をたてるのに必要なことは聞き取った。

「ここにふせっている者たちの名と、所属を示した一覧をください」

　蛍雪は霜月に申し出た。

「原因解明に協力します。女嬬たちは基本、班ごとに行動しますから。各宮殿まで出向いて聞き取りをし、保管されている食料も調べれば、きっとなにか見つけられます」

　女嬬たちは皆同じ時間に起床し、同じ厨が作ったものを食べる。四六時中、共にいる。互いに見張りあっているようなものだから、聞けば必ずなにかを得られる。

後宮の倉の開示許可が出るには時間がかかる。まずは各宮殿の厨と女孺たちへの聞き込みだ。

蛍雪は上役である李典正に願い出て、許しを得た。琴馨と手分けして、各宮殿を訪れる。同じ料理を食べても中毒を起こさず無事だった他の女孺たちと、厨の者たちに話を聞くことにしたのだ。


「宮正はこういった捜査もするのだな」

「はい。もし真実、厨が犯した不注意なら職務怠慢ですし、故意であれば犯罪ですから」

きつい仕事にもめげず健気に頑張る少女たちが危険にさらされている。それがついうっかりの事故や故意だとしたら許せない。

そうして分担した結果、蛍雪が皇帝とともに赴いたのは慶徳宮だ。

皇后に次ぐ位である四妃の一人、禹徳妃（うとくひ）が住まう宮殿である。

「……ここは朕にとって鬼門なのだが」

「だいじょうぶです。あたるのは下っ端の女孺たち、それと厨ですから、禹徳妃様や侍女の皆様とお会いすることはありませんよ」

禹徳妃の侍女たちが苦手な皇帝は浮かぬ顔だが、これも仕事だ。行く場所をえり好みしていられない。ここからは三人、嘔吐などの症状を呈した女嬬が出ている。

門を入ってすぐ右手に回り、広大な宮殿の塀沿いに設けられた厨に向かう。妃嬪の目にとまらぬよう、裏方が使う建物は殿舎が幾重にも連なる敷地の端にあることが多い。

「妙なものは出してませんよ、本当です、信じてください」

宮正女官の来訪に半泣きになった厨の責任者が調査に必要な帳簿を出してくる。

仕入れ量が適正か、無駄な消費をおこなっていないかと監査が入るため、どこの厨でも毎日なにを仕入れて、そのうちのどれを使ってなんの料理を何人分作ったかを記してある。

「ここ最近の、下働きの女嬬たちに出したものはこちらです」

開かれた項を見る。朝は油条(ヨウテイヤオ)を添えた緑豆粥(リユイドウヂヨウ)に香菜(シャンツァイ)、刻んだ葱(ねぎ)とラー油をかけたとろとろの豆腐花(トウフア)。中食は簡単に食べられる点心(てんしん)が中心だ。菜がたっぷり入った饅頭(マントウ)の菜包(ツァイパオ)に、ふわふわの花巻(ホアジュアン)、慈姑(クワイ)入りの蒸し餃子を随時。夜には湯通しして炒めた青菜と栗を添えた肉団子、薄くのばした米粉(こめこ)の皮に川蝦(かわえび)や茸を包んで蒸した腸粉(チヨンフアン)を出し、白米の飯を添える。

宮殿の主、禹徳妃は果実とわずかな蒸し野菜しか口にしない、仙女のような禁欲的な妃だ。それに心酔した侍女たちもその暮らしを真似て、粗食に努めている。

が、体を動かす下の者たちはそれでは体がもたない。上の食費が浮いた分をしっかり消費しているらしく、宮官の献立にしては豪勢だ。

翌日も似たようなもの。

使った素材も書かれているが、字だけでは異物混入があったかはわからない。乾物などの現物で庫に残されているものは実際に見せてもらう。

「食材を見せられても朕には見分けがつかんのだが」

「残念ながら私もそこまでの知識は」

蛍雪は魏家という代々、刑部の高官を輩出する一族の出だ。家には捕り物に関する資料があふれかえり、それを見て育った蛍雪にも当然、毒となる食材の知識がある。

が、あくまで書物上の知識だ。

毒草の絵は知っていても、それが干されて他の乾物に紛れ込むと判別がつかない。狩りの獲物である鹿肉や野禽の類ならともかく、菜は調理されたものしか見たことのない皇帝ではなおさらだ。

「宮正の中でも生薬に詳しい暁紅は他宮殿に配されてここには来られません。ですから、今回は頼もしい助っ人を呼んであります」

改めて紹介すると、後ろからついてきていた初々しい少年宦官が照れながらお辞儀した。

「では、失礼して僕が調べさせていただきます」

念のためにと医官の霜月がつけてくれた、弟子の蓮英（れんえい）だ。

霜月の助手として安西殿にも来るので顔なじみだ。彼に確認してもらう。

皇帝をせかして、庫の暗がりから陽の当たる場所へと中の食材を出していく。

秋の実りの季節だけに食材は豊富だ。それらを丁寧に見ていく。とはいえ瓶に詰められた漬物などはさすがにすべてを出して底まで見ることはできない。蓋を開けて上から見ただけだが、それでもすごい量だ。

なにしろ後宮の美姫三千。仕える官はその何倍もいる。それらの胃袋を満たすのだ。

それでもこの宮殿にある分すべてを点検しおえる。

蓮英が額の汗を拭きつつ言った。

「毒になりそうなものはありませんね。漬物も腐敗していません」

保存状態が悪いと黴が生えて毒素をもつものもあるが、変色や異臭はなかったという。

「ここには妃嬪の皆様に出す希少な食材はおいてありませんでした。なので僕も知らない毒になる食材もなさそうです。逆に困りました。異常が見つかりません」

妃嬪に出す料理は多種多様な食材を使う。宮殿を訪れた皇帝に供することもあるからだ。いわゆる珍味食材があれば素人では見慣れず、間違う恐れもある。が、大量に消費する下っ端の食事に特殊素材は使わない。庫にあったのは蛍雪でも名を知るものが多かった。

「それで体調を崩したのが三人か……」

皇帝が腕を組みつつ言った。

「麻袋いっぱいに入った豆の数粒が傷んでいて、運悪くそれにあたったという可能性もあるが。今までこんな一度に他宮殿にもまたがって病人が出ることはなかったのだろう？

ならばそなたが診療所で言った、本人が今までそれを食したことがなく知らなかっただけで、個人的な体質で毒となるものがあったのではないか」

それは蛍雪も思った。が、先ほど見たここ数日の献立からすると違う気がする。

「出された料理の素材は、宮正の殿舎でも出される、定番のものばかりでした」

宮正司で出されるものは女官向けに吟味してある。が、同じ食材をまとめて大量に納入することの多い後宮のことだ。そこまで差がつくとは思えない。

「つまり今回に限ってあたったというのは無理がある、ということか」

「はい。病床の女孀は年数のばらつきはあっても昨日、今日、入宮した娘ではありません。年かさの子だともう何年も後宮の飯を食べています。体質が変わった可能性はあるでしょうが、今まで大丈夫だったものがいきなり毒になるとは考えにくいです」

「と、なると？」

「厨の料理以外で何か口にしなかったか、同僚たちに聞き込みをしてみましょう」

後、可能性としてあるのはそれくらいだ。

「後宮では妃嬪の方々が気まぐれに菓子などを下賜することがあります。大量に賄賂、もとい、外からのいただき物があった場合、傷まないうちにと下々にも配るのです」

宮殿付きの女孀は正規の食事以外にも何かと口にする機会は多いのだ。

「他にも鑑賞用に植えられた庭園の果実で熟しすぎて見栄えが悪くなったものは庭師がもいで通りかかった女孀にあげたりもしますから。昔、それに味をしめた女孀がまだ熟していない梅の実を自分で拾い、こっそり口にして中毒を起こした事例がありました」

若い梅の実には毒がある。知る者は知る事実だが、凱国は広い。梅のない土地で育った者はそれを知らない。一度、熟れた状態でもらったことがある娘なら、育ち盛りの年齢なこともあり、落ちている実を見つければ捨てるのももったいないと口にしてしまう。

今は秋。実りの季節だ。後宮の広大な庭を彩る花木の中には色づきはじめた実がついたものもある。一日、働きづめで腹を空かせている女孀には目の毒だ。

「今回も、それかもしれません」

なら、配属先の違う女孀たちが同じ時期に同じ症状で倒れることもありえる。

だが蛍雪の予測は外れた。

同僚たちに聞いてみたが病にふせった三人をふくめ、ここ数日、厨の食事以外を口にしたことはないという。庭園の果実も慶徳宮の場合、主の許可を得た侍女たちがそうそうに摘んでしまうそうだ。

他宮殿に散った仲間の報告も似たようなもの。手がかりはなかった。

「……これは診療所の子たちに心当たりを思い出してもらうしかないわね」

蛍雪たちはそう結論づけるしかなかった。

とはいえ腹を押さえてうめいている少女たちを問い詰めるのもためらわれる。宮正女官も鬼ではないのだ。症状が落ち着くのを待つしかない。

が、そうも言っていられない事態がその夜、起こったのだ。

最初に異常に気づいたのは、後宮の見回りをしていた宦官たちだった。

数ある宮殿はそれぞれ塀で囲まれている。女たちは下っ端も含め、門から出入りするしかないのだが、それも夜には閉まってしまう。

さらには碁盤目状にのびる後宮内の路も各所に門が設けられ、許可証がないと通れない。

なので通常、夜に外を出歩く者などいないはずだ。

が、その夜、東大路（ひがしおおじ）を巡回していた宦官たちが、人目を避けるように駆け去る、怪しい人影を見つけたのだ。

「万華園（ばんかえん）のほうから出てきたぞ」

万華園は妃嬪の宮殿が建ち並ぶ東の一画にある、奇石と花木を配した美しい園林だ。昼は妃嬪が散策を愉しみ、花の季節には貴顕（きけん）を招いて宴が開かれたりもする。

門はあっても門扉（もんぴ）はなく、誰でも自由に入っていいことになっている園林だが、今は夜だ。宴を開くといった使用の申し出も今夜はない。無人のはずだ。

目顔で意思を疎通させた宦官のうち二人が影を追い、他が異常がないか中に立ち入る。

扁額のかかった門をくぐり中に入ると、ふわりと清涼な花の香がした。

菊だ。

門を入ってすぐは緩やかな弧を描く塀で区切られている。塀に沿って行くうちに趣向をこらした庭が次々と現れるよう設計され、季節の秋菊の鉢が要所に飾られているのだ。

菊の香を道しるべに回廊を進み、丸く開いた満月門をくぐると声がした。

ふふふ、ふ、と。

楽しげに笑う、女の声だ。

一人、だ。

なんの脈絡もなく、高く、低く、声の連なりが聞こえてくる。

これが昼ならなにも感じなかっただろう。が、今は満月から三日しか経っていない夜のこと。他に人気のない濃い陰影がついた園林で、たがが外れたように笑う女の声は不気味だった。

後宮の夜は怪異譚にはことかかない。

恐ろしくなった宦官たちが互いに身をよせ、そろそろと進んでいくと、ふわり、と、菊の籬の向こうに月光に染まった白と紅のなにかが見えた。

夜目にも鮮やかな婉曲した緑瓦と朱塗りの柱の四阿の中だ。

そこで動いているものがある。

薄い、紅の衣。そしてなま白い女の肌だ。

四阿の真ん中で、月の光に照らされた女が一人、しどけなく着崩した衣をひきずった半裸といっていい姿で、くるりくるりと舞っていた。

美しくも異様な光景に、一瞬、呆然とした後、宦官たちは小さくつぶやいた。

「……なんだ、酔っているのか？」

「と、とにかく捕らえないと」

泥酔している女をほうっておくわけにもいかない。園林には池もある。足を取られて転ぶ岩もある。酔いが覚めるまでどこぞに押し込めておく必要がある。

おい、と声をかけて捕まえ、はだけた襟を直す。

女はまだくすくす笑っている。

最初はどこのふらちな女官かと思ったが、間近に寄ると酒の匂いはしなかった。

それにまとう衣こそ寝衣のような飾り気のない薄い絹だが、髪は複雑な形に結われ、簪や歩揺が月の光にきらめいている。

「ま、まさか……」

「お、おい、こっちに上孺と裳があったぞ」

脱ぎ捨てられていた衣を拾った宦官が、灯のもとにそれを近づける。きらりと金糸がきらめいた。息を飲む。

そこにあったのは精緻（せいち）な刺繍（ししゅう）をほどこされた豪華な衣装だった。そこらの侍女や、まして女官のものではありえない。

となると残るのは。

折良く宦官たちの上役が知らせを聞いて駆けつけた。女の顔を見てうなる。宴で供奉する際に見たことのある顔だったのだ。

「こ、この御方は、彭修媛様……!?」

踊っていたのはなんと皇帝の妻妾たる嬪の一人だったのである――。


「……彭修媛様にはとりあえず、乾坤宮にお戻りいただきました」

翌朝、宮正司の詰め所、安西殿でのこと。

昨夜は宦官たちに呼出され、事後処理に追われて徹夜になった李典正が、集められた蛍雪たち宮正女官を前にして言った。

「ただ、なぜあそこにおられたか、その……、なぜ衣を脱いで踊っておられたかは話していただける状態ではありません。お身体は落ち着かれましたが意識がまだもうろうとされていて。瞳孔も開いて、倦怠感から起き上がれないご様子です。彭修媛様のお身体のためにも、どういう経緯でこうなられたか原因を疾く解明する必要があります」

結局見失ったとのことだが、宦官たちが証言した怪しい人影というのが気になる。

「嬪ともあろう方が他に人のいない夜とはいえ、外で衣を脱ぐなどありえないことです。自主的におこなったのではなく誰かに強制された、もしくはなにかを盛られたがゆえの錯乱と考えていいでしょう」

つまり人の心に働きかけ、意識を酩酊させる〈毒〉だ。

酒や、阿片や。いろいろある。

「やっかいですね。〈毒〉が相手ですと盛られたものがなにかはっきりしない限り、早急に吐かせるしか対処法がありません」

暁紅が言う。彭修媛は今はこんこんと眠っている。が、これが治りかけの正しい状態かどうかは、服用したものの正体がわからない限り、医官の霜月も断定は避けたそうだ。

見かねたように琴馨が言う。

「砡医官殿の診立てを疑うわけではありませんが、主上の侍医のどなたかに診ていただくことはできないのですか。砡医官殿は腕の良い方ですがまだお若い。表の侍医殿であればお歳を召した方が多い分、様々な毒をご存じでは」

「私もそう思い乾坤宮の方々に提案してみたのですが」

李典正が答える。ものが毒なら命がかかっている。が、彭修媛に仕える侍女たちは、宮正司に原因究明の依頼はしたが、侍医の要請は拒んだ。

「この一件が主上の耳に入るのをよしとされないようです。侍女の方々のお気持ちもわかります。なにかを盛られたのなら被害者になるとはいえ、恥ずかしいお姿を宮殿外の目に曝してしまったのです。ことをこれ以上大きくしたくないのでしょう。砡医官殿の知識は表の侍医の方々にも遜色ないことですし、今回は侍女の方々の判断を重んじましょう」

李典正は宮正の皆にも、次第が明らかになるまでは他言無用と、念を押した。

李典正の霜月への評価は高い。ことあるごとに「砡殿なら確かです」と信頼を示す。

さもありなん。現皇帝が即位したのは四年前。その際にあった妃嬪の入れ替えで女官の異動もおこなわれた。が、李典正はそのまま残った。霜月も先帝の代から医官として後宮にいるから長いつきあいなのだ。

「あの方が最初に仕えたお方は一時、皇帝の寵を受けたせいで他の妃嬪方から妬まれ、苦労されました。だからでしょう。砡殿は後宮の女たちを親身に診てくださるのですよ。口も堅く、へたな侍医より信用がおけます。彭修媛様の今後を考えれば、これが最善でしょう」

もともと嬪が相手では宮正司も強く出られない。

宮正司の取り締まり対象は宮官だ。内官である妃嬪は外れる。そもそも彭修媛は今のところ不正を犯したわけではない。外で衣を脱ぐなど異常だが誰かに毒を盛られ錯乱していたのなら責めるのも酷だ。夜間の外出も宮官なら禁じられているが、彭修媛は皇帝の妻妾。皇家に連なる者だ。後宮は自分の家で、家内を歩くのに罰則などない。

「申し訳ありません。私どもがもっときちんとお見守りしていれば」

安西殿までやって来た彭修媛の侍女たちも改めて頭を下げ、原因究明のための協力を要請する。

先頭にいるのは彭修媛の新しい侍女頭となった眉秈だ。蛍雪も知るまだ若い娘だが、前の侍女頭、徐慧がある一件で自身の失態を隠蔽しようと逆に騒ぎを大きくしたことがある。それを知った彭修媛の父、彭将軍が徐慧を更迭、代わりに気の利く彼女を娘の監視役に任じたのだ。

「今回の件は目が行き届かなかった私どもに責があるのです。外からの危害を防ぐことばかりに注意を向け、宮殿内に敵はいないと油断しておりました」

後宮で彭修媛が親しくしていたのは、冷宮へ移された朱賢妃だけ。暇を持て余した彭修媛が「一人にして」と命じて、供も連れずに乾坤宮内を歩き回るのを許していたそうだ。

宮殿には門番のいない木戸もある。彭修媛はそこから出たらしい。

「彭修媛様のお父君は厳しいお方です。その目がある以上、派手な遊びもできません。朱賢妃様という話し相手もおられなくなった今、鬱屈が溜まられたのでしょう。宮殿内を一人で歩かれては下々の様子を眺めるなどして無聊を慰めておられたのです。お楽しみを奪ってはと黙認しておりましたが、目を離す隙ができたのは確かです」

他に心当たりはないと、眉私が申し訳なさそうに言って、小さな包みを差し出す。

「念のため、あの夜、彭修媛様が身につけておられた物を調べてみました」

誰かに毒となるなにかを渡されたのかもしれない。それ以外にも肌をかぶれさせる草の汁や毛虫の棘や。本人が気づいていなくとも外で付着し、後で影響する毒もある。

今回もそんな、本人が知らぬ間に錯乱状態を起こす毒が付いたのではと調べたのだろう。

「それで、これを見つけまして」

「これは……」

差し出された包みを開いた蛍雪は眉をひそめた。

組紐で作った、粗末な腕輪だ。ただ、

「この色と柄には見覚えがあります」

乾坤宮の女孀たちがつけていた〈憧れの人と話せる腕輪〉と同じだ。

「……確か、彭修媛様は、錯乱状態を起こした後、意識がもうろうとして、瞳孔も開き倦怠感から起き上がれなくなっておられるのですよね？」

それは少し前に乾坤宮からも出た、原因がわからない女孀の集団中毒症状に似ていないか？

「診療所に収容された女孀の幾人かは恋呪いに凝っていました。この腕輪も持っていたかもしれません。原因はこれではないでしょうか」

　言うと、「まさか、覚え違いでは？」と、彭修媛の侍女の一人が反論した。

「彭修媛様は彭家のお嬢様ですよ？　確かにこのような貧相なもの、私どもは作った覚えも購った記憶もありません。が、かといって彭修媛様がご自身の意志で手に取られるとは考えられません。誰かが故意に紛れ込ませたか、偶然、袂に入ったとしか……」

「でもさ、彭修媛様だってまだ若い娘さん、もとい、娘様だよね？　恋に興味津々の」

　紹杏がぼそりと言う。

「で、宮殿内を歩いて下々の会話も聞いておられたなら、その中に当然、恋呪いの話もあったんじゃない？　装飾品としては粗末な品でも、お呪いならほしくなるんじゃ。彭修媛様は主上の寵を争うお立場でしょ。女嬬たちより真剣だよ」

「だ、だからといって彭修媛様がそんな下々の品に手を出されるとは考えられません！」

「そりゃ嬪の方からすればこっそり下々の話を聞くだけならともかく、声をかけて、『ほしい』って頼むのは勇気がいるだろうけど。その呪いが効くって実際に見たら試したくならない？」

　それを聞いて蛍雪ははっとした。まさか……。

（乾坤宮で趙殿が女嬬たち相手に聞き取りをした、あのときのこと？）

　紹杏が蛍雪の様子に気づき、「そう、あれ」と目配せして続ける。

「あのとき『呪いが効いた、話せた』って喜んでた子がいたじゃん。あれが他部署にいて会うに会えない憧れの人、つまり趙殿と話がしたいって願ってた子で、事前に呪いの腕輪を購入してたなら。それであの日、願いが叶ったのなら。それを聞いた恋する娘はそれがどんなもろい藁でもすがってみたくなるんじゃない？」

「ありえま、す……」

そこまで聞いた眉私が、うめくように言った。

「……彭修媛様は一族の期待を一身に背負い後宮に入られただけでなく、純粋に主上に恋しておられます。おっしゃるとおり恋する娘の心に貴賤はありません」

お側で見ている私たちならわかるでしょう？　と眉私が仲間の侍女たちに問いかける。彼女

彭修媛は深窓の箱入り娘だ。父以外の男も、恋の手練手管も知らぬまま入宮した。彼女が一人で宮殿内を歩き回っていたのも、恋を叶えるにはどうすればいいか真剣に考えていたからだそうだ。足りない知識を補おうと侍女のうわさや下々の恋話まで、表面こそ「興味などないわ」という顔をしていたが、物陰から熱心に聞き耳をたてていたらしい。

「彭修媛様はいつも目を見張るほど懸命で。そんな健気なあの方のことです。成功例を耳にされれば、自分も、と考えられます。何事も一生懸命で、行動力のある方ですから。今回もお気持ちが空回ってしまわれたのではないでしょうか」

それを聞いて、彭修媛の侍女たちが涙ぐむ。端から見れば滑稽でも、彭修媛は必死だっ

たのだ。だから侍女たちも主の一人歩きを咎められなかった。

「女孀たちに問いただしに行きなさい！」

李典正が即、命じる。

しばらくすると、宮正女官たちの手で結果が持ち帰られた。

乾坤宮に残された女孀たちは最初は言い渋った。が、すでに彭修媛の袂から呪いの腕輪が出たことを聞くと、観念したのか口を割った。

恋呪い、なんです、と。

「……倒れた子が出たときは叱られるのが嫌で黙っていました。あの子たちも黙っててって言ったし。それにお呪いは他の人に話したら効きめがなくなるから」

聞くと診療所に運ばれた女孀は皆、倒れる前夜に呪いをしていたことがわかった。

曰く、「想い人の通った路の満月が映った水たまりの水を口にすれば願いが叶う」

曰く、「満月の色に染まった桔梗の花を一息に呑み込めば素敵な恋に出会える」

曰く、「月の下で飲めば絶対に幸せになれる仙薬がある」

などなど。女孀たち曰く、仙薬はたくさんの金子がいるし、誰に頼めば譲ってもらえるかわからない。自分たちが知っているのはこれだけだが、他にもいろいろあるから誰がどれを試したかわからない。が、満月が関わる恋呪いは多かった、と。

蛍雪は思い出した。

「そういえば。乾坤宮へ聞き取りに行った数日後の夜は、満月だった……」

腕輪の恋呪いの成功を聞いた。呪いにちょうどいい満月の夜が来た。

二つの条件が重なってしまったのだ。皆、嬉々としてそれぞれが聞いた恋呪いを試した。

桔梗の花は毒だ。人の通りの多い路の水も当然、汚れて飲めたものではない。

そして仙薬。嬪の一人である彭修媛なら女孀では手が出ない薬でも手に入る。

(だから診療所にいる女孀たちにいろいろな症状が出たのね)

はた迷惑な話だが、それが女孀一斉中毒事件の真相だったのだ。

だが、どうしよう。このことを皇帝に伝えるべきか。

三日に一度しか宮正司に来られない彼は今、ここにはいない。前に来訪した際には苦しむ女孀たちを痛ましげに見て、「朕がいない間でもかまわぬ。捜査を続け疾く原因をつきとめよ」と言っていた。なのにこの惨事の一因が自分だったと知れば、どれだけ消沈するか。

「蛍雪様、まさかとは思いますけど、乾坤宮に趙殿を連れて行った自分のせいなんて思ってらっしゃいませんよね」

芳玉が言った。

「趙殿があの場に出向いて皆に妙な誤解をさせたのは不可抗力です。お呪いなんて不確かなものを信じて実行したあの子たちの自業自得なんですから」

「そうそう、夜中に抜け出してそこらの水たまりの水とか飲めばそりゃお腹も壊すよ」

野生児女官の紹杏が身も蓋もないことを言う。

とはいえ、いったんはとりしまるほどではないと判断した案件だが、すておけない。

「別に人に毒を盛ったわけではないけど、恋が叶うからと馬鹿な真似はしないように各宮殿に通達を出すべきでしょう。ふつう水たまりの水を飲もうなんて思わないから禁止する条項もなかったけど、これからは規則に加えるべきよ」

琴馨も言うが、そこは李典正に任せるしかない。現場の一女官が宮規に手を出すわけにはいかない。それよりも問題は彭修媛だ。

聞き取りの結果と状況からすると、彭修媛の錯乱症状の原因は、〈絶対に幸せになれる仙薬〉だ。彼女は金子を払って、誰かもわからない者から仙薬とやらを買ったのだ。そして、呑んだ。

そこまではいい。女孀たちと同じく彭修媛の自己責任と言えないこともない。ただ、

「重要なのは、恋呪いをおこなったのが嬪という身分におられるお方、という部分です」

下っ端の女孀が戯れにおこなうだけならいい。が、嬪がやる恋呪いなら当然、

(標的は主上だ)

こんなところで御名を出すわけにはいかない。皆が口に出さずに事実を確認する。ただの〈お呪い〉ではすまない。大事になった。

「……実は。皆には言わずにおきましたが各嬪の方々の動きが活発になっているのです」

李典正が言った。

「皆も知るとおり、先月、四妃の一人、朱賢妃様が病を得られて冷宮送りとなりました。四妃は皇后様と共に公の場にも出ることのある貴い位。ここまで言えばわかりますね？」

「嬪の間で昇格があるかもと、寵争いが激化している、ということですか」

李典正がうなずく。

朱賢妃は位を剥奪されたわけではない。だが他からすれば健康なのに病と理由づけられて冷宮送りになったのだ。失脚したように見える。その事実が重要視されたのだ。賢妃位の剥奪は時間の問題だと。

（それで、彭修媛様も焦られた）

嬪と四妃では立場も力も全然違う。誰だって昇格したい。

「皆も知るように今回の女嬬の集団中毒は各宮殿にまたがり起こっています。他にも〈仙薬〉に手を出された妃嬪がいらっしゃるやもしれません。そして皆様に怪しげな薬を渡したのが宮官の誰かとなれば宮正司としても放置できません。恋呪いとはいえ、呪は呪。後宮での呪詛は禁じられています。これはれっきとした犯罪です」

李典正が「主上」の語は敢えて外して指示を出す。

相手が皇帝ではただの恋呪いでも呪詛になる。ことは後宮だけでおさまらない。彭修媛の父、彭将軍も連座させられるし、〈表〉も巻き込む大事になる。なまじ気分屋の彭修媛の性格を知るだけにそこまでしたくないという意識が働いたのだろう。よく問題を起こす困った嬪だが、悪い人ではないのだ。

「彭修媛様とそのご一族を大理寺に引き渡し、痛めつける真似はしたくありません。後宮内でことを収めるためにも、侍女の皆様方にもぜひ協力をお願いしましょう」

彭修媛に呪いを教えた者の名を知りたい。

急ぎ呼出し侍女たちに聞いたが、残念ながらわからないそうだ。なにをしでかすかわからないところのある嬪なので実家の父親からきつく言われてあの夜も見張っていたが、彭修媛は人払いをし、いつの間にか宮殿を抜け出していたのだとか。

「報酬にされたのか、銀がなくなっているのを侍女の一人が確認しています。でもいったい誰に渡されたのか、見当もつきません」

恋呪いは後宮中で流行している。関わる者も大勢いる。うわさとして広まっただけの、出所さえ不確かなものも多い。仙薬の件も最初に言い出したのが誰か、誰に頼めば手に入るかもわからない。

「これ、実際にかたっぽしから呪いを頼んでみるしかないよ。元凶にあたるまで」

紹杏が腕を組んで言った。

「ただ、誰がするかが問題だよね。乾坤宮の侍女さんたちじゃ相手に警戒されるでしょ？　かといって私たちじゃよけいに無理だし。どんなのが流行ってるか聞くだけならただの調査だし、私たちがやってもおかしくない。けど試したいって言ったら皆、警戒するよ。私らは趣味に走った後宮の鼻つまみ者だもん」

確かに。望んで宮正司に来た女たちは変わった趣味を持つ者が多い。

恋より食欲で蛇も平気で捕まえ「これ、うまいんだよな」と言い放つ紹杏や、医術好きが高じて死因特定の毒の研究にあけくれ毒蜘蛛まで飼育している暁紅や。

（……この面子が今さら恋呪いをしたいと言っても、囮とばれればれか）

そもそも恋呪いをしている子たちとの接点すらない。初っぱなからつまずいた。

自分たちの日頃の行いを反省しつつ、宮正女官たちはうーんと腕を組んだ。

「それで私たちの出番ですか」

「任せてください！」

蛍雪の前で張り切っているのは、可愛らしい双子の女嬬たちだ。

春麗と春蘭。四妃の一人、朱賢妃直属の女嬬だったが、主が冷宮送りになったので今は宮正司預かりになっている。

　春蘭のほうは乾坤宮で勤めていた時期がある。なので、そのつてをたどり出向いた二人は、いまだにひっそりとおこなわれている〈絶対に効く恋呪い〉を受けることができたそうだ。

「まずは想い人の名前を書いてください。代筆しますよって言われたんです」

　戻ってきた春蘭が報告してくれる。おこなっていたのは裕福な商家の出の楓鹿という、神通力があると評判の、厨に属する女孺らしい。

「農村出の女孺は字が書けない子が多いでしょう？　でも私たちは朱賢妃様の直属になってから侍女の方々に教わったんです。だから書けます。で、自分でやりますって言ったら水を入れた皿を出されて、それで書いたんです。お守りに縫い込めるんだって言われて渡したんだけど、水だから乾いたら書いたものがわからなくなるんです。なのに楓鹿は『なるほど。お相手は禄甫さんですね』って言ったんですよ、私、宮正司に油壺を届けてくれる宦官のお爺さんの名前を適当に書いたのに。すごいでしょう？　神通力って本当だったんです！」

　春蘭は興奮して話してくれるが、蛍雪は半目になった。簡単な仕掛けだ。

　あぶり出しだ。なるべく透明で、焦げやすい糖分を含む果実の汁を使う。書いた字が乾いた後、火にかざせば汁の付いた部分が焦げて字が浮かび上がる。

その娘は春蘭たちの目を盗んで、厨の炭火に紙をかざしたのだろう。だが紙や果汁を遊びに使えない貧しい家の出の娘はそのことを知らない。完全に心酔した目をしている。

「私でもすごいって思ったんです、もっと効く、だけど皆には秘密の方法があるって言われれば、本気で恋してる子ならいそいそと金子の袋を開けるのも無理はないですよ」

で、これを買ったんです、と春蘭が渡してくれたのは、見覚えのある組紐で作った腕輪だ。

これは楓鹿とは別の娘が売っていたそうだ。

「もしかして、批林？」

「はい。どうしてわかったんですか。蛍雪様も神通力があるんですか？」

春蘭が目を丸くするが、こんなもの、神通力ではない。詐欺だ。

乾坤宮の女嬬たちに聞いたが、この腕輪は想い人の名を声に出して唱えながら呪い手に最後の仕上げをしてもらうそうだ。つまり批林は皆の意中の人を知っている。そこへ宮正司が来ると聞いたのだ。皇帝が同行したのは偶然だが、「もしかしたら趙殿も来るかも」と、考えた。なので〈趙殿〉狙いの他の娘に腕輪を改めて売り、つけさせたのだ。

（そういえば旅芸人一座の出だと、李桃殿が言っていた）

芸人のすべてが詐欺師なわけはないが、客を楽しませる技として人目を引く方法を知っているのだろう。運任せなところはあるが基本はさっきのあぶり出しと変わらない。手品の類だ。彭修媛に使われた悪質な服用毒とは違う。

（結局、囮をつかってもたどり着けなかったわけか）

春蘭たち二人をねぎらい、職場に戻してから、宮正女官たちで善後策を練る。

後宮の一斉捜査をするしかないのか。だが何を取り締まればいい？

これが毒殺未遂ならそれらしい薬包を押収すればいい。が、〈恋を叶えるお呪い〉という漠然としたものが相手ではどんな形をしているかもわからない。

彭修媛から聞きだそうにも、呪いの途中で邪魔が入ったことに意気消沈したのか、あんな姿を見られたことを恥じているのか、〈体調不良〉の名目で面会謝絶中だ。

（主上なら、もしかして……）

ふと、皇帝の顔が脳裏に浮かんだ。

呪いをした当人から話を聞けないなら、呪いをかけられた者に聞くのはどうか。彭修媛と会ったときにいつもと違うことはなかったか、気づいたことがあるかもしれない。

が、これは奥の手だ。蛍雪しか使えない。そもそも聞きたくとも今日は〈趙燕子〉の日ではない。彼は皇帝として表にいる。

連絡手段を持つとはいえ使うわけにはいかない。前のように皇帝自身が来ては困る。

そうなると蛍雪はひたすら彼の訪れを待つしか手がない。完全に相手任せで自身では訪れの頻度をあげたくともどうしようもない妃嬪と同じ立場だ。

蛍雪は改めて皇帝との距離を感じた。呪いに頼ってでも皇帝の訪れを欲する妃嬪の切ない心を察した。そのときだった。

「大変、春麗がっ」

叫ぶような声が聞こえた。

「彭修媛様と同じ症状です、裏の側房(へや)で暴れていて……。誰か、来てくださいっ」

蛍雪が駆けつけると、春麗はくすくす笑いながらとどめる手を払いのけ、衣を脱ごうとしていた。泣き出しそうな顔で双子の妹の春蘭がその体を抱き止めている。

春麗は楽しげに手足をゆらせて、舞を舞うかのような奇怪な動きをしていた。

宦官たちに聞いた、彭修媛のふるまいと同じだ。

「乾坤宮では春麗とは別行動のときもあったんです」

踊る彼女を、可哀そうだが柱に縛り付け、身の安全を確保したところで春蘭が言った。

「私たち、朱賢妃様が失脚なさって行くところがなくなったから。何度も勤め先が変わる女嬬は素行が悪いのかもって敬遠されるから、今度こそここを追い出されないように捜査に協力しようって言ってたんですけど。春麗は私以上に必死で調べてて」

春麗は腕輪を買った後も、「私が望んでるのはこんな子どもだましじゃないんです」「絶対、結ばれるのがあるんでしょ」と周囲の女孀たちに食い下がっていたらしい。

「それは乾坤宮の女孀たちも皆、見てました。もしかしたら私がいないときに誰かが春麗に『わかりました』って毒を渡したのかも。ううん、春麗は最初からそのつもりだった。だって乾坤宮に行く前にお金をあるだけ貸してって言われた。きっと謝礼だと思う」

春麗は縛られながらもなお、くすくす笑っていた。理性を留めていないどこか恍惚とした表情は、ふだんの潑剌とした明るい顔を知るだけに哀れだった。

（いつまでこの状態が続くの？）

彭修媛のときは命に別状はなかった。症状が出たその夜はふらふら動き回る興奮状態が続き一時騒然としたが、翌朝には症状も落ち着いた。体のしびれとめまいが残っただけで正気に戻った。その後は体力をつかったからかこんこんと丸一日、眠り続けたが、眠りから覚めた後はじょじょに倦怠感も抜け、後遺症もなさそうだと報告を受けている。

だが春麗の場合はどうだろう。服用したものが彭修媛と同じか、量はどうか、なにもわからない。

一度、口に入ってしまった毒の正体を突き止めるのは難しい。臓器を腐らせたり、ふれた部分をただれさせたりとわかりやすい反応を見せるものもあるから、内臓を見ればある程度の特定はできる。が、春麗は生きている。腑分けなどできない。心当たりを聞き出そうにも今の春麗には無理だ。死後の体ばかり見る蛍雪の知識は役に立たない。

（せめて彭修媛様がなにを飲まれたか教えてくだされば……！）

霜月を呼びにやりながら、ふと、また、皇帝の顔が脳裏に浮かんだ。

今ほど彼に来て欲しいと思ったことはない。

そのときだった。

「おい、春麗の容態は⁉」

「お、主上⁉　どうして」

思わずうわずった声が出た。

安西殿へと駆け込んで来たのは、息を荒らげた〈趙燕子〉だった。

どうして。だって皇帝には公務がある。三日に一度、午後の二刻ほどをお忍びにあてるのがせいぜいのはずなのに。

「女嬬たちのことが気になったからな。影に監視させていた。異変があれば知らせよと」

影、とは皇帝の身辺を陰ながら護衛している武官たちのことだ。彼らをそんなことに使っていいのかとも思ったが、来てくれた彼の姿が頼もしくて涙が出そうになった。

だが今は泣いていいときではない。急ぎ、皇帝が不在の間に起こったことを話す。

「何？　では彭修媛が朕に呪をかけていた可能性があるのか」

「いいえ、呪は呪ですけど、恋呪いです。強いて言えば彭修媛様の意識下では呪詛ではなく、媚薬の類になっているのかもしれません」

なぜなら、うわさの仙薬は〈恋が叶う薬〉ではなく、〈飲めば絶対に幸せになれる仙薬〉だからだ。恋する相手に働きかけるのではなく呑んだ者に効果が現れるということだろう。

現に今の春麗の心は正常な状態にない。ただ、幸せそうなのは確かだ。くすくす笑いながらも、恍惚とした表情を浮かべている。

（この状態であくまでこれが〈恋呪い〉と言い張るなら。恋を叶えるには、相手にも飲ませ、同時に幸せな気分になる、それが恋だと思わせる。それくらいしか思いつかない）

そう、まるで媚薬のような効き方をしているのだ。そして媚薬なら、侍医が皇帝の求めに応じて調合するのは歴代の後宮でもよくあることだ。妃嬪も毒とは受け取らない。場を盛り上げるための薬、酒と同じ認識だ。罪の意識もなくつかう。寵を得るために。

あの夜、彭修媛が一人、園林で踊っていたのが、誰にも見られないところで効き目を試した結果なら。

初めて手にしたもので皇帝につかう前に自身で試したのなら、皇帝はそれを呑んだことはない。手がかりはない。

が、彭修媛が以前にもつかっていて、今回も同じ品質を保っているか事前に確かめる意味でつかったのなら、すでに皇帝が〈それ〉を口にしている可能性がある。

なにしろ恋呪いは以前から流行っていた。

「主上が口になさるものはすべて毒見がなされますよね。それは後宮の妃嬪の方々を訪ねられるときも同じ。ただ、後宮に立ち入れる供は護衛の備身が数人と宦官のみ。いつもの毒味役はお供しません。そして妃嬪の宮殿に入ればそこにいるのは女たちだけです」

皇帝に出される予定の酒肴の毒見は前もって専門の宦官か妃嬪の毒見役がおこなう。

そのうえで、女たちのもとで彼が口にするものは妃嬪も共に食すことで万が一の害を防いでいる。

「ですが。ものが媚薬であるならば、嬪の方も毒とは思わず、侍女や太監の毒見が終わった後でこっそり混ぜ、自らも共に口になさるでしょう」

ましてや効き目が確実であれば他の目をごまかし、絶対に皇帝の口に入れようとする。

心から敬愛し、その無事を祈る〈夫〉が相手でも。

乾坤宮の毒見役にはまだ確認はとっていない。だが自分で言っていて、ぞっとした。

一途な恋心を、心底、怖いと思った。

愛しい夫を迎える妻が用意した食べ物に、なにが入っているかわからないのだ。

口にするものだけではない。

焚かれた香か、差し出された衣か。

常に狙われる立場の怖さを蛍雪は知った。それでも皇帝に聞かなくてはならない。宮正司として。

「主上の常識にあるものとは違う形や姿をしていたと思うのです。現に周りにいた方々は気づかれなかったでしょう？　間違っているかもしれません。でもそれしか手がかりがないんです。彭修媛様のもとでなにか口に、いえ、異変を見聞きなさいませんでしたか」

「妙なものを口にした覚えはない。異変も。あれの奇行はいつものことであるしな」

皇帝が自分の記憶を探る。

「彭修媛は朕が行くと奇怪な絵を見せたり呪いを唱えながらくるくる回ったりと常に妙な行動をとるのだ。朕を愉しませようとしているのだとは思うが、仕える侍女たちもそっと目をそらせて何も言ってくれぬし、どう返せばいいかわからず毎回、困っている」

そういえば彭修媛は師についても上達しない、芸事に関しては素質のない人だった。

「なのでどれが恋呪いの舞で、どれが歓待の舞かわからん。だいたい夜の園林に一人で出向いたというがそこからしておかしい。彭修媛は気分屋な分、大の怖がりだぞ？　考えられん。いくら恋呪いを得られるとしてもそこまでするか？」

「それだけ主上をお慕いしていたということでは」

例として恋する女嬬たちが一斉に呪いを試した話をしようかと思った。だがそれでは趙燕子が恋呪いが効くとの宣伝に利用されたことに気づかれるかもしれない。ためらう。

代わりに、女たちがもつ切ない恋心を、彭修媛の侍女頭、眉釉が話したままに伝える。

「叶うならどんな手段でも試してみたくなるのが恋心というものではないでしょうか」

「……そう言われてもまだ信じられんが。それしか手がかりがないのだな？」

皇帝は人の話す言葉の嘘と真の見分けがつくと豪語する人だ。蛍雪がさりげなくごまかしたことに気づいたのか、わずかに顔をしかめた。だが彼は、しばし待て、と言った。

「とにかくあれがもう一度、仙薬とやらを使いたくなる、恋が叶ったと思えることを朕がしたかもしれないということだな？　わかった。そちらから記憶をたどる」

言って、彼が目をつむる。

やがて、そういえば、と彼は言って目を開けた。

「あれの舞はよくわからぬままだが、前に訪れたとき、いつもより楽しく感じて笑ったことがあった。思えばあれは妙だった。この朕が声を出して笑ったのだから」

「え？　笑うくらいふつうのことでは」

「いや。朕はふだん皇帝として喜怒哀楽を出さないようにしている。周りが過剰に反応するからな。ゆえに妃嬪の前とはいえ、声を上げて笑うことはない」

（……本当に？）

蛍雪は思わず眉をひそめた。いつも子どもっぽく、表情をくるくると変えて後宮生活を楽しんでいる彼を見ていると眉唾だが、「信じろ」と言われた。

「捜査に関わることだ。朕は……相棒であるそなたには嘘はつかない」

冷水をかけられた心地がした。皇帝の声に少し寂しそうな響きがあった気がする。

（やはり、見透かされた？）

先ほどごまかしたことを。

だが皇帝は蛍雪を責めない。なにも気づかなかったように言葉を続ける。

「ここにいるときの朕と、皇帝であるときの朕は違うのだ。自分でも不思議だったがあのときは妙に気分が高揚した。酒が強いせいかと思っていたが、もしや他に気分を沸き立たせるなにかがあったのやもしれぬ」

それが、幸せになれる仙薬の効用ではないか、と彼は言った。

「恋の呪いというのはあれだろう。花や月を浮かべた水とかだろう？　水を出された覚えはないが酒なら飲んだ。あれに混ぜられていてはわからん。あの夜は他に湯(スープ)を飲んだ」

「湯？」

「体が温まるようにと出された。確か、海蛇(うみへび)と冬虫夏草(とうちゅうかそう)の湯だと言っていたな。あの日は雨で少々肌寒かった。きちんと厨で作られたもののようであったし、あれにしてはなかなか気が利くと感心した。あれも共に口にしたから毒でもなかろうと朕も食したが」

きっと、それだ。

だが、と、皇帝は浮かぬ顔をする。

「悪いが朕は料理の素材に詳しくない。あれにもいろいろ入っていたのだろうが、上澱(うわご)しされた汁しか飲んでおらぬ。なにが原料かわからん」

当然だ。それがなにであったとしても、形のわかる生のままで皇帝に供されるわけがない。

「大器に残った分は厨に下げられたはずだが、もう半月も前のことだ。そもそも朕の前に出されたのは碗一杯と少量だった。彭修媛がこっそり持ち込んだものを朕の器にだけ加えたのであれば厨は関わっていないし、ものも残っていないだろう」

半月ほど前？　なら、彭修媛が絶対効く仙薬を信じた理由は〈趙燕子〉ではない。

そのことにほっとした。それからあわてて彼が話したことに意識を戻す。

その湯が怪しくても、使った器はすぐ洗ってしまう。残した料理もとっくに捨てられるか、お下がりとして誰かの腹の中だ。そこで異変が報告されていないということは、皇帝の言葉どおり、出された碗の中にだけ入れられたのだろう。たどれない。

「彭修媛に新たな仙薬とやらを用意させるしかないな」

皇帝が言った。

そして、その夜のことだった。

乾坤宮の一角で、騒ぎが起こった。

庭園の木陰に佇(たたず)む女人に、小柄な影が一つ近づいたのだ。

「彭修媛様ですね？　いつもありがとうございます。報酬はおもちくださいましたか？」

小柄な影が言うなり、女人が動いた。

素早く影の手首をつかみ、ひねり上げる。お嬢様育ちの彭修媛では無理な動きだ。

「でかした！　蛍雪！」

野太い声がして、傍らの茂みからごつい影が飛び出してくる。皇帝だ。彼は身をひねって逃げようとする小柄な影に足払いをかけ、取り押さえる。

「お前が、彭修媛と春麗に毒をつかませた犯人か」

皇帝が、取り押さえた娘、批林の顔を見ながら言った。

その背後で、顔にかけていた紗をとりながら、蛍雪は、やはり、と思った。

彼女は目端が利くと李烑が言っていた。女嬬の間になにかを流行らす先導役だとも。頭が回るのだろう。そして身が軽い。後宮の主要な路には大きな灯籠が等間隔に置かれている。それを足場にすれば塀を越え、追っ手の宦官たちをまくこともできる。

「害のない恋呪いで人を集め、金を出せる者にだけ仙薬を売っていたのですね」

乾坤宮であの腕輪を売っていたのだ。犯人候補の一人ではあった。だが確証はなかった。閉ざされた後宮でどうやって仙薬を手に入れているのかもわからなかった。

だから皇帝と共に罠を張った。

こんこんと眠り続ける春麗の他に、ただ一人、〈仙薬〉を売る者を知る彭修媛を使った。彼女に、批林をおびき出させたのだ。

皇帝が「彭修媛に新たな仙薬とやらを用意させるしかないな」と言った後。乾坤宮に〈皇帝〉の名で、知らせをやった。明日、そちらに行く、と。

病と称して臥台にこもっていた彭修媛は、当然、嬉々として起き上がった。

そこからは協力を頼んでいた侍女頭の眉秈から聞いたことだが、彭修媛もさすがにとまどっていたそうだ。なぜ自分を訪れる順番の日でもないのに皇帝が来るのかと。

当然だ。あんな恥ずかしい真似をした後だ。

だが眉秈が、「おそらく主上はご存じないのかと」と耳打ちし、使いの宦官が、「以前、楽しく見せてもらった舞をもう一度見たいと、皇后様のご機嫌伺いの帰りにお立ち寄りになるそうです」と言うと、顔を輝かせたという。

皇帝の訪れは規則正しい。すべての妃嬪を順に訪れる。なのでいつもなら次の訪れまで一月近く待たねばならない。好機だと思ったのだろう。「皆、下がって」と、彭修媛は命じたという。「私、大家の訪れに備えて少し昼寝をするわ。声をかけるまで邪魔をしないで」と。

後は急ぎ〈あれ〉が欲しいと文を書き、秘密の置き場に隠す彭修媛を陰から見守り、盗み見た文の約束した時刻に薬を受け取りに行けないよう、丁重に皇帝の名で他の場所へ呼出した。もちろん〈偶然〉をよそおってだ。皇帝が月下で舞が見たいと言ったことにした。

代わりに蛍雪が彭修媛の衣を借り、待ち構えていたというわけだ。

これは彭修媛の想い人である皇帝にしかできない策だ。彼の心を得たいと一途な想いを抱く彭修媛には悪いが、これ以上、被害を広めないためにも必要な捕り物だ。

待機していた霜月が駆け寄り、批林が持つ袋の中を検(あらた)める。

「……ありました。これです、石比武(シビレタケ)、いえ、瓦頼茸(ワライタケ)の亜種でしょう」

それは、いわゆる毒茸だった。乾燥させてあるので正確にはもとの姿はわからない。が、色は淡い褐色。傘の頭頂部は白みを帯び肉薄、傘幅は広いもので親指ほど。柄は細く、傷でもついたのか暗い青みがかった汁が付着している。

「多幸感を与える幻覚症状は出ても毒素はそこまで強くないはずです。よかった、これなら鎮静効果のある煎じ薬を飲ませて目を離さずにいれば死に至ることはない……！」

いそいで彼が春麗を閉じ込めた宮正司の房へと走る。

それを聞いて、ほっとしたように皇帝が言った。

「褒美に、この後すぐ彭修媛のもとへ行ってやらなくてはな」

己に怪しげな薬を盛ろうとした嬪が相手でも、明るく、ねぎらうように言う皇帝に、蛍雪はこの件を大事にする気はないのだと知った。

取り押さえられた批林は居並ぶ面々を見て、ようやく自分がしでかしたことの重大さを悟ったのだろう。怯えたように顔を横にふった。

「ち、違います、私はのっかっただけ、はじめたのは同じ乾坤宮の女嬬、遥々です！」

ぶちまける。

「山育ちで茸とか薬草に詳しい子で、後宮でも採れるのがあるって。私はそれを届けにきただけで。だって、私に薬の知識なんてないもの……！」

その頃、遥々は一人、枕に顔を埋め、丸くなっていた。

（どうして、こんなことになったのだろう）

最初は、軽い気持ちだった。皆が恋呪いに夢中になっていたとき、自分も少しでも輪に入りたくて、実家からもってきたお守りをそっと出してみた。

後宮入りして二年。遥々は孤独だった。身分の低い女嬬はたいていが貧しい地方の出と聞いていたのに、配属になった乾坤宮には都の裕福な家の子が多かった。女官を目指すほどではないが、結婚前の箔付けのために来た商家の娘がほとんどで、皆、綺麗で、話も合わなかった。とくに馬鹿にされはしなかったが、話しかけられることもなかった。

だから自分だって流行の品を持っていると見せたかった。

なのに誰にも見てもらえなくて。隅で泣きそうになっていたときだった。

「それなに？」

批林に声をかけられた。

彼女は裕福な家の出でもないのに仲間たちの人気者だった。遥々の憧れだ。いつも皆の輪の中心にいて、遥々など近寄れない。なのに、話しかけてくれた。

わかっている。批林は誰にでも声をかける。今も気まぐれに話しかけてきただけ。でも、関心を得たくて。

「あの、家の婆様がくれた、気鬱の薬なの。うちの婆様は山の神様の巫女で、邑の長老で。これ、茸を干したのだけど、とても効くの。幸せな気分になれるの」

外の人には秘密のことなのに、必死に話していた。

「私、すぐ気鬱の病になるから。そんなとき、煎じて故郷の山を思い浮かべて飲めば心も晴れるって。夢で好きなところへ行けて好きな相手に会えるって。これ、うちのほうじゃ巫女様しかつかえない山の仙薬なの。だけどとくべつにつかい方を教えてもらって」

ちょうどそのとき、批林は気が塞いでいると言った。なので少しだけ処方してあげた。最初は半信半疑だった批林だが、少し飲んで効果を試すと目を丸くした。そして言った。

「ありがとう、すごくいい気分になれた。遥々のお守りのおかげよ」

それを聞いて、集まっていた子たちがお守りってなに？　と問いかけてきて。誰からも注目されなかった自分の周りに人が集まって、すごいね、と言ってくれて。

嬉しくてもっと皆といいたくて、他にも知っていたお呪いを教えてあげた。

でも仙薬だけは批林以外にはあげなかった。もともとの量が少なかったし、祖母に人にはつかうなと言われていたからだ。だけどそのうち批林が言ったのだ。

「ねえ、こんなに効く仙薬なら、他の人にもあげれば喜ばれるんじゃない？　だってここには気鬱の人なんて山ほどいるもの」

浮かれていたのかもしれない。酔っていたのかもしれない。偽りの人気と友情に。

最初は渋ったが説得された。もっとこの茸を批林にあげれば、彼女は大切な友として扱ってくれる。そうしたら他の皆も一目置いてくれる。話しかけてくれる。そう思った。

だから必死に祖母の言葉を思いだした。仙薬の生えていそうなところを探した。

故郷の山に生えていたのと同じ茸。山の神様の巫女である祖母が、これはどこにでも生えるからつかい方を誤っては駄目と言っていた。前に後宮の一角に生えているのを見たこともある。そのときは用がなかったからすぐしおれるだろうと採りもせずに放っていた。

だが茸は一度、そこに生えれば胞子をとばして雨の後はまた生えてくる。

採ってきた茸を渡してしばらくすると、批林の目の色が変わっていた。茸が売れた、相手が気に入ってもっと欲しい、金子を積む、と頼まれたそうだ。そして言った。

「後はあたしがやるから」

え？　と問い直した遥々に批林は「だって、あなたどんくさいもの」と言った。

「これ、つかえるわ。恋呪いの薬だって言えば高く売れるの。だけど李烑様に見つかったら取り上げられちゃう。だから買い手を選ぶのも売るのもあたしがする。あなたは必要なときに茸を渡して」

そう言った。

「それと。このことがばれたら困るから、ふだんはあたしに話しかけないでね。他人のふりをしましょう」

そうして、批林はますます呪いを求める少女たちの中心になって、遥々は元通りの空気に戻った。それでも、誰も傍にいないときは茸を持ってきてと批林が話しかけてくれる。だから批林に見捨てられたくなくて、嫌、とは言えなかった。一度は皆の中心になれたのだ。あの快感は忘れられない。また一人に戻るなんて耐えられない。

いつからこうなったのだろう。

(罰が当たったんだ。あれは山の神様の茸。勝手につかっちゃいけなかったのに)

そのときだった。声をかけられた。

「遥々、宮正司の人たちが来てるんだけど」

同じ班の女孺たちだ。だが、目を合わせようともしない。

(あれだけ、私のお呪いが効くって言ってたのに)

ふ、と乾いた笑みが出た。

蛍雪の推察通り、皇帝は恋呪いに踊らされた女たちを罰することはなかった。

ただ、今回は嬪の一人が皇帝に〈呪詛〉をおこなったことになる。

事を重く見て、宮正司の長である馮宮正司から皇后へと正式に奏上された。おかげでこの件は皇帝の正妻であり、後宮を束ねる女主たる皇后も知る大事になった。

皇后宮にて宦官経由でいきさつを聞いた皇帝は、彭修媛を死罪にしようとする皇后をなだめて言ったそうだ。

「あれがお呪いとやらをしたのは朕を想ってのことであろう？　幸い朕は無事だったのだ。今後、後宮の女たちが朕に飲食を勧めたり、妙な香を焚かなければそれでよい。それと、彭修媛の〈札〉は今後一年、削っておけ。それでじゅうぶんだろう」

札とは、妃嬪の名が記された漆塗りの木札のことだ。皇帝の閨房を預かる敬事宦官が管理し、夜ごと平箱に並べて皇帝に差し出す。選ばれた札の女の元へ皇帝は赴くのだ。

今の皇帝は妃嬪の間を順に巡る。なので札は形式的なものでしかない。

が、それを削るということは、皇帝の渡りは今後一年ないということになる。ある意味、それは彭修媛にとって死より重い罰だ。

彼女は皇帝の寵を得るためにここにいる。

なのに、若い盛りの貴重な一年を無にされるのだ。

それだけではない。皇帝はこれに乗じて妃嬪のもとで飲食をおこなうのをやめた。酒や男を悦ばせるとくべつな肴や。何とかして彼の気を引きたいと思っていた他の女たちはすべを奪われることになる。

（そして、その怒りはよけいな真似をして主上の身を危険にさらした彭修媛様に向かう）

幾重もの意味で重い罰だ。これからの後宮は彭修媛にとって過酷な場所になるだろう。

その余波は後宮の外、〈表〉にも伝わる。彭修媛の父も肩身の狭い思いをすることになる。それだけではない。この隙に他妃嬪を身内に擁する政敵に取って代わられるだろう。

それを知っているだろうに、皇帝はあえて彭修媛をかばわなかった。

命は助けたのだ。これ以上、罰を軽くすると彭親子はさらなる宮廷の嫉妬をかう。

だから重い罰を下さないことで寛大な皇帝との評判を得、かつ、皇后の気を鎮めるために彭一族に連座の罪に等しい罰を下した。それに留めた。

そのことは皇后にもわかったのだろう。大家がそう仰せなら、と引き下がったそうだ。

（大変、だ。皇帝という身分は）

改めて蛍雪は思った。

飲食と香を禁じたとはいえ、呪いの手段は他にもある。

皇帝を取り巻く環境は変わらない。

それでも皇帝は、後宮の女嬬たちから〈娯楽〉を取り上げることはなかった。

今回、呪い騒ぎを起こした者は身をもって呪が危険なものだと知った。宮正が動き、彭修媛も罰せられたことで、後宮で呪をおこなうことの恐ろしさも骨身に染みただろう。

怪しい呪いを試さないだけの分別はついた。なら、罰するまでもない。皇帝は言った。

「楽しみのない後宮で、それくらいの娯楽は残してやろう」

ただ、批林だけは見逃すわけにはいかなかった。悪質であるとして死を命じられた。

知識だけを持ち、利用された形の遥々は杖打ちのうえ、追放。

厳しいようだが、相手が嬪と知りながら毒茸を売ったのだ。少し考えれば皇帝につかわれるとわかること。加担した遥々が杖打ちと追放ですまされたのが寛大なくらいだ。

そんないきさつを李典正から聞いた蛍雪は複雑な想いで、宮正司の院子で犬と戯れる娘子兵のごつい背を見た。

「ふふふ、こいつう」

無防備に腹を見せる畚々を相手に、皇帝は満面の笑みを浮かべている。

後宮の女たちに政治的配慮を見せつつも冷徹に裁いたという皇帝には見えない。

(ほんとうに、同じ人?)

この人があの罰を下したのか？　見知った娘に死を命じる罰を。

誰かが考えたことを口にしただけではと思ってしまう。

「春麗はどうしている？」

とうとつに聞かれた。

「もう診療所は出たのだろう？　さっき、紹杏に聞いたぞ。その後どうなったのだ」

「……症状も治まったので宮正司付きの他の女孀たちのところに戻っています。まだ大事をとって横にならせていますが、明日からは職務にも復帰できるそうです」

「そうか、よかったな」

皇帝はそれ以上、なにも言わない。こちらに背を向けたままだ。

だが、明るく振る舞う彼の言動の裏に、深い闇があるのを知った気がする。

「元凶をとらえるだけでよい。後宮には気晴らしも必要、そう言ったのはそなただろう？」

裁きの後、宮正司に顔を出した彼に蛍雪が言葉もかけられずにいると、そう言った。つい先ほどのことだ。

責任を感じているのだろうか。そう思った。多くの女たちを塀の内に閉じ込め、こんな事件を起こさせるのは皇帝(じぶん)がいるからだと。

(だけど、主上だって好きで女たちを集めてるわけじゃない)

彼が女色にふける人でないことはこの数ヶ月、共にいてわかった。気が進まない日があっても、彼は各妃嬪のもとへ平等に通っている。

後継者が欲しいからだけではない。

それが慣習だから。国をまとめる方法の一つだからだ。

だから毒を盛られる可能性があっても皇帝はにこやかな顔を崩さず妃嬪のもとへ通う。疑うそぶりも見せず肌を重ね、共に眠る。

蛍雪はふと、「追われたい」と願い、道を踏み外した朱賢妃のことを思った。彼女はその願いを実現するために後宮で罪を重ねた。捕り物好きの皇帝のために〈事件〉を用意した。賢妃という皇后に次ぐ四妃の座にいながら、皇帝を焔の中に閉じ込めた。

以前、皇帝は「出す言葉が嘘か真かくらいの見分けはつく」と言ったことがあった。心を見透かせない者たちに囲まれて暮らすしかない彼にとって、それは身を守るための唯一の武器なのだろう。

（でも、人は真の言葉で相手を害することがある）

今回のように、それが毒と思っていなかったとき。それが真実、彼と自分にとって善いことだと、信じ込んでいるときだ。そのときは皇帝も〈嘘〉を見抜けない。

悪意や殺意がなくてもその身を狙われる。〈家族〉ですら心を許せない。寝床では誰もが無防備だ。刃物など帯びない丸腰で肌を合わせることになる。なのに誰よりも心を許す〈妻〉が相手でも油断できない。そんな状態に彼はいる。

宮廷規範で、妃嬪のもとを訪れた皇帝が、朝まで共寝することはないと知っていたが、それは他人の前で寝入り、隙を見せることを恐れてのことなのだろう。

贈られる手紙の墨には血を混ぜられ、刺繍の糸には女の髪が混じっている。

それは切ない好意から。女たちの真心からで。

それでも贈られたほうはたまったものではない。だから。

(ここにいる間くらいは、毒の心配などせずともいい時間を過ごさせてあげたい)

お世話役として、相棒として。彼を守らなければと思った。

だが蛍雪になにができるだろう。ただの一女官に過ぎない身で。

皇帝がじゃれつく崙々にむかって高らかに声を出して笑う。さらに崙々をなでまわす。

崙々も、もっと、と催促するように宙に掲げた後ろ脚をぴくぴくとふるわせている。いや、これはけいれんしているのか。斜めに突き出したまま長時間同じ姿勢でいて、脚が攣ったのだろう。それでもなでて欲しい、ついでに体勢を変えるのも面倒くさいと耐えている。

(ものぐさか)

蛍雪はつっこんだ。でも。

(……まだ我慢ができるなら、このままで)

皇帝の心を慰める大役を任じたままでいいだろう。

それに、明るく表面を取り繕いながら心に闇を抱いているのは彼だけではない。

皇帝が表に戻った後、蛍雪は崙々をつれて宮正司付きの女孀たちが寝起きする長屋へと向かった。

春麗が寝ているという房を訪ねると、彼女はいなかった。心当たりを探してみると、今は無人となった白虎宮に彼女はいた。

朱賢妃が暮らしていた宮殿だ。ここで春麗は春蘭とともに朱賢妃に仕えていた。

春麗はぼんやりと、つい一月前までは賑やかだった本殿を見ている。その手には囮捜査で得た、恋呪いの入った袋があった。想い人の名を書いたあぶり出しの紙の入った袋だ。

そっと近づき、尋ねる。

「なんて、書いたの？」

春麗が無言で差し出した紙には、〈朱賢妃様〉とたどたどしい字で書かれていた。

「……もう一度、お会いしたい。そう願いをかけました」

春麗が言った。

「あの方がされたことは聞きました。私と春蘭が利用されていたことも。でも信じられないんです。あの方がそんなことをなさるなんて。だって私と春蘭にとっては恩人で。こうして私たちが生きていられるのもあの方のおかげで」

朱賢妃は女嬬たちに気軽に声をかけ、高価な紅を与えるなどして手なずけていた。

それは〈捕り物好きの皇帝の心をつなぎ止め、追われる身になりたい〉という、歪んだ恋心からだった。自分になついた女嬬たちを駒のように扱い、想いを遂げようとした。

朱賢妃がしたことは、〈趙燕子〉が関わっていたこともあり、箝口令が出された。

だから春麗も詳しいところは知らないはずだ。

それでも彼女は朱賢妃に近いところにいた。宮正司にも出入りしていたから、漏れ聞こえたことをつなぎ合わせて自分たちがされたことを察したのだろう。

だが察することと納得することは違う。

「……宮正にいるのは、つらい？」

蛍雪は問いかけた。

「いいのよ、正直に言って。配置替えを希望する？」

朱賢妃を捕らえるきっかけを作った部署だ。そもそも朱賢妃の罪を暴いた一人は蛍雪だ。

聞くと、春麗が顔を横にふった。

「……ここにいさせてください。皆様の邪魔はしませんから。私たちの命を救ってくれた、それは宮正司の皆様も同じですから」

ただ、と言う。

「私は知りたいのです。本当に朱賢妃様が、あのお優しい方が私たちのことを道具のように扱われたのか。お会いして、朱賢妃様のお口からお聞きしたいんです……！」

春麗はまだ、朱賢妃を信じているのだろう。だから苦しい。春蘭のように吹っ切り、前へ進むことができない。

思いを断つために相手の本音が聞きたい。たとえ自分が今より傷つくことになっても。今も心のどこかで信じているから。思い出の中の優しい顔を壊してくれないと思い切れないから。そんな切ない叫びを春麗から感じる。

それは恋に似ていると思った。

追う者、追われる者、朱賢妃が追い求めた恋の形。

春麗の顔は主を想う切ない色で満ちていた。主を想う心と恋は違う。でも似ている。

少なくとも今の春麗は出会ったころの無垢な邑娘の顔はしていない。

春麗のふるえる肩を、蛍雪はそっと抱いた。それくらいしかできなかったから。

この少女を抱いて慰めることはできても、皇帝にふれて励ますことはできない自分の立ち位置を自覚していたから。

(宮正女官の身で、できることはなんだろう)

蛍雪は春麗を抱いたまま、空を見上げる。夕日が沈むところだった。

後宮にまた夜が来るのだ。誰かが泣き、それを見た誰かが心を痛める夜が。

自分の無力が、悔しかった――。

第二話　月兎

後宮の夜に、灯（あかり）がともる。

月明かりを弾く宮殿の甍、夜の闇に濡れて輝く石畳、それらの藍に灯の紅（くれない）がにじんで映る。

夜はものごとの明暗が分かれる時間だ。

明々と昼めいて灯で照らし出された宮殿と、暗々と夜の水底に沈んだ宮殿と。

絶え間ない笑い声の響く宮殿は今宵、皇帝の渡りのあった幸運な女のもの。対して訪れのなかった妃嬪の宮殿は冥府の淵めいて昏（くら）く淀み、人の気配すらない。

侍女も宮官も、皆、主の勘気を恐れて自身の房に下がるからだ。主もまた勝ち誇った他の女の声など聞きたくないとそうそうに寝入ってしまう。

そんな幸せで残酷な時間のこと。宮殿の一角で、密かに交わされる会話があった。

「まあ、本当によろしいのですか、私などに」

「いいの、この色味は私には合わないから。それにこれは唇の荒れに効くのよ。だからつかいなさい。今回、あの娘のことで骨を折らせた対価よ」

と、女が手渡されたのは、手のひらに収まる薄い虹色の貝に入った紅だ。

鮮やかな深紅の紅。その艶で価の高さがうかがい知れる。

渡された女の唇は手入れをする余裕があまりないのだろう。血色も悪く割れている。

そしてもう一人の優雅な弧を描く唇は、可憐な桜色に染まっていた。

平身低頭しながら下がっていく割れた唇の女を、もう一人の女は侮蔑の目で見送った。

(惨めだこと)

秋の終わりの飛蝗だ。盛りを過ぎたことに気づかず、いつまでも老いた身を曝す。

本来、直接口をきくのも汚らわしい相手だ。が、〈秘密〉を守るためにはしかたがない。

そもそもあの女が配下を掌握していなかったから、今回のことが起こった。

だから、これは罰だ。

取るに足らない虫けらの身で、後宮の主たる自分たちに害を為した、その代償。

ふふっ、と声にならない、含んだ笑いを女はもらす。

桜色の唇が三日月の形に歪んで、灯火の紅にぬらぬらと輝いた——。


——金秋到了、碩果累累。

秋は厳しい冬の訪れの前につかの間現れる、実りの季節だ。石榴（ざくろ）に棗（なつめ）、葡萄（ぶどう）、柿（かき）。真青の空に園林のつやつやとした果実の色が映えている。

そんな秋の甘い香りが澄んだ大気に混じりはじめた午後のこと。宮正司の詰め所、安西殿に初々しいお客様が現れた。

「お邪魔します、魏掌様はいらっしゃいますか？」

「あら、蓮英じゃない、どうしたの？」

少し緊張しながらもきちんと一礼して声をかけてきたのは、後宮の医官、霜月の弟子である蓮英だ。まだ十二歳と幼さの残る少年だが、将来の医官を目指して職務の傍ら勉学に励む、可愛らしい医官見習いである。

彼は蛍雪の姿を認めると、平箱に入った木簡の束を差し出した。

「本日は、砥医官様の使いで参りました。この前の恋呪い中毒事件の患者の方のまとめを、持ってきたんです」

「まあ、ありがとう。こちらから取りに行かないといけないのに、助かるわ」

「いえ、宮正の皆様はお忙しいですから」

にっこり笑って、彼は宮正司へのお使いを果たす。

その初々しさ、健気さに、蛍雪は思わず微笑（ほほえ）んだ。

同じ後宮に仕える官でも、宮官と宦官は所属が違う。宮官は六局二十四司と俗にいわれる、尚宮、尚儀、尚服、尚寝、尚食、尚巧の局下にある二十四司に属する。が、宦官は内侍省の所属だ。

とはいえ同じ後宮内で働くのだ。仕事上、協力もする。

宮正司の場合、女の医官が制度上存在しないので、検死など医官の証明が必要なときは内侍省所属の後宮医官に頼ることになる。

他にも人手が足りないときや力仕事があるときなど、もともと人の少ない部署なので、彼らにはいろいろと助けてもらう。

「蓮英が来たって？」

「よかったです。医局に届けないといけない書類があるのですけど、頼めますか？」

紹杏と暁紅も顔を出す。皆、潑剌とした蓮英がお気に入りなのだ。後宮に勤める宦官の数は多いが、蓮英のように嫌な顔ひとつせず、頼まれごとを処理してくれる者はまれだ。めったに人を褒めない暁紅までもが目を細めている。

「いつも思いますが、志のある少年は清々しくて見ていて気持ちがいいですね」

「だよなあ。宦官って野心たっぷりの爺さんは年取っても脂ぎっててすごいけど、出世から外れたのは若くてもすぐ死んだ目になるし、官吏のやる気って旬が短いって思うもん」

男も女も仕えて月日がたつと己の限界が見えてくる。初期の志も失い、現状維持でじゅうぶんと低いほうへ流される。

とくに宦官は次々若い娘と入れ替わる女嬬とは違い、一度、浄身して皇城に入ると老いて働けなくなるまで勤めることがほとんどだ。当然、燃え尽きた下っ端が多くなる。

そんな中、向上心を失わない若者がいると応援したくなるものだ。

「届け物のお駄賃代わりに、少し休憩していきなさい」

白湯を出し、薄皮生地に餡を詰めた豆沙包子(ドウシャアパオズ)と花形の菓子、牡丹酥餅(ムウダンスーピン)も添える。

凱国の食事は二度の飯と三度の点心からなる。しっかり食べる朝夕の食事の間が空くので、中食として簡単な物をつまむのだ。

が、中食は時間が決まっていない。適時、手の空いた者から摂るので、忙しいと食いっぱぐれることがある。

育ち盛りなのに一日中、使い走りをさせられる少年宦官はその典型だ。

(だからお腹が空いているはずだけど)

蓮英は菓子に手をつけない。入り口のところに立ったまま、もじもじしている。遠慮をしているのかと思い再度勧めると、思い切ったように彼が言った。

「あの、いただいて帰ってもいいですか？」

「え？　食べる時間もないの？」

「いえ、違うんです。その、僕だけで食べるのはもったいなくて」

朋輩たちにも分けてあげたいんです、と彼が言う。蛍雪は仲間想いの彼に、じんっと胸が熱くなった。

皇城に住まう宦官の中でも下っ端の扱いは女嬬より雑だ。官位ある上位者と違い雑務をこなす下層の宦官に定員はない。それをいいことに新たな下っ端を入れては酷使し、他が怠けるからだ。

それだけではない。その体の成立ち故に、彼らの世間的地位は低い。同じ城内にいても表の官吏や女たちからは蔑みの目で見られる。

その鬱憤からか、仲間であるはずの宦官同士も上が下を虐めて気晴らしをする。とうぜんさらに心がすさみ、後輩がもつ下賜品や食事を取り上げる大人げない者も出る。甘いものに目のない年頃の少年宦官の口に菓子が入ることは滅多にない。

だからこそ、彼は朋輩と分け合いたいと言う。蓮英のような立場の弱い者は幼い者同士、助け合って生きているのだ。そこもまたいじらしい。

「お土産には別に包んであげるから、ここに出したものはあなたが食べなさい。時間も気にしないで。医局には私が聞きたいことがあって引き留めたと、一筆書いてあげるから」

言って、彼を椅子に座らせる。

蓮英の師である霜月は配下をいたわる人格者だが、医局には他にも医官がいる。霜月より上位にある医官の中には、できる配下をいじめる性格のよろしくない者もいるから、一筆書くのは必須の防衛策だ。蓮英だけでなく霜月までいびられてしまう。

無事、蓮英が菓子に手を伸ばしたのを確認して、蛍雪は自分用に取り置きしていた黄身餡入り重ね蒸しの蛋黄千層糕（ダンホアンチャンツオンガオ）や胡麻をまぶした揚げ団子の脆皮麻珠（ツイピイマアチウ）も土産に包む。たちの悪い年長者にとりあげられないように、念入りに偽装もほどこした。

「……蛍雪。その、前からもしやと思っていたのだが」

それを見て、紹杏に出された課題の鍵開けに挑戦していた皇帝が声をかけてきた。

「先月の恋呪いの女嬬たちを見ていた目といい、霜月を重用することといい、もしやそなたそういう趣味、いや、……年下好き、なのか？」

いや、どうしてそうなる。女嬬たちは生き生きとした若さが眩しいから見ていたし、霜月は有能だから頼りにしている。蓮英の場合はまだ子どもなのにいじらしいので菓子を与えているだけだ。

とくに少年宦官は十三、四歳で入宮する女嬬よりも幼い七、八歳で浄身して入ってくる。それで大人の太監たちにこき使われるのだ。はらはらして目をかけてしまうのが人というものだろう。それをなにをおそるおそる気をつかいながら確認してくるのかこのお方は。

「なにを馬鹿なことを言っているんです。他に聞こえたらどうするんですか」

ここにいる間くらいはいたわってあげよう。そう思っていた相手だが、あまりの言われようについしらじらとした目を向けてしまう。

この人はいつもこうだ。よい言葉を聞いて見直しても、すぐ、あきれることを言って帳消しにする。これはもう一種の才能かも知れない。

ふり回されるのもつかれるので、遠慮なく言わせてもらう。

「年増女官に目をつけられたとうわさされたらあの子が困りますよ。前途ある若人に妙な悩みをもたせないでください。というか、私だって女孀たちに避けられたら聞き取りができなくなるし、そんなうわさをたてられては恥ずかしいです」

「だが部外者なのにあの者はここに来すぎていないか？」

「だってあの子は砡医官殿の弟子で、うちと関係が一番ある医官は砡医官殿ですから」

前にも見たぞ、と彼は言うが、それはしかたがないことだ。

「何度も言いますが後宮の医官はやぶが多いんです。だから皆、砡医官殿に診察を頼みたがるんです。他部署でもそうですよ。砡医官殿の体が空いている日を事前に聞いて、表にしているところまであるらしいですから。腕のいい医官は順番待ちなんです」

「腕のいい医官が欲しいなら、侍医を呼べばいいではないか」

「はい？」

「だから。腕の良さなら表の侍医も負けていないだろう？　霜月だけに頼ることはない」

胸を張って言われたが、蛍雪はあきれた。何を言い出すのかこの人は。

「表の侍医殿を、私たちが寄こすように言えるわけないじゃないですか」

米がないなら菓子を食べなさいとでも言うのか。表に仕える侍医はその字のとおり、皇帝に侍る者たちだ。下っ端の診察を頼んだりできない。そもそも彼らは〈男〉だ。上の声がかりもなく後宮に招くには、複雑な手続きがいる。

なのに皇帝はまだぶちぶち言っている。

「だがなんだ、ここの者は皆、霜月、霜月と。朕のほうがよほど力もあるし捕り物には向いているぞ。朕がいない間になにを仲間のように仲良くしている」

それでようやく蛍雪も気がついた。この人は、すねているのだ。

（いや、でも、いない間に仲良くと言われても、仕事のうえで協力してもらうだけで）

しかも霜月は性格までいい。どうしても頼りがちになる。皇帝の言うとおり部外者に頼るのはよくないが、それを言うなら皇帝だって部外者だ。

「別に砡医官殿となれ合っているわけではないですよ。適材適所といいますよね？　うちも暁紅が頑張ってくれていますが医術の心得がいる案件が多すぎて追いつかないんです」

そもそも朕のいない間にと彼は言うが、皇帝は忙しい。三日に一度しかこちらには来られない。いつでも医局に待機している霜月のほうが連絡を取りやすいのはしかたがない。

と、言いかけて、この人はそれが不満なのだと気がついた。

彼からすれば三日に一度しかこちらに来られない。大好きな事件に関われない。

女嬬の集団中毒事件の際も気になったのに捜査に参加できなかった。自分が不在の間にすべてがおこなわれて、一人だけ置いてきぼりにされたようで寂しいのだ。

（それだけ宮正司にいる時間が楽しくなっているのだろうけど）

これは彼の皇帝という立場にとって吉か凶か。宮正司が彼にとって心を許せる場になれて嬉しい気もするが、それですねられるのも困る。子どもですかとつっこみたい。とりあえずなだめる。

「趙殿には趙殿のよさというか、趙殿にしかできないことがあります。頼りにしてます」

「なに、朕にしかできない仕事が今あるのか？」

よこせ、と皇帝が前のめりになる。いやいや、言葉の綾だ。今、彼の出番はない。恋呪いで体調を崩した者たちも職場に復帰した。皇帝に抱き上げて寝台移動をしてもらうような力仕事はもうないのだ。

そもそも寝付いた女嬬の介助など、皇帝にさせることではない。彼がこきつかわれればこき使われるほど生き生きしているので、ついつい重労働を押しつけていたが。

（……少し、図に乗りすぎたかな）

蛍雪が反省した、そのときだった。安西殿の前室で待機していた如意が駆け入ってきた。

「たいへんです、蛍雪様、変死体が出たそうです。乾坤宮から知らせが来ました」

事件だ。蛍雪と皇帝の顔が瞬時に引き締まる。

が、続けて詳細を聞いた蛍雪の表情が変わった。

「それで、亡くなったのは李桃殿らしいんです」

「李桃殿が⁉」

李桃とは、乾坤宮付きの宮官だ。下働きの女孀たちをとりまとめている、おっとりとした年配女性である。人に恨まれたり事件に巻き込まれるような人ではない。

それが変死？

（いったい何が起こったの）

蛍雪は急ぎ皇帝を連れ、使いがいるという李典正の房へと赴く。

そこで聞かされたのは昨夜起こったという以下の出来事だった――。


――遠くで、うめく声がした。異形が潜む、深い闇の底から響いてくるような声だった。

（な、んの声……？）

乾坤宮で宮官を務める女の一人、荷蓉（かよう）は目を覚ました。

最初は夢かと思った。最近、主である彭修媛の機嫌が悪く、なにかあると時もかまわず呼出されるので、よく眠れていなかったからだ。

だが、違う。はっきりと目が覚めたのに、声はまだ聞こえる。

「う、ぐ、ふうう……」

高く、低く、声は続く。

ぼと、ぼとぼと、と、なにかが床にぶちまけられる、生々しい音と異臭もする。

あまりの不気味さに起き上がることもできず、荷蓉は目だけを動かし、隣を見た。

この房は三人で使っている。誰か一人でも起きてくれれば怖さも減る。そう思い、そっと呼びかけたのだが。

「……李姚殿、起きてる？」

おそるおそる動かした視界に入ったのは、窓からの月光に照らされた紅の色だった。

それから、かっと目を見開いた顔の、どす黒い、うっ血の色。

ひっ、と息を飲む。悲鳴が口を割って出た。

「きゃあああ」

入り口に一番近い臥台で寝ていた李姚が、半身を臥台からはみ出させ、苦悶の表情を浮かべながらこときれていたのだ……。

「……と、いうのがことのしだいらしいのです」

急ぎ乾坤宮まで出向き、遺体の発見者である荷蓉から話を聞いた芳玉が報告する。

後宮で起きた死を調べるのが宮正司の仕事だが、知人の名を聞くのはいい気がしない。

それでも変死は変死だ。

続けて、医官の検死に立ち会った暁紅が死因について話す。

「検死の医官殿が必要ないと言われたので腑分けまではしていませんが、喉と鼻孔の奥に血の混じった嘔吐物がつまっていました。そのせいで息ができなくなったのが直接の死因と思われます。それと、遺された私物から瓦頼茸（ワライタケ）の亜種が見つかりました。それを過量に摂取したため体が過剰反応を起こし、嘔吐。それを誤飲、窒息した。つまり毒茸の誤食による事故死というのが医官殿の診立てです」

「瓦頼茸!?」

つい先日、恋呪い事件で彭修媛が口にして大事になった茸だ。蛍雪は驚いた。

「どうしてそんなものを李桃殿が持ってらしたの。しかも自ら食べるなんてありえない。だって瓦頼茸はあのとき遥々からすべて回収したでしょう?」

「いえ、李桃殿だからこそ、では」

少し迷った風情を見せながらも、暁紅が言う。

「あの一件の主犯だった批林と遥々は李桃殿の配下です。宮正司の要請に応じて彼女たちの私物がおかれた房まで案内してくれたのもまた李桃殿です。そのときに、いえ、その前にこっそりかすめとっていたのでは」

瓦頼茸は食べれば誰もが中毒を起こす、きつい毒だ。ただ、口にした量にもよるが死に至ることはほとんどない。しかも李桃は気分が悪くなり途中、嘔吐している。

「本来なら口にしても死ぬことはなかった。あれは心地よい幻覚を見せる効用もあります。なにしろ嬪が高い金子を出してまで欲しがる品ですから。宮官ではふつう手が出ません。

それをたまたま手にする機会があった。好奇心から試してみたのでは、というのが医官殿の推測です。確かに嘔吐物が喉に詰まるなど不運としかいいようがないことです。誰も予期できなかった。そういう意味では医官殿の言葉にも一理あります」

暁紅が言うが、蛍雪はまだ納得できない。医官の診立てを疑ってしまう。

残念ながら霜月は別件で出ていて、検死は彼の上役である順敬王（じゅんけいおう）がおこなったそうだ。この道三十年の熟練者で、後宮の女事情もよく知っている。

中途半端に権勢欲と金銭欲が残った後宮医局の長で、若者いびりが過ぎると少々、性格的によい話を聞かない初老の男だが、熟練は熟練だ。

それに霜月より劣る医官の眼は医術の心得がある暁紅が補った。なので今回の診立てに限っていえば死因だけは確かだ。確かなのだが……。

「でも死に至る嘔吐の元が瓦頼茸というのがやはり腑に落ちないわ。李姚殿が配下の私物をかすめとったりするかしら。ましてや主である彭修媛様を奇行に走らせた毒なのに。なにか別のもので嘔吐して、瓦頼茸は誰かが私物にこっそり入れた可能性はない……？」

配下の不始末に責任を感じ、主を貶（おとし）めた毒と同じ茸をつかって自死したとも考えられるが、あれは食べても確実に死に至るものではない。それに自死なら遺書なりがあることが多い。が、そんなものはなかったと暁紅が言う。

「私は実際に会ったことはありませんが、蛍雪殿は李姚殿がおっとりした人柄だったとおっしゃいましたよね。だからじゃないですか？　あれ以来、乾坤宮の空気はよくないようです。彭修媛様も周りに八つ当たり、いえ、塞ぎ込まれているそうですし、李烑殿も配下の監督不行き届きを周りからずいぶん責められたんじゃないですか？」

「あー、それはありえるかも。李烑殿が悩んで鬱になって、少しでも気分を明るくしようと瓦頼茸をつかったたってのは考えられるね。あれ、気鬱を晴らす効果もあるから」

「でも今の乾坤宮に瓦頼茸なんて鬼門でしょ。李烑殿はおっとりしてる分、気の弱い人だったわ。気晴らしなら他でするわよ。茸なんて見るのも嫌になるのがふつうじゃない？」

紹杏が暁紅に賛同し、芳玉がそれに異議を唱える。

蛍雪は芳玉に同意だ。

状況を聞く限り、嘔吐物の誤飲という事故といえなくもない死だが、不審な点はそのままにはできない。

「真実、李烑殿が瓦頼茸をつかったか、断定はできません。が、あれはもう後宮では禁制品になっています。まだ乾坤宮にあるなら回収しなくてはなりません」

なにより、李烑の死はそれ以外に原因がある可能性も残されている。

（なら、それを調べないと李烑殿が浮かばれない）

蛍雪は、李典正に乾坤宮での捜査許可を願い出た。

改めて、不審死ということで乾坤宮まで話を聞きに行く。

皇帝も一緒だ。今後一年、彭修媛は召さない、つまり乾坤宮には行かないと言い渡した彼だが、趙燕子として行くならいいらしい。

「……騒ぎになりますから、顔見知りの女嬬がいてもそちらには行かないでくださいよ。私たちが話を聞くのは李桃殿の同僚の宮官の方々だけですからね」

「わかっている。遠目に確かめるだけで我慢する」

乾坤宮からも先の恋呪い騒ぎで中毒を起こした者が出た。皇帝としては無事、回復した姿を確かめ、言葉を交わしたかったらしい。が、そもそも恋呪いが激化した背景には趙燕子の存在がある。酷なようでも彼を女嬬たちに近づけるわけにはいかない。

（こういうことをすると彼を他の女に近づけたくない、嫉妬深い女みたいで嫌だけど）

お世話役としてはしかたがない。そっと隣を歩く皇帝の端正な横顔を見る。

夏の初めから後宮に出入りするようになった彼だが、格段に化粧の腕も上がり、どこから見ても麗しいお姉様だ。それでいて凛々しい挙措と体格は女嬬たちを中心に支持者を増やしているのも納得の頼もしさで、ともすれば蛍雪も目の保養と見入ってしまう。

対して、蛍雪は洒落っ気のない娘だ。支給の官服をそのまま身につけ、髪にも房のついた、これまた官給品の銀簪を挿(さ)しただけ。唯一の装飾が腰から下げた所属を表す佩玉(はいぎょく)の飾り紐というそっけのなさだ。しかも配属先が宮正司ときている。

　罪人の取り調べをおこなう宮正司は地味な部署だ。怖いと遠巻きにされるだけでなく、汚れ仕事をするところと他局から格下に見られる。なので蛍雪も今まで他から注視されることはなかった。無事、後宮生活を送れていた。

　だが、今の蛍雪は皇帝を護衛に連れ歩いている。凛々しい女武官と地味な女官の取り合わせは目立つ。安西殿の中では大丈夫だが、外に出れば他部署の女たちの目が集中する。

（きっと、『あの女官、下っ端のくせに』って陰口をたたかれてるだろうなあ）

　一緒にいて他から注目されれば蛍雪が叩かれるだけでなく、皇帝の女装の粗を見つけられやすくなる。危険だ。

　かといって彼と別行動をとるわけにもいかない。

　一緒にいて感じるようになったが、彼は意外と寂しがり屋だ。話し相手の欲しくなった彼に他に心を許せる娘を作られて、そちらとばかり話されてはたまらない。目の届かないところでぼろを出されてはとりつくろえない。誰よりも間近で見張る必要がある。

　彼にここでの居心地をよくしてもらいたい。他の女官たちと仲良くなってほしい。

　そう願う心は本当だ。だが、皆と仲良くされると困る自分もいる。

　矛盾している。いや、そもそも一時的なものとはいえこの関係がおかしすぎるのだ。細い綱の上を渡るかのような危うさが常にある。いつかは破綻するだろう。

(だから。この日々が続くことを望んだのは事実だけど)

同時に思う。

いつまで続けていけるだろうと。この、とくべつな奇跡のような関係を。


乾坤宮につく。

蛍雪は彭修媛に会わずにすむように、第一発見者である宮官が詰める房へと直行した。待機していた李桃の同僚である荷蓉ら宮官たちにさっそく聞き取りを開始する。しかし。

「媚薬、ですか?」

いきなり出た言葉に、蛍雪は目を丸くした。

媚薬とは俗に、相手の気を引いたり、性欲を高める薬をさす。凱国でも歴代皇帝の中には毎夜、侍医に命じて処方させる者もいた。こっそり誰かに邪な目的で盛るのでなければ外聞はよくなくとも法で禁じられた薬でもない。が、問題は。

「それがふくまれた紅を李桃殿がつけていたというのですか、あの日の夜に」

見間違いかと思ったが今回、話を聞くのは若い、浮ついた女孺ではなく、落ち着いた年代の宮官たちだ。観察眼も鋭い、熟練の宮廷人である彼女たちが断言する。

「ええ。あれは確かに硃砂の紅でした。艶でわかりますから。城下の春来堂の硃砂の紅には口づけた相手を虜にする、媚薬が混ぜ込んであるので有名なんです」

「つけていたのも昨日で確かです。だって李焼殿はふだん化粧などしない人だったから。そんな人がいきなりあんな紅をつけていれば、何事かと記憶に留めるものでしょう？」

「李焼殿は真面目だけど要領の悪いところがあって。上からの下賜品もなく、いつも雑務に追われて血色の悪い、割れた唇をしていたわ。それが昨夜だけは綺麗に紅がさしてあって。だから目立ったんです。どこであんな紅を手に入れたのかしらって」

彼女たちは変死したのが同僚だったからか、自らが疑われては困ると考えたのか、捜査には協力的だった。自発的に話してくれる。嘘を言っているようにも見えない。

「私たち宮官は宮殿内の清掃もおこないます。上から紅の盗難があったなどと言われた場合、きちんと受け答えをしないといけないので朋輩同士も目を配り合っているのです」

硃砂とは、紅色の顔料だ。辰砂を原料として作られる。この国では花など生薬を原料とする紅がほとんどの中、珍しい鉱物由来の紅である。

（ただ、辰砂は毒としても使用される……）

不老の薬として、または人を殺す毒として珍重される水銀が含まれるからだ。

辰砂は鎮静、催眠、解毒効果や防腐作用がある薬とされる。が、同時に、過量を摂取すると腎の臓の損傷を引き起こすともいわれる。なので近頃は敬遠する者もいる。だが。

「硃砂の紅は美しい色が出ます。荒れた唇を治す効能もありますし、美容にいいと寝化粧につかう人はまだ大勢いるんですよ」と、宮官たちは言う。

「でも寝化粧は通常、意中の相手など、誰かの訪れを想定してほどこすものですよね？」

蛍雪は聞いた。

「寝起きの素顔を恋人や夫に見せたくない場合の装いと聞きます。妃嬪でもない宮官がなぜ寝化粧を？　しかも李姚殿はここ乾坤宮の宮官では」

皇帝の訪れがある宮殿付きの女たちは気を遣う。主たる妃嬪だけではない。仕える侍女や宮官たちも少しでも皇帝の視界に入る恐れのある者は美しく装う。

が、乾坤宮の場合、主である彭修媛が皇帝に今後一年、召さないと言い渡されたばかりだ。乾坤宮に皇帝のお見えはない。媚薬混じりの紅を寝化粧として塗る意味がない。ふつうに肌荒れの薬をつかえばいい。

「そもそも今の乾坤宮に媚薬は禁句では」

「だからです」

と、逆に乾坤宮の宮官たちが反論する。

「あれ以来、ここは火の消えたような有様で。彭修媛様もさすがに気落ちしておられますし、少しでも場を明るくしようと李姚殿は装ったのかも知れません。最近は突然、夜中に呼出されることも多くありますし」

でも、それなら媚薬入りの硃砂の紅でなく、別のものでもいい。蛍雪は納得できない。

李姚は年配の、おっとりした人だった。ここまでくれば後は無事、退官の歳まで勤めればじゅうぶんという、野心のなさげな人だった。それでいて配下の職務怠慢に関しては宮正司に立ち入りを要請するほど自身の職務に責をもっていた。

そんな人が乾坤宮にとくべつな紅を持ち込むのは違和感がある。

蛍雪はそこまで紅に詳しくはない。が、わざわざ媚薬成分を付加されたということは、通常のものより高価なはずだ。宮官の年俸では気軽に購えないだろう。

そもそも媚薬は相手がいないと意味がない。そして後宮は皇帝以外は男子禁制だ。

（いったい誰につかうというの）

皇帝以外、考えられないが、李姚の同僚である荷蓉たちが言う。

「もちろん、あのおとなしい李姚殿に主上を狙うなど、だいそれたことはできませんわ」

「配下の女嬬をまとめることもできず汲々としていた方ですのよ？　死者をむち打つようで言いにくいですが、李姚殿は私たちと同じただの宮官です。顔の造作も並、歳も上、家柄も下。それで妃嬪の方々と渡り合えるなどとさすがに考えていなかったと思います」

「そもそも宮官を内官にするには後宮の主たる皇后様のお許しが必要ですから」

前王朝時代はそこをおろそかにしたため後宮が乱れた。酒池肉林は言い過ぎだが、後宮を訪れた臣下の妻や妃の姉妹など誰彼かまわず寝所に引き込み女色にふける皇帝が出た。故に、今は宮規で禁じられている。いくら皇帝でも勝手な真似はできない。

「ただ、出世をあきらめた宮官は自身の将来に目を向けるようになります。李姚殿が紅をつかい出したのも、寿退官狙いの夫探しのためだったのではと思うのです」

なんでも李姚は配下の女嬬たちが倒れた際に、熱心に診療所に通っていたそうだ。

そこには、生殖機能を失ったとはいえ、〈男〉がいる。

皇帝の妻たる内官とは違い、宮官や宦官は結婚を禁じられているわけではない。さすがに婚姻後の新居は皇城外に構えなくてはならないが、宦官なら休暇のみ城外に下がり、後は元通り皇城にて務めを続ける。宮官でも皇后の声がかりで後宮勤務を続けることもある。

つまり宮官と宦官の結婚はよくあることだ。

職務や風紀に支障がなく、主がそれを許すのであれば問題はない。

「では、李姚殿には紅をつけ、装いたくなるようなお相手がいたということですか？」

「ええ。実際にその場面を見たわけではありませんが、李姚殿はあの恋呪いの一件から表情も暗く落ち込んでおられて。それがある日いきなり明るくなったんです。ちょうどそのあたりでしたわ。李姚殿が夜にこっそり出かけることが何度かあったんです」

「上からのお召しだと言い訳をしていましたけど、彭修媛様の呼出しでなかったことは偶然でしたが私が確かめました。李姚殿が姿を消した夜、たまたま私も彭修媛様に呼出されて叱られたのです。そのとき、彭修媛様の前に李姚殿の姿はなくて。ですから私たちは李姚殿が砥医官殿を見初めて洒落っ気を出したのかなと思っていたんです」

「ぎ、砡医官殿？」

どうしてここでその名がと思ったが、李姚は最近よく彼の話題を出していたそうだ。

「話題といっても悪口ですけど。むきになったように繰り返してましたね」

聞くと李姚は、「砡医官殿は上役を追い落とし、出世するために女嬬たちを使って体調を崩す恋呪いを流行させたの。それを治してみせて名声を得ようとしたのよ。彭修媛様の一件はその企みのとばっちりで彭修媛様は無実です」と繰り返し口にしていたらしい。

「李姚殿はふだん強い主張をする人ではありませんでした。なのであの歳で芽生えた恋心が恥ずかしくて照れ隠しに悪口を言ったのだとそのときは思っていたのです」

「冗談で言ったのではないのだけは確かです。あの人は真面目で、冗談はへたでした」

同僚たちが言う。確かに冗談にしては内容が笑えない。

（李姚殿が恋をしていて、その相手が砡医官殿で、それが恥ずかしくて悪口を言った？）

たしかに霜月は美形だ。まだ二十歳と若く、宦官にしては卑屈なところもなく清潔感がある。見た目だけでなく性格もいい。

「李姚殿は先の一件以来、彭修媛様にきつく責められていましたから。砡医官殿は私から見ても麗しい方で。心に潤いが欲しかったのか、片恋(かたこい)するのも無理はないと思っていたのです。李姚殿と砡医官殿ではかなり年の差がありますけど、後宮の女は周囲に殿方がいない分、恋には無垢です。耐性がないので一度落ちれば止められないとよく聞きますし」

「砡医官殿が先の主上の代に自ら浄身して後宮入りされたこと、幼い頃から仕えていたお嬢様が嬪として入宮することになり、その供をするために宦官になったこと、そして体の弱いお嬢様を守るために医師を目指したことなど、主であった嬪の方に尽くした話は、今でも美談として女たちの間で語られていますもの」

「そうですわ。その後、主上が代替わりなさり嬪の皆様も外へと出され、出家されて。でも砡医官殿は宦官となった身では寺まではついてはいけず後宮にとどまられた。以後は後宮の女たちを主と思い医官としてその健康を守っている……。私でも聞いたときはうっとりしましたもの。一途なあの方に李桃殿が恋に落ちるのもしかたがないと思うのです」

そう言う荷蓉も霜月のことを憎からず思っているのか、彼の名を出すときは少し夢見るような、遠い目をしている。

ここにいる宮官たちは皆、少々、年がいっている。霜月の主の話を知っているということは李典正と同じく、今の皇帝が即位したときに補充で入宮した宮官ではなく、先帝の代からいる者たちなのだろう。

皇帝の代が替われば総入れ替えとなる内官とは違い、宮官は年季が明けるか、病や怪我、婚姻のため退官するまでは後宮に残ることが多い。先帝の手がついていないので新帝にも仕えられるというのもあるが、事情に通じた者が残っていないと後宮自体が回らなくなるからだ。有能な宮官は女官たちが引き留める。

彼女らもそうなのだろう。外に出て誰かと所帯をもつよりも、働けるだけここにいよう。そう思い残った者たちだ。

だがそんな彼女らでも、ふと、〈今〉につかれるときがある。そんなときはうわさに聞く、市井の何気ない暮らしが眩く感じられるそうだ。

李烑もそうだったのだろうか。今の暮らしに空しさを感じ、一途な霜月に憧れた。そしてそんな自分が気恥ずかしく、同輩にからかわれたときに童の好きな子いじめのようについ、相手の悪口を言ってしまうというのはあり得なくもない。

が、李烑の人となりに合わない気がしてならない。

彼女は困ったと言いながらも、優しげに配下の女孺たちを見ていた。恋する女の本能よりも母性が勝っていたような気がする。

「……どうもわからんな。誰かに一件の責任をなすりつけて自分に責はないとしたいとの心もあったのかもしれないが、なぜ、その相手が霜月なのだ？　真実、李烑が霜月に懸想してその名が出たとしても、一連の黒幕などと話の持っていき方が強引すぎるぞ」

宮官たちに礼を言い、乾坤宮から出たところで、皇帝も首を傾げながら言った。

「なぜそこまでの悪人に仕立て上げなくてはならない？　……朕も人の恋心に関しては懲りた。故に女心を解そうと努めているが、業が深すぎて理解できんな」

それを聞いて蛍雪は、彼が恋呪いに興味を示したのは変装術のためだけではなかったことを知った。「人の恋心に関しては」と言っているのだ。歪んだ恋心ゆえに罪を犯した、朱賢妃のことが頭にあるのだろう。

（そういえば最近のこの方は、三日に一度のお忍び頻度を守っておられる）

夜は妃嬪のもとへ通うらしく、前のようにいきなり押しかけてくることもなくなった。この人なりに反省して、女心を知ろうとしているのかもしれない。

後宮の女たちの想いを一身に受ける皇帝が、その心を理解しようと努めてくれるのはいいことだ。が、言うに事欠いて「業が深すぎて」はない。せめて「底が深すぎて」と言って欲しいとは思うが、後宮の、いや、国の平和のためにも頑張って欲しい。

ただ、李烑がなにを考えて霜月を悪く言っていたのかは蛍雪も謎に思う。

「そのときの様子を見ていないので断言できませんが。李烑殿はおっとりしている分、言葉を吟味して口になさる方でもありました。なにか理由があったうえでの発言でしょう。もちろん本当に砥医官殿のことが好きで照れ隠しだったのかもしれませんが」

「それが事実なら朕も皇后に口添えしてもよかったのにな。少々歳が離れすぎではとも思うが、霜月さえよければ城下に邸を下賜したのに。そなたらが頼るということは霜月は性格もよい、李烑を託しても大丈夫な者だったのだろう？　なら、禁じる理由もない。……すべて過去形になるのがつらいがな」

「ですが同僚たちの証言には彼女たちの主観が混じっています。結婚願望があるのは彼女たちのほうで、李烑殿は純粋に配下の女孺が心配で診療所に通っていただけとも考えられます。夜に出かけていたという証言も気になりますし、結論を出すのは李烑殿の行動を調べてからのほうがいいかもしれません」

そう、蛍雪が答えて、いったん安西殿に戻り、配下の女孺に李烑の最近一月の行動を調べるよう命じたときだった。驚愕の知らせを聞かされたのだ。

乾坤宮の主、彭修媛が宮正司に霜月を捕らえよと訴えを出したというのだ。李烑を殺したのは霜月だと言い立てているらしい。

なにがどうしてそうなった。

蛍雪は即座に乾坤宮にとって返し、詳しい話を聞くことにした。

「もう、何度言わせるの。砡霜月という医官は上役を追い落とそうと恋呪いを流行させたのよ。私は無実、いえ、被害者よ！　なのに私が責められて他の嬪、あの嫌みな皇太后様の腰巾着、逓昭容（ていしょうよう）にまで『大家（だんなさま）が後宮でなにも口にされなくなった』と言われたわ。私はなにもしてないわ。だから大家だって皇后様が罰するというのをかばってくださったのよ。私はじゅうぶん恥をかいたわ！　あんな姿を見られて！　その原因が霜月にあるのにどうして皆わからないの。李烑って宮官もそれをばらしたから殺されたのよ！」

乾坤宮に到着するなり、蛍雪は彭修媛にまくしたてられた。

「しかも霜月は昔、横恋慕していた当時の主である嬪を怪しげな薬をつかって気の病にしたというじゃない。今やってる秘密のいかがわしい宴には宮正女官まで混ざってると聞いたわ。趙とかいう護衛。美形同士お似合いなんて騒ぐ子がいたけど、ひどいわ。早く霜月を罰して。そうすれば私は大家に『自身の手で汚名をそそぐとはよくやった』と誉めてもらえるわ。私を馬鹿にする他の嬪たちも見下してやる。元の暮らしに戻れるんだから！」

要約すると「砡医官が後宮で媚薬と称して怪しげな薬を売り、女たちと夜な夜ないかがわしい宴を開いている、李兆はそれに関わっていて、仲間割れを起こして殺された」と、いうことか。それに加えてどこかで聞いた内容が混じっている。

(後半はともかく、この主張の前半は李兆殿の同僚たちから聞いた、砡医官殿の悪口が元になってるわよね)

李兆が口にした悪口は、霜月の過去や人気の美剣士との恋が進行中といった醜聞の尾ひれまでついて、乾坤宮の中でかなりの速度で広がっているようだ。

(そういえば彭修媛様は、足りない恋知識を得ようとこっそり下々の話に耳を傾ける、一途で健気なお方だった……)

他妃嬪からの白い目が嫌で外出もできず、宮殿内にこもりきりである今もそれは変わらないのだろう。いや、薄暗い屋内にいることでかえって鬱になり、気分転換のため宮殿内をうろついているのかもしれない。周囲もそれで気が紛れるならと好きにさせているのか。

壁際に控えた侍女頭の眉私が目顔で「申し訳ありません」と謝ってくる。彼女も大変だ。

だが彭修媛は完全に頭に血が上っていた。

宮正司が人を替え、同じことを話させたことで信用されていないと思ったのだろう。

紅の唇をぎりりと嚙みしめ、団扇を床にたたきつける。

「あなたたちじゃ話にならないわ！　いいわ、直接、皇后様に訴えるからっ」

霜月ら宦官を管轄するのは内侍省だ。宮正司に言ってもしかたがない。そんな後宮組織図も頭から飛んでいるらしい。

無理もない。一年も皇帝に放っておかれることになったのだ。

父に責められ、侍女たちもできが悪い娘を哀れむ目で見る。唯一、親身に話を聞いてくれた朱賢妃が失脚した今、自分が後宮で、いや、この世界で一人きりだと痛感させられた。このまま日陰の身が続いては皇帝からも忘れられると、焦っているのだろう。

現に、こちらをにらみつける彭修媛の手はふるえている。皆の手前、尽きかけた気力を奮い立たせ、虚勢を張っているのだ。それも限界で、それでも、「この訴えが通れば私の無実もきっと」と一縷の望みを抱いているのか。

蛍雪は、彭修媛が気の毒になってきた。

後宮の妃嬪の数は多い。彭修媛も皇帝の渡りは月に一度ていどだろう。なのに親たちは早く寵を得ろ、皇子を産めとせっつく。できないのはお前の手際が悪いからだと責める。責めるだけでどうすればいいかは教えてくれない。

彭修媛も努力したのだろう。うわさにすがり、仙薬も手に入れた。一度は成功した。が、二度目は効果が前と同じかその場で試したら量を誤ったからか無駄になった。それどころか宦官たちに恥ずかしい姿を見られ、仙薬のことがばれた。もう仙薬は手に入らなくなり、皇帝からも一年のお召しなしを言い渡された。

箱入り娘だった彼女には悪夢だっただろう。

父の期待を背負ってきた以上、失敗しても実家に居場所はない。彼女が名指ししたように、逓昭容にも他の妃嬪にも白い目で見られ、面と向かって嫌みを言われる。

逓昭容は入宮の時期こそ遅かったが、しっかりした嬪だと有名だ。父親の逓刺史もまた切れ者で、先帝に見込まれ他国との交易が盛んで政治力を試される南海州をまかされた。まさに彭父娘とは反対だ。彭修媛は武官である父親ともども腹芸ができないと他から馬鹿にされることが多い。きっと父親にもあの娘にだけは負けるなと言われていたのだろう。

なのにまた負けた。

歯がみをしていたときに外の回廊で話す宮官たちの雑談を聞いたのだ。

それで訴えた。それくらいしか、追い詰められた彼女にできることはなかったから。

(だけど、こんな騒ぎを起こしても、他の競争相手に乗じられるだけなのに)

たぶん皇帝を喜ばせた成功の記憶が、彭修媛の中で夢のような愛の一夜としてあるのだ。皇帝から聞いた。あの夜、彼女が舞った姿を、彼は声を上げて笑い、喜んだという。他の妃嬪との競争にあけくれる彼女にとって、まさに虹を渡るような幸せな時間だったのだ。

だからもう一度、あの夜を取り戻したいとあがいている。

もう一度、あの快感を味わいたい。彼の心を独占したい。ただ、それだけなのだ。

だが、一時的な札の削除ですませたのは皇帝の温情だ。国の一の人に怪しげな薬を盛ったのだ。本来なら族滅されてもおかしくない。それを皇帝が一年のお召しなしですませてくれたのに。

（ここで騒げば、さすがの主上も動かざるを得なくなる……）

それがどこまで彭修媛に伝わっているか。

が、とにかく、嬪から訴えが出されたのだ。宮正司としては対応しなくてはならない。

「……医官が相手では私ども宮正司にもどうにもできません。ですが宮官の行動なら調べられます。彭修媛様仰せの怪しい薬の流通がなかったか直ちに調査いたします」

もともと李桃の行動は調べるつもりだったのだ。

恭しく一礼すると、蛍雪は彭修媛の前から下がったのだった。

蛍雪が侍女頭の眉私と言葉を交わし、広い乾坤宮の外に出ると、皇帝が仁王立ちで待ち構えていた。

目が合うなりむんずと腕を取られ、石灯籠が置かれた路の隅へと連れて行かれる。

勢い良く壁に背を押しつけられたかと思うと、どんっと顔の両側に手をつかれた。

怖い。風圧にほつれ髪がもっていかれた。壁に罅（ひび）でも入ったのではないか。

そして皇帝が吠えた。

「朕が霜月といかがわしい宴で同席、お似合いとはどういうことだ！　なぜそんな悪評を立てられなくてはならない。霜月は性格もよい、李桃を託しても大丈夫な者と認めはしたが、こんなうわさは求めていないぞ、朕の名誉はどうなった……！」

いきなり言われた。まあ、気持ちはわかる。こんな姿をしていてもこの人は男性だ。人気の霜月が相手とはいえ、宦官と恋仲だと言われれば「違う」とわめきたくもなる。

が、疑問がある。

(主上は正体がばれるのを警戒して、先ほどの面会には同席しなかったはず、よね？)

なのに、なぜ内容を知っている。聞いてみる。

「どうして、主上が彭修媛様の訴えの詳細をご存じなのです」

「影をつかった」

即答が返ってきた。そういえばこの人には護衛が付いていた。

「それ、つかい方、間違ってますから」

この前の春麗の騒ぎのときもそうだったが、いくら一緒に行けなかったとはいえ、面談の内容を護衛に盗み聞きさせ報告までさせるのはどうかと思う。

顔の両側につかれた太い腕の間から抜け出しつつ言う。

「私が戻るまでお待ちになって、聞かれればいいじゃないですか」

「待てなかった。それよりもなぜだ。なぜこんな訴えが起こる。霜月は後宮では唯一と言っていい腕のいい医師なのだろう？　それを根拠もなく訴え、罰するよう求めるとはどういうことだ。いなくなって困るのは後宮の女たちだろう。なのに李烑といい彭修媛といい、なぜああも悪評ばかりを言いたてる。真実、霜月という男は悪なのか？」

「それが李烑殿はともかく、妃嬪の方々は私ども宮官とは医師事情が違いまして」

霜月の悪評に関してはまだ調査ができていない。なのでひとまず横に置き、後宮の医官問題のみを下々の事情にうとい皇帝に説明する。

「私ども位の低い宮官や宦官たちは霜月殿を頼りにしていますが、妃嬪の方々は必ずしも医官を呼ぶ必要はないのです」

「なぜだ？　彼女らも病になったりはするだろう」

「そのときは畏れ多くも皇帝陛下が侍医をさしむけてくださいますから」

あ、という顔を皇帝がした。それを見て蛍雪は彼が前に口にした「腕のいい医官が欲しいなら、侍医を呼べばいいではないか」の言葉は冗談ではなく、事情がわかっていないが故の発言だったのだと知った。

「……後宮の医官は数が少なく、腕が悪いことは周知の事実です。ですから主上も自然に、体調がすぐれない妃嬪の方がいれば、侍医をさしむけようとおっしゃいますよね？」

それは皇帝とよく顔を合わせる上位の宦官や女官もそうだ。皇帝の、皇后の、皇太后のといった〈上〉の思し召しで〈とくべつ〉に侍医にかかることができる。

「妃嬪の方々にとって医官にかかるという選択肢はないんです。侍医を呼んでもらえるのは栄誉です。主上の寵を得ている証ですから。自身の権勢を誇示することにつながりますから、命の危険があると言われても決して後宮の医官は呼ばないでしょうね」

それが女の意地だ。前の恋呪い事件で彭修媛が霜月の診察を受けたのは、当人の意識が正常ではなかったのと、この件を皇帝に知られるわけにはいかないと侍女たちが結託した結果だ。なので医官が一人消えたところで問題ない。

「住む世界が違いすぎるのか……」

「そういうことです。ですから今ごろ、彭修媛様はどうして医官一人罰するだけのことに宮正女官が渋るのかと、逆に不思議がっておられると思いますよ」

今回のことがなければ、後宮に宦官の医師がいることさえ気づかないままだったかもしれない。

　言うと、皇帝がなんともいえない顔をした。それから、目を伏せて言う。

「……その、朕の妻たちがすまん」

　申し訳なさそうにごつい肩をすくめる皇帝を見ると、妃嬪たちは大事にされているのだなと思った。

（彭修媛様に、主上のこのお姿を見せてさしあげたい）

　さらりと妃嬪たちを身内扱いして代わりに謝る姿を見れば、焦る心も失せるだろうに。

　だが告げられない。これはお忍びだ。妃嬪に隠し事をしていることが後ろめたくなった。

「とはいえ今回の件に関しては、霜月が怪しげな薬を売り、李桃を殺したなどいいがかりだ。朕が召さないので暇を持て余し、自分に都合のいいうわさを鵜呑みにしただけだろう。あの気分屋の娘が医官の野心などと下々にも人生があるのだという物語を作りだせるとは思えんし、そんな陰謀があったとしても気づくのは無理だ」

　そう報告を上げよ、と皇帝が言った。

「万が一、皇后のところまで訴えが上がってきても、朕が差し戻してやる」

　それは職権乱用ではと思わなくもないが、もともと宮正司が調査できるのは宮官だけだ。皇帝の言うとおり「暇を持て余し、自分に都合がいいうわさを鵜呑みにしただけ」と報告を上げるわけにはいかないが、霜月は宦官。管轄外でもともと手の出しようがない。

「ではお言葉に甘えさせていただきます」

蛍雪は素直に言った。

「李桃殿の行動は調べようと思っていたわけですからそちらをすませて、まだ彭修媛様のお気が鎮まらないようでしたら、改めてその方向で報告を上げさせていただきます」

霜月への訴えは「宮正司にできる範囲で調べる」で流しておくことにしよう。腕のいい、志のしっかりした医官は貴重なのだ。

そう、方針を定めた蛍雪だったが、事態はすぐに新たな方向へと舵を切った。

彭修媛の訴えに、後宮の医局が動いたのだ。

霜月の上役である順敬王が、霜月が〈いかがわしい宴でつかった怪しい薬〉の原料となる生薬を持ち出した証拠にと、薬庫の出庫台帳を示したのだ。

そこには霜月の名でここ一年ほど、患者に処方する名目のもと鹿角(ロッカク)や地黄(ジオウ)などが持ち出された記録があった。流用して、〈いかがわしい宴〉で使うにはじゅうぶんな量だ。

「瓦頼茸の在庫はありませんから出庫記録もありません。そちらは例の女嬬から仕入れたのでしょう。奴は下々に人気がありますからな。いや、李桃という死んだ宮官から仕入れていたのかもしれませんな。あれなら配下からいくらでもせしめることができる」

順敬王が言い放つ。それだけなら記録は捏造で、彼の霜月への嫉妬からの偽告発とも考えられた。順敬王が配下をいじめる狭量な上役であることは有名だったからだ。

だが、順敬王の言葉を裏付けるような不審な出来事が起こった。

乾坤宮以外の宮殿に勤める下位の女官を中心に、いつぞやの彭修媛と同じ瓦頼茸の中毒を起こした者が複数、出たのだ。

症状が落ち着き、正気を取り戻した彼女たちは一様に訴えた。

「実は口づてに聞いて、ここ半月ほど、砡医官殿に意中の相手をその気にできる媚薬を処方していただいていたんです。まさかあの瓦頼茸だったなんて」

「驚いて砡医官殿に聞いたら、知らない、媚薬の処方などしていないと言われて。でも確かに砡医官殿の使いだという宮官が届けてくれていたんです。名は李烑といいました」

こうなっては宮正司のみで訴えをとどめておくわけにはいかない。内侍省が動く。

霜月は宦官だ。宦官は宦官が裁く。宮正司は手を出せない。霜月が調べのため捕縛されたと人づてに聞いてもはらはらしていることしかできない。

李典正さえもが黙って椅子に座り、額をもんでいる。

「……砡医官殿が、怪しげな薬など、つかわれるわけがありません」

今後、捜査をどうおこなうか話し合う席で、沈黙の後、李典正が言った。

「砡医官殿が仕えておられた方は、葉胡蝶(ようこちょう)といわれる地方豪族出のご令嬢でした。後宮におられるとき、一時、皇帝の寵を受けられたせいで他嬪から嫉妬され、気鬱の病を発症されて。後宮を出た後、自死されたのです」

息を飲んだ。いつも穏やかな彼の過去にそんなことがあったとは知らなかった。

「砡医官殿はだからこそ後宮の女たちに尽くされるのです。後宮を出るお嬢様についていけなかった。最後の瞬間に傍にいることができなかった。なにより主の病を治せなかった。それが悔いとなっているのでしょう。そのような方が怪しげな薬を処方するわけがないのです」

「たしかに腑に落ちないよね。私は砡医官殿の昔を知らなかったけどさ、それでも引っかかる」

紹杏が自作の鍵を放り上げ、受け止めつつ言った。鍵開けの生徒である皇帝が、今日は来ないので少し寂しいらしい。それでも宮正女官らしく、意見を述べる。

「だってさ、今回の砡医官の捕縛につながる訴えを出したのは彭修媛様だろ？　あの訴えが李桃殿の悪口をもとにしたものでもその後の流れができすぎじゃない？　これを訴えれば配下をいじめる機会は逃さない順敬王殿がのってくる。結果、霜月殿に罪有りとされれば自身の罪が軽くなるなんて考えが、あの彭修媛様の頭から出てくると思う？」

皇帝も同じことを言っていた。彭修媛は問題をよく起こすが他者を陥れるような陰湿な真似はできない人だ。ふだんから仕える侍女がはっきり「鳥頭ですから」というくらい気分屋で忘れっぽい。陰謀を頭の中でこねくり回すことなどできない。

「あの方のことだもの。うわさを聞いても単純に『自分は無実だ』ってとこにくいついただけだと思うんだよね。都合よく順敬王殿がのってきたり、茸の中毒者が出たり。宮殿内をうろつく彭修媛様にこんな話を聞かせた者のほうが怪しくない？」

「それって彭修媛様は踊らされただけで、李兆殿が怪しいってこと？」

蛍雪はおっとりした宮官の顔を思い出しながら言った。

「それを言うなら李兆殿だって誰かを貶めたりできる人ではないわ」

「でも現実に李兆殿の悪口が原因でしょ？　李兆殿は悪口を言うだけでなく、彭修媛様のことを被害者ではなく無実だって言った。それって彭修媛様のために言ったんじゃない？黒幕ってのがいたとして李兆殿も踊らされただけで。配下のことで責められて思い詰めてたわけだし、そこに主を救えるかもって話を聞けば責任感のあるあの人のことだもん。信じるし主の立場をなんとかしないとって動くよ。それなら真面目な李兆殿の人となりに合う。見当違いの悪口を言い立てたのもわかるよ」

「それは……」

一理あるかもしれない。野生児に見えて紹杏の直感はよくあたる。李兆はおっとりしている分、人を疑わない人だった。前の毒茸事件でも批林の仮病を信じたくらいだ。話のもっていきかた次第でいいように使われただろう。

「あの李姚殿がつけてた紅だって。うわさを流す対価にもらったなら納得できる」

「だけどそんな〈陰謀譚〉を誰が考えたの？　彭修媛様はもちろん李姚殿にも無理よ」

「そりゃ、背後にいる誰かよ。彭修媛様のご一族とか」

「彭修媛様のお父君の彭将軍は猪突猛進で有名な武人よ？　戦の駆け引きはできるみたいだけどこんな陰険な宮廷細工は事情通の軍師が付かないと」

と、そこへ暁紅が「この流れなら言えます」と、帯の内から平らな容器を取り出した。

「実は。李姚殿の嘔吐の原因ですが私も納得がいきませんでした。なので李姚殿が当夜つけておられたという紅を預かって調べたんです。見てください」

蓋を取ると、そこには鈍色（にびいろ）の液体のような金属が入っていた。

「水銀です。あの同僚たちの言っていた城下の春来堂の硃砂の紅も取り寄せて調べました。李姚殿のもっていたものには、通常の紅に入っている倍以上の水銀が入っていました」

「じゃあ、李姚殿の嘔吐の原因は、いえ、死因はこれ？」

「順敬王殿が腑分けの必要はないと言っておられたのも、おそらくこのことを知っておられたのだと。李姚殿は吐物で窒息しなくても死ぬ運命だったたんです。内臓をやられていたでしょうから」

「それって、もしかして、口封じ……？」

薬は過ぎれば毒となる。知識がないとできないことだ。だが知識のある順敬王ならできる。動機だってある。彼はできる霜月を煙たがっていた。

（でもそれだけの理由でこんな大がかりなことをする？）

この件で益を得る者は複数いる。が、一つ一つの動機が小さい。決め手に欠ける。

そこで、待ってください、と、商家の出の如意が棚から帳簿を取り出した。

「私も気になっていたことがあるんです。先の事件で遥々の告白による、彼女が採取した瓦頼茸の量と回収した分が合わなくて。どう考えても行方不明分があるんです。でも他に被害報告はあがってなくて。批林自身がつかったと上の方々が結論づけましたがそれが違うなら？　批林は目端のきく子と李烑殿も言っていました。取り調べでも彼女が売り物になる品を自身で消費する娘ではない印象を受けました。この子は根っからの商売人だと」

如意は商家の出だ。同類を見る目はある。

「つまり批林が隠していた瓦頼茸がまだあって、それが今回、つかわれたということ？」

「いえ、それが。李烑殿の私物にあった分だけならそうでしょう。ですが今回、新たに症状を出した女官たちの分を考えると、今度は少なすぎるんです。新たに誰かが供給したとしか。だから今まで言わずにいたんですけど」

あれから李烑の行動を調べた。彼女は診療所に足繁く通っていたほかに、確かに夜間の外出をしていた。ただし、彭修媛が訴えたような怪しげな宴に出ていたのではない。そんな宴が開かれた形跡はなかった。霜月のもとへも行っていない。巡回の宦官や門番の言葉をつなぎ合わせると、李姚は無人の園林や、他宮殿に立ち寄っていただけだった。

「つまり新たに瓦頼茸の供給があったとして、李姚殿なら運び手になれる。それすらが真面目な李姚殿が誰かに踊らされてのことなら？　李姚殿は『呼出された』と言っていたのでしょう？　巧妙におびき出されていたのなら」

あの李姚が媚薬や瓦頼茸の運び手になるわけがない。その印象は今も変わらない。

「あの茸は条件さえ合えば後宮内でも生えると遥々は言っていた。素人には無理。遥々でないと。そして順敬王殿は李姚殿のことを『あれなら配下からいくらでもせしめることができる』と、現在進行形で語られた。過去形ではなく。順敬王殿はのっかっただけでなく最初から一枚嚙んでるんじゃない、今回の件に」

「でも瓦頼茸を仕入れようにも事件後、遥々は追放になったわ。後宮にはいない」

「それ、李姚殿なら遥々の落ち着き先を知っていたかもしれません」

芳玉が言った。

「配下思いの李姚殿なら、追放後の彼女のことも気にかけていたでしょう。後宮追放となれば故郷にも帰れません。新たな勤め先を探すのも難しいでしょう。責任感のある李姚殿なら落ち着き先を探してやるくらいしたかもしれません」

「遥々なら瓦頼茸を提供できる。そして李姚殿ならその行方を知っている。今回、症状の出た女官は皆、李姚殿から受け取ったと言っているわ。でも女官たちは〈李姚〉と名を口にしただけ。本物の李烑殿に会っていたかは仕える宮殿が違うこともあってわからない」

「李烑殿の名を騙（かた）った誰かがいたってことですか？　李烑殿の死はそれ自体が口封じ。すべての罪を李烑殿になすりつけるための」

蛍雪はうなずく。それならすべての筋が通るのだ。

「李烑殿は事件収束後も診療所に足繁く通っていたわ。まだ入院している女嬬がいたから。接触は簡単よ。あそこには他の宮殿から出た患者もいた。その見舞いにかこつけて誰でも入れる。そこで李烑殿が呼び止められて遥々の名を出されたら」

「そっか、李烑殿は遥々のことを気にかけてもただの宮官、力はない。何日分かの宿泊費を渡して寝場所を作ってやれるくらい。だから誰か力をもつ人が遥々に同情している、職の世話をしたいと言っているって聞けばよろこんで話にのる。霜月殿の悪口だって。遥々のことで恩義を受けた相手に言葉巧みに吹き込まれて、広めるのが主である彭修媛様のためでもあるって言われたら、実行するよ。それが真実だと信じて、義憤にかられて」

すべて推量だ。霜月一人を追い落とすために、ここまで大がかりな仕掛けを順敬王一人で組み立てはしないだろう。女の協力者も必要だ。だが、今はそれしか突破口がない。

「……遥々の行方を確認します」

李典正が言った。女嬬たちの人事を司る尚宮局や、北門の番を務める兵たちや。伝手のあるすべてをつかって、急ぎ行方を追う。

だが遅かった。

彼女の足取りは、後宮を出されたところで消えていたのだ――。


蛍雪は一人、安西殿に与えられた房で悩んでいた。

女官は許可なく後宮を出ることはできない。外の捜査は宮正司には不可能だ。

祖父に頼む？　魏家の娘という伝手をつかうか。それも難しい。私情から孫に協力した
となると祖父が難しい立場に立たされる。そんな真似をあの祖父がするわけがない。

「おい、話は聞いたぞ。朕のいない間にずいぶん状況が進んでいるな」

外と内を結ぶ連絡役の宦官、衛児を引き連れて皇帝がやってきた。そういえば今日は三
日に一度の訪問日だった。彼が戸口から入るなり、蛍雪に言う。

「外のことは、朕が調べよう」

彼なら確かに調べるのは簡単だ。蛍雪が外に出られなくとも彼なら動ける。

だが、蛍雪は止めた。

「駄目です、趙燕子の正体を、危険にさらされるおつもりですか」

皇帝はこの国の最高権力者だ。彼が動けば人が動く。ふだんは連れてこないのに今回だ
けわざわざ衛児を同行させたということは、彼に根回しをさせるということだろう。が、

それでも皇帝のお忍び事情に関わる者が増える。

（前はそれを気にして、自ら馬を駆って後宮に来られた主上だもの）

以前あった事件のときだ。後宮から運び出される棺を止めて欲しいとの蛍雪の要請に応じて、彼は宦官を動かせば秘密が漏れる恐れがあるからと、自ら動いた。

あのときの皇帝は頼もしかった。だが蛍雪は世話役失格だった。

なんのために祖父が自分を指名したか。後宮で趙燕子の存在が浮かないようにとの配慮からだ。だから皇帝としての彼の〈伝手〉だけはつかいたくない。

皇帝がもどかしげに蛍雪の前までやってくる。

「だが、このままでは進展がなかろう。そなたの相棒として少しは頼れ」

「それでも。私は趙殿の相棒である前に、あなた様の〈お世話係〉です」

蛍雪はきっぱりと言った。あのとき、反省した。もう同じ過ちは繰り返さない。最近の彼は宮正司の皆となじむあまり危機感が薄れているように感じる。なら自分が引き締める。

二人、無言で見つめ合う。

そのときだった。門のほうから、大きなわめき声が聞こえてきた。

「先ほど駆け込んだ餓鬼を渡してもらおうっ」

「我々は医局の者だ。隠し立てするなっ」

もみ合う気配までする。あわてて行ってみると、蓮英が門脇の殿舎の陰でふるえていた。

杖で打たれでもしたのか、体のあちこちに痣を作り額からは血を流している。

「蓮英⁉　どうして、いえ、こっちへ、早くっ」

傷ついた彼を殿舎の中にかくまい、改めて門を見る。門番の女嬬たちが杖を振りかざし、必死に押しとどめているのは、柄の悪い青年宦官たちだった。その先頭にいるのは、蛍雪も見覚えがある医局の医官だ。衛児が身を隠しつつそっとささやく。

「あの者は班宝世。医局の長、順敬王の腰巾着ですね。医局には暴れる患者を押さえつけたり運んだりするために腕っ節自慢が何人か配されていますから」

さすがは皇帝の傍付き。彼のお忍び全般の調整役をまかされるだけのことはある。関わりになりそうな部署の宦官たちの名と顔をすべて調べているのか。

班宝世が女嬬たちを蹴散らし、押し入ってくる。

「渡してもらおう。宮正司は宮官を取り締まるのが役目。宦官は宦官へ引き渡せ」

もっともな言い分だ。だが木簡を抱きしめ、血を流している蓮英を渡せるわけがない。

だが腕力でも、組織上の理屈でも彼らには敵わない。

「わん、わん、わんっ……」

宮正犬の崙々が、なにごとかとお昼寝場所から駆けてくる。が、これもまた。

「くふうん……」

宦官たちに睨まれてすぐに尾を巻き床下に逃げ込んだ。相変わらずの駄目犬だ。

蛍雪の姿を認めた如意が、指示を求めて駆け寄ってきた。

「蛍雪様っ」

「私が時間を稼ぐ。李典正様を呼んできて」

言って、蛍雪が班宝世の前に出ようとしたときだった。

皇帝が立ちはだかった。

前へ出ようとする蛍雪の腕を引き背後にかばうと、堂々と階を降り、宦官たちに近づく。

「その蓮英とやらがここにいる確かな証はあるのか？」

低い、凄みのある声で言い放つ。

いきなり出てきた武官の姿に、宦官たちがひるんだ。が、宮正司には娘子兵の護衛がいると思い出したのだろう。女になにができるとばかりに肩をいからせ、嘲弄してくる。

「なんだ、お前。女だてらに武官ごっこか？」

「引っ込んでろよ。それとも俺たちに遊んでほしいのか」

いくら鍛えても女が男に敵うわけがない。しかも自分たちは複数だ。そう思ったのだろう。鼻で笑った班宝世が、皇帝の胸を押そうとする。その刹那、皇帝が動いた。

「……先に手を出したのは、そちらだぞ？」

低く凄むなり、皇帝の体が消えた。

いや、違う、身をかがめたのだ。

低い重心から素早く蹴りを放ち、宦官にしては体格のいい班宝世の足を払う。たまらず仰向けに倒れた相手の胸を踏みつけ動きを封じると、腰に差した剣の柄に手をおいた。

「抜かせたいか？」

自分より背の低い宦官たちを見下し、口元を歪めて笑う。

殺気を見せるまでもない。その凄みに、班宝世だけでない、一行の頭として同行したらしき医官も腰を抜かした。

「ひっ」

針で縫い付けられた虫めいてわななく彼の腰下に、じわじわと濡れた染みが広がっていく。紹杏が容赦なく「臭っ、誰が掃除するんだよ」と顔をしかめた。我に返った宦官たちがあわてて腰を抜かした医官を引きずり起こす。

「お、覚えていやがれっ」

「順敬王様に言いつけてやるからなっ」

定番の捨て台詞をはいて、皆、蜘蛛の子を散らすように逃げていく。それを見送って、皇帝が言った。

「初めて、護衛らしい仕事ができたな」

こちらを見て、にやりと笑う。自分向きの仕事がないことを気にしていたらしい。

その自慢げな表情に、蛍雪は苦笑した。

宦官たちに睨みをきかせる姿に思わず息を飲んだのに。あいかわらず感動したままではいさせてくれない。困った人だ。


「……ありがとうございました」

宦官たちが去って、蓮英がぺこりと頭を下げた。

「すみません、皆様にご迷惑をおかけして。用が済みましたらすぐに出て行きますから」

手当てしようとする手を断って、蓮英が「これを」と、抱きしめていた木簡を差し出す。

「持ち出してきました。改ざんされた薬庫の出庫台帳は無理でしたが、せめてこれだけはと」

それを聞いて、蛍雪は思わず舌打ちしそうになった。皇帝も苦い顔をする。

「やはり捏造か」

「はい。砥医官様はあのような薬、つかっておられません。僕は砥医官様の助手なんです。お忙しい砥医官様の代わりに薬を持ち出す手続きもしていますから確かです」

きっぱりと蓮英が言う。が、ことは宦官たちの領域である医局で起こった事件だ。宮正司にはどうしようもない。内侍省にしても一少年宦官と後宮医局の長の言葉では重みが違う。蓮英の証言など取り合わない。それは蓮英もわかっていたのだろう。それでもなんとかしたくてここへ駆け込んだのか。

「……この木簡は、誰も手を加えていない医局を訪れた方々の診療記録です。今回の事件と関係がないので持ち出せました。ただ、砥医官様は前からこれを調べておられて。それで、この間、今回の茸や媚薬騒ぎが起こる直前のことです。順医官様もこれを見ていらしたんです。そのときそこにいた僕に気づかれて口止めをされて。だから怪しいと思って。宮正司の皆様ならなにかわからないでしょうか」

「順敬王殿が、これを見たことをわざわざ口止めされたの？」

「はい。順医官様は砥医官様がなにを調べておられるか気になられたのでしょう。今回の騒ぎには媚薬が関わっているでしょう？　それで気になって」

患者の方のことを他で口にするのは禁じられているのですがと断って、彼が言った。

「実は、後宮内で妃嬪の方々でもないのに媚薬を服用したような症状を出す人が定期的に医局を訪れているんです」

蛍雪が興味を示したのを見て、蓮英が木簡を広げる。皇帝ものぞき込んできた。

「確かに患者の記録だな。女たちの所属は、月蛾宮か」

月蛾宮とは嬪の一人、逓昭容の住まう宮殿だ。昭容の位は皇后、四妃につづく九嬪の中では上から二番目。彭修媛より上だ。父親の逓子庸は、今でこそ中央の要職についていないが、海に面した上州の刺史として官人名簿に名を連ねている。

まだ入宮して一年と後宮では新参の嬪だが、野心家だ。上位の妃に取り入り着実に足場を固めている。父が狸なら娘は狐と女官たちにも称される、油断のならない人だ。ちなみにこの前、彭修媛が名指しで「嫌みを言われた」と憤慨していた嬪でもある。

(そんな逓昭容様が住まう宮殿から、媚薬の作用めいた症状の女が出ている?)

違和感がある。書かれた名の横には薬を届けるため明らかにする必要があったのだろう、宮殿内での役職も書かれている。皆、侍女や宮官など逓昭容の傍付きばかりだ。つまり忠誠心篤き、側近ばかり。そんな女たちが媚薬に手を出すなど考えられない。

皇帝がなにかに気づいたのか、眉をひそめた。

「どうなさいました?」

「いや、きちんと一月ごとだな」

確かに規則正しい。

(患者の名も重なり月に一度の症状なら、女の月一の鎮痛薬の副作用も考えられるけど)

医官の霜月と順敬王はここからなにかを読み取ったのだ。が、蛍雪にはわからない。

「お願いです、信じてください、砒医官様は妙なものは処方なさっていません！　上役の医官たちが砒医官様ばかり指名されるのに嫉妬して証拠を捏造しただけなんです！」

蛍雪たちがはっきりしない顔をしたからだろう。蓮英が思い詰めた顔で言った。

「もちろん皆様では管轄が違うとわかっています。でも、お願いです、ここしか残されていないんです。提出された台帳を調べてください。とじ直したり削って書き直した跡が必ず見つかりますから……！」

彼は必死だった。これを伝えるために医局を抜け出してきたのだ。いや、何度も抜け出そうとしては捕まり、そのたびに罰を受けたのだろう。彼の痣はいろいろな色をしている。

（それでも、この子はあきらめなかった）

それだけ、霜月を慕っているのだ。

惰性に流されて生きる宦官が多い中、霜月は別格だ。真摯な姿勢に感銘を受け、医官を志す少年たちが彼の周囲には集まっている。

この蓮英もその一人。貧しい農村の出で、病母の薬代を捻出するために自ら浄身した少年だ。「僕も砡医官様のように人の役に立つ医官になりたいんです」と、まっすぐに言う目がまぶしい子だ。だからこそいじらしく、守ってやりたい。そう思っていたのに。

（私には、なにもできない……）

はがゆい。あきらめたくないのに、あきらめないといけないのか？

蓮英の傷の手当てと、木簡の調べを暁紅に頼むと、蛍雪は房を出る。

回廊を歩きつつ考える。これからどうしたらいい。

蓮英がここにいることは順敬王にはばれている。外には医局の見張りもいるだろう。蓮英を他には移せない。捜査の聞き取り名目で彼を引き留めようにも、宮正司は宮官犯罪にしか捜査権がない。李桃の件にこじつけて証人扱いをしたとしても長くはもたない。

　ふと隣を見ると共に歩く皇帝が浮かない顔をしている。

「主上？　なにか？」

「その、媚薬のことだ。朕は必要ないと処方させたことはないが。そなた詳しいか？」

「……私も実物は見たことはありません。話に聞くだけで」

　大真面目な顔で聞かれても困る。だがなぜそんなことを聞くのか。問うと彼が言った。

「実は。後宮の女たちの間で、朕をめぐる争いが激化している」

　そういえば李典正からも聞いた。賢妃の位が空くかもと皆、殺気立っていると。

「さすがに皇后、四妃は動かんが。下の者たちがさわがしい。それぞれの元を訪れたときに出される酒肴も度が過ぎるほど奢侈に傾いてな。灸をすえる必要があった」

「もしやそれで主上は妃嬪の供応を禁じられたのですか。仙薬の件があったからでなく」

「ああ。こうならないようあえて朱賢妃の位は剝奪せず、冷宮送りに留めたのだが」

　皇帝が、ため息をつく。

「後宮の賞罰は皇后が仕切るのが望ましい。が、皇后は義母に仕える皇太子妃時代が長かったからか、位につき四年が経っても自身が後宮の頂点にある自覚に乏しい。皇太后の傘の下で他と競って朕の寵を得ようとする心が抜けん」

「……では先日の彭修媛様の裁きに主上が口を出されたのも」

「ああ。あれに任せたままでは大局を見ず、とにかく競争相手を減らせばいい、との考えのもと極端な裁きを下すからな」

皇后、王氏は今年で二十二歳。先の中書令を祖父に持つ名門中の名門の出だ。国母となるために育てられ、十四歳で当時皇太子だった皇帝の元に嫁いだ、生粋のお嬢様だ。当然、皇后となる教育を受け、素質もある。

（それでも夫を他の女と分け合うのは覚悟がいるのか……）

ただ一人の男の寵を争う妃嬪たちに、皇帝の〈公平に〉という心は通じない。

当然だ。彼女たちが欲しいのは唯一のもの。

他と分け合う公明正大な夫などではない。

それをわかっているのだろうか。皇帝が渋い顔のまま言う。

「朕が大鉈を振るうのは簡単だ。だが上を刈っても下が繁茂するだけ。常に目を行き届かせ統率できなければ何人罰しても無駄だ。故に波風をたてぬよう彭修媛も降格にせず一年札を外すだけですませた。が、皆そこがわかっておらん。朕が彭修媛を気に入っており、それゆえかばったとあれの足を引っ張っている。……かえって彭修媛には悪いことをした。きちんと罰する方があれのためだったのやもしれん。世の男どもは美女を集めた後宮をもつ皇帝はうらやましいと無責任に言うが。欲しいならやるぞと放り出したくなるときがある」

「やけにならないでくださいよ、ここは凱国にとって必要な場所なのですから」

次代の皇帝を産み育てる、国の胎だ。放り投げられては困る。

私の老後のためにも国と職場を安定させてくれないと、と、大局目線とは対極の、下っ端女官の立場で力説すると、ようやく皇帝が笑ってくれた。

「それより先ほどの媚薬の話です。どうしてそのようなことを私に聞かれたのですか」

「ああ、すまぬ、話がそれた。彭修媛のことだ。前にあれが朕に〈幸せになれる仙薬〉だと信じて、幻覚作用のある茸を盛ったことがあっただろう？」

彼の元気が出る捕り物の話に誘導すると、問い返された。

「あのとき、朕は愉快な気分になった。心が高揚するというのか？　ただ……程度の差こそあるが、他の場所でも何度かそんな気分になったことがあるのだ」

「それってまさか」

「ああ。朕は媚薬も茸も今までそれと自覚して食したことがない。なので気づくのが遅れたが。もしかしたら彭修媛の宮殿以外でもなにかを飲まされていたかもしれないな。朕の母、皇太后様は朕の後宮通いを奨励しておられる。もっと孫を見たいとな。故に、毒見の宦官どもに体に害のない程度なら、媚薬は見逃すよう指示を出された可能性はある」

「はいいい？」

思わず変な声が出る。というより、大丈夫なのですかそれはと叫びたい。

(ちょっと待って、嘘でしょ。妻どころか母親の出す食べ物まで信用できないの？)

ぞっとした。皇帝とはどれだけ難儀な立場なのか。

それから、ふと、蓮英が持ち出した木簡の内容を思い出した。

(月蛾宮の主、逓昭容様は、皇太后様の腰巾着だ)

皇帝も気づいたのだろう。こちらの目をのぞき込んでくる。目が合った。

「つながった、な」

「はい」

二人、同時に確認する。

「月に一度、媚薬めいた症状の出る月蛾宮の女たち。月蛾宮の主は逓昭容様。李㚙殿に例の悪口を流させたのはあの方ですね」

「ああ。賢妃の位を巡り一人でも恋仇を潰すためと、自分が媚薬を使っていたことを隠蔽するためだろう。李㚙は逓昭容に利用され、口を封じられたのだ」

納得してしまった。いろいろ問題を起こしつつも宮正女官たちから「それでも憎めない人」との認定を受けている彭修媛とは違い、逓昭容の評価は「やりかねない方」だ。

皇帝の渡りは規則正しい。後宮の序列上、上級妃のもとへ渡る回数を多くしてあるから、逓昭容のもとへ渡るのは月に一度がせいぜいだろう。衛児に確認してみなくてはならないが、おそらく皇帝が月蛾宮を訪れた翌日に症状が出ている。

　逓昭容は皇太后の暗黙の後押しがあるのをいいことに、前から皇帝に媚薬を盛っていたのだろう。酒だけでなく、卓に並べられるものすべてに、皇帝がどれを口にしてもいいようにと少しずつ。効果は薄くとも疑いをもたれない分量を。

　嬪に出される食事は残りを配下に下賜することを前提に大量に作られる。逓昭容は名家の出で下の者のことなど気にしない嬪だ。媚薬入りだろうが侍女に注意することなく残りの始末をさせていた。それを傍付きたちが知らずに食べた。皇帝とは違い、残った料理を過量に摂取した。そして出た症状を病と思い込んだ。

　病んでも放置の女嬬たちとは違い、下賜品が日常的にあるほど主の身近にいる女たちだ。もし病なら主に感染しては大変だと医官の診察を受けたのだろう。

「そしてそんなときに彭修媛様があの一件を起こされた」

　皇帝の後宮での飲食はなくなった。逓昭容も媚薬をつかえなくなった。それだけではない。

「きっと怖くなったのですね。今までつかっていたことがばれるのが」

　皇帝は彭修媛を叱りはしなかった。だが札は削った。逓昭容はばれれば自分も削られると思い、手元にあった媚薬の証拠隠滅をはかったのだろう。

　が、過去の痕跡は残っていた。霜月が調べていた。医局の医官は霜月だけではない。媚薬を摂取した患者が毎回、霜月に当たるわけではない。が、月に一度、数人ずつ出るのだ。今の皇帝は媚薬の処方を命じたことはない。が、先帝の代から医局にいる霜月ならそれらに気づく。先帝は色好みだった。薬もつかっていたとうわさに聞く。

「そして。砡医官殿が調べていることに、上役である順敬王殿が気づいた」

前からできる霜月を煙たく思っていた人だ。追い落とせないかと粗を探していたのだろう。蓮英に口止めをして、霜月がまとめていた患者一覧を見た。

「後宮の女事情に詳しい彼なら、月に一度、主上の渡りのあった翌日に患者が出ること、すべて月娥宮の女だということから事実を推測できたはず。それで彼は逓昭容様に接触したのでしょう。砡医官殿が探っていることを告げ、彼女に排除させようと」

「ついでに、自分ももみ消しの手数料を得るつもりだったのだろうな。が、逓昭容は順敬王より上手だった。霜月の口を封じるため、逆に順敬王をつかった。過去、自身の宮殿で出た媚薬患者の件も霜月のせいにするようにと工作を命じて」

「そうなるとさすがの順敬王殿も用心した。すべて自分一人でやると蜥蜴（とかげ）の尾切りになる。逓昭容様にも片棒を担がせた。李桃殿の名を騙り、宮官たちに瓦頼茸入りの媚薬を配った女は逓昭容様の配下だったのでしょうね」

李桃をつかったのは遥々を介して瓦頼茸を手に入れるため。そして、そのついでに逓昭容は彭修媛を陥れることを思いついたのだろう。競争相手を減らすために。

媚薬を作っていたのは霜月。その話を彭修媛の耳に入れる役を李桃にふった。

企みに信憑性をもたせ実行に移すには、霜月を訴え出る役がいる。匿名の投げ文ではなく。が、自分が表に出るのは論外。順敬王では嫉妬かと取り合ってもらえない。

その点、彭修媛は扱いやすい。それでいて宮正司が訴えを無視することができない嬪の位にいる。彭修媛が下々の声に聞き耳を立てているのは、恋呪いの件で皆の知るところだ。そして彼女がさわぎたてればさすがに不快に思った皇帝が動く。一年の渡り禁止以上の罰を下すと読んだ。

侍女をつかってうわさを広め、彭修媛と遥々に接触する役は李桃にさせた。ついでに〈いかがわしい宴〉の件に信憑性をもたせるために李桃を様々なところに呼出したのだろう。

「李桃殿の口を封じる紅を作ったのは順敬王殿。渡したのは遁昭容様。李桃殿の死後に見つかるよう私物に瓦頼茸を入れたのは、彭修媛様がうわさを信じさわぎたてるのを見越してのこと。実行役は私物確認のため李桃殿の房まで同行した順敬王殿でしょう。医局の長である彼なら自分に検死官の役目が回ってくるよう調整もできます」

この推測は合っているだろう。自信がある。だがどうすればいい？

宦官の領域には宮正司は立ち入れない。霜月の無実の証をたてるどころか、蓮英の身柄を渡せと正式に言ってこられれば断れない。

「まかせておけ。朕によい考えがある」

再び頭を抱えた蛍雪に、皇帝が言った。「え？」と振り仰ぐと、彼は実に頼もしい、少し悪戯っぽい笑みを浮かべていた。

「適材適所、そう言ったのはそなただろう？　皇帝の人脈をつかわせてもらおう」


蓮英の、後宮医局への引き渡しがあったのはその三日後のことだった。

配下を引き連れ、順敬王自ら安西殿までやってきた。門内まではさすがに入ってこない。が、前の路をふさぐように配下で埋め、威嚇してくる。

こうなってはしかたがない。腰に縄を巻き、後ろ手に縛られた状態の蓮英を引き渡すべく皇帝が殿舎から連れ出した。うなだれたままの蓮英を門へと引いていく。

そのときだった。

仰々しい先触れの声がして、宦官たちの行列が現れる。

宦官でありながら堂々と輿に乗って運ばれてくるのは内侍省の頂点、内侍監の位にある高威芯だ。皇帝を幼少期より守り、育んできた、側近中の側近である。

「な、高威芯様？　み、皆、下がれ、下がれっ」

あわてて医局の宦官たちが路端に避け、頭を下げる。宮正司の女官たちも門の内へと下がって控えた。宦官とはいえ相手は皇帝の傍付き。従三品の位をもつ大物だ。

皆が頭を下げ、行列が行きすぎるのをじっと待っていたときだった。

「高威芯様に申し上げますっ」

澄んだ少年の声が響き渡った。蓮英だ。皇帝の手を振りほどき、門から駆け出す。

「馬鹿者っ、こちらをどなたとこころえる」

あわてて順敬王が止めようとする。が、身を起こしたことで、逆に高威芯の供から無礼者、と声が飛ぶ。蓮英はその隙に人垣を抜け、前へ出た。後ろ手に縛られているからだろう。駆けながら均衡を崩して転び、それでも必死に膝を動かし進みより、高威芯の前にひれ伏した。

「どうかお救いください、すべて冤罪なのですっ、どうか、どうか……っ」

もはや声になっていない。必死に蓮英が石畳に額を打ち付ける。

進路を妨害して動かない蓮英を、高威芯がじろりと見下ろした。

「……無礼な。連れ帰り、罰を与えよ」

「はっ」

供の宦官たちが蓮英を乱暴に引き起こす。まずい。このままでは連れて行かれる。

お待ちください、と立ち上がろうとした蛍雪の袖を皇帝がとった。蛍雪を止める。ふり返ると、彼は小さく笑っていた。蛍雪を引き寄せ、耳元にささやく。

「蓮英なら大丈夫だ」

「主上？」

「高威芯が近々、皇太后様の中秋節出席に備えて後宮を見回らねばと言っていたのでな。ついでに身柄を引き取らせた。あいつの元なら順敬王ごときに手は出せん。蓮英にも言い聞かせておいた。高威芯なら誠意さえあれば下々の話を聞く。真実、霜月を救いたいなら朕の手を振り払い、直訴せよとな。蓮英もよくやった」

「……芝居、ですか」

「ああ。名演技だったろう？　高威芯は今まで事後承諾の形でしか〈お忍び〉に関われず、少々拗ねていたからな。嬉々としてのってきたぞ。これなら朕が動いたことにはならんだろう？」

悪戯っぽく皇帝が片目をつむってみせる。蛍雪は思わず吹き出した。この人はあの危機を前に、蛍雪の立場や主張まで考慮して対抗策を練ってくれたのだ。

そこからは早かった。

皇帝が言ったとおり、表に戻った高威芯はさっそく蓮英の詮議を自らおこなった。

「なんと、そのようなことが起こっているならけしからん。即、調べよ」

大仰に驚いて見せた彼は内侍省を動かし、後宮医局の一斉捜査を命じた。順敬王派に属する医官たちは捜査への協力を渋ったが、熱心な若い見習いたちは皆、霜月の味方だ。霜月が罪をなすりつけられた証拠にと、順敬王が破棄した元台帳の字の残った削りかす部分や差しかえ分を「こっそり拾って保存していました」と差し出した。

結果、これは由々しき事件と高威芯がもったいぶった顔で皇帝に奏上。余波は内侍省の外まで及び、皇帝は大理寺に逓昭容の父、逓刺史の取り調べを命じた。

大理寺が調べると、逓刺史は媚薬となる鹿角や附子(ブシ)を逓昭容の美容薬と称して後宮に持ち込んでいた。他にも刺史の地位を悪用して商人から賄賂を受け取り交易品も横領、私腹をこやし、その金を元手に密輸に手を染めていた。櫃(ひつ)の底に隠して、国内では手に入りにくい番紅花(サフラン)や馴鹿(トナカイ)の角や、禁制の品まで持ち込んでいたという。

後宮の嬪のもとへ密かに媚薬を持ち込むのは皇帝を狙ってのこと。毒ではないとはいえ、許しもなく後宮に持ち込み、ましてや皇帝に盛るのはもちろん罪だ。

皇帝は後宮の主である皇后を同席させた上で詮議をおこなったという。

公にされれば黙認していた皇太后もなにも言えない。知らんぷりを決め込んだ。

蛍雪たち下っ端は当然その場に出ることは許されない。代わりに李典正が現場女官を代表して呼出された。そのうえで出した証拠の数々。李桃の行動、宮官側から見た霜月ら医局の診療を受けた者の記録。目にした皇后の眉間の皺がきつくなっていく。

さらにはとくべつな許しを得て、元女嬬の遥々も裁きの場に出た。

大理寺の役人が逓家の別邸に囚われていた遥々を救出したのだ。

つれてこられた遥々はおびえきっていた。が、ここで折れれば今度こそ命がない。自分を変えなくてはと勇気を振り絞ったのだろう。逓家に囚われていたことを告白したそうだ。

「り、李典正様の名を出されたのでついていったんです。追放された私はもう郷にも帰れません。李姚様は心配してくださって、勤め先を世話してくださると言ってくださって、でも違ってました。私、瓦賴茸を見つけろ、そのつかい方を教えろと言われて。でも怖くて、だってあれは禁止されたものなのに。それで逆らったら閉じ込められて……！」

逓昭容は「そんな一女官の言葉を信じるのですか」と訴えた。が、李典正がふんばった。

「この者は嘘などつけない素朴な娘です。人柄は私が保証します」

李典正は女官としての位は蛍雪より上だが、さらに上から見れば決して高くはない。だが女官として先帝の代から仕えている。各部署の長とも位と所属を越えて良い関係を築いている。尚宮局の長である虞鶯夕が、この者の言葉は信用できますと皇后に言上する。

「それに調書に名を連ねた女官は魏刑部令殿の孫です。一女官とは申せますまい」

結局、家名が物を言ったわけだが、遥々の証言に箔がついた。

そして、李典正が貴顕の前で明かした霜月の過去、仕えていたお嬢様の供をするために浄身し、働きながらも医術を修め、医官となった話は、皇后の心を打った。

彭修媛や他の列席者の心もだ。最初に訴え出た者としてその場に同席していた彭修媛は、すぐ床に膝をつき、皇后に自身の訴えを下げてくれるように願ったそうだ。

「私はこの者のことをなにも知りませんでした。憶測からものを言って……。罰ならお受けします、どうかこの者にお慈悲を！」

感情の起伏の激しい彭修媛は、涙ながらに霜月の無実を訴えた。「なにを言っているの」となおも逓昭容がごねたが、後宮にいる者の裁きは皇后が言い渡した。同席していた皇帝の顔をうかがいながら、皇后は逓昭容に、先の彭修媛が受けたのと同等となる罰を与えた。

「逓昭容、順敬王は有罪。逓昭容は月蛾宮にて一年の謹慎、大家（だんなさま）のお呼びも辞退なさい。順敬王は位を剝奪、追放を命じます。砥霜月は無罪。これで内侍局もいいですね？　彭修媛は己が利用されたことをきちんと自覚し、反省なさい。以後一月、一日十度の家廟への礼拝を命じます」

さすがに人に踊らされるのが二度目の彭修媛は、親からもきつく灸をすえられたそうだ。

皇帝は皇后の裁きを聞いても、先に申し渡した彭修媛への罰を減らしはしなかった。だが、増やすこともなかった。また騒ぎを起こしたわけだが、彭修媛に人を陥れる悪意はなかったとわかっていたからだろう。

「今度こそ朕を信じて一年、おとなしくしておれ」

と、自筆の文を送った。彭修媛は感激して文を抱き毎夜感謝の舞を舞っているという。

彭修媛の行動を止められなかった父、彭将軍への咎めもなかった。今後は娘をよく導くようにとの言葉のみ伝えられた。彭将軍もまた感激して感謝の剣舞を舞ったという。

だが、皇帝の逓父娘への対応は違った。

皇后の裁きを聞き終わるなり、皇帝は傍らに座す皇后をさしおき、太監に命じたという。

「逓昭容の札を破棄せよ」

そして、表に戻るなり言った。

「逓子庸の職をとけ」

逓昭容の札とは、後宮の妃嬪が皇帝の指名を受ける際に必要となる名札だ。それを破棄するということは二度と召さないと言ったも同然。しかも皇帝は父親の職までといた。

「朱賢妃を冷宮に送り、彭修媛にも一年の召し控えを言い渡したばかりだ。ここでまた嬪を罰せば後宮がゆれる。そう考え、皇后が温情を示したこともわかる。故に逓昭容を追放することまではせぬ。が、己の欲と罪の隠蔽のため、同輩である彭修媛を陥れ、逆らうことのできない下の者をいたぶり殺すとは悪質過ぎる。先の彭修媛と同じ罰では公平ではなかろう。生涯、冷宮にて己の所業を恥じるがよい」

言い切る皇帝の苛烈さに、周囲は減刑を願うこともできなかったという。

蛍雪は意外だった。明るい、趙燕子としての皇帝ばかり見ていたからだ。海千山千の傍仕えたちが口を挟めないほどの怒りを見せたという彼が想像できなかった。

朱賢妃が尋才人を攫ったときも低い押し込めた怒りを見せはしたが、内外の勢力図を見て冷静に朱賢妃を裁いた皇帝なのに。

（遖昭容様の行いは、そこまで主上の逆鱗に触れたのか……）

困惑しつつ、皇帝が以前に口にした、遖昭容評を思い出した。彼は彼女のことを、「あれは皇后と同じく、名門の出だ。よくも悪くもな」と言っていた。

「遖昭容は下の者にも下なりの想いがあることを知らぬ。後宮では同じ妃嬪のことしか人として見ていないのだろう。名門出の傲慢さで、仕える者すべてが牛馬と同じに見えるのだ。そして自分がそうだから、朕や他妃嬪もそうだと思っている。だから今回も企みに多少の粗があっても順敬王さえおさえておけばいい、下の者どもがなにを言おうが誰も取り合わない、皇后や朕がまともに言葉を聞く相手は彭修媛だけと思っていたのだろう」

だから嬪が訴えればその地位に鑑み、言葉に重きを置くと思い込んでいた。訴えられた者たちをきちんと調べるとは思わなかった。調べが入っても拷問すれば思う自白を得られる。李烑さえ口を封じておけば問題ない。最終的に周囲も迎合してこちらに都合のいいことを言うだろうと、上に立つ者の心で考えたのだ。

「その傲慢さが遖昭容の弱さだ。妃嬪や権門相手なら遖父娘ももっとうまくやっただろう。最初から眼中にない者たちを相手にしたから負けたのだ。蟻が巨象を倒すと誰が思う？」

皇帝の評を聞いて、蛍雪は納得した。それが〈ふつう〉だ。皇帝が一武官として後宮内を闊歩し、すでに霜月や李烑と面識を得ていることのほうが〈とくべつ〉なのだ。

皇帝が顔も知らない宦官や宮官より嬪の言葉をとると思うのは、ある意味、当然だ。

「……後宮での朕との飲食を禁じたのは、失敗だったかな」

ただ、すべてが終わったとき、彼は言った。蛍雪はそのときのやりとりが忘れられない。彼が今まで見たことのない、つらそうな顔をしていたからだ。

「朕があの決定をしたがために逓昭容が過剰に反応した。口にしても毒ではないのだ。朕があのまま気づかぬふりをして食していれば、李姚はまだ生きていただろうか」

それは違います、と言いかけて、蛍雪はそんな言葉をかけても意味がないと思った。

綸言汗の如し。

皇帝から出た言葉は戻らない。消えた命と同じで。それはこの人が一番よく知っている。

(もっと我儘な人ならよかったのに)

そう思った。もっと皇帝らしい、傲岸不遜な人ならこんなに悩まずにすんだだろう。

蛍雪は今まで後宮の妃嬪と皇帝の間柄はもっと政治的なものだと思っていた。

各妃嬪の後ろには彼女たちの一族がついている。だから彼女たちが皇帝を求めるのは世の夫婦とは異なる感情からだと思っていた。だが今回のことで、違うと思った。

皇帝は優しい人だ。そして力をもつ。剣をたしなみ、引き締まった男らしい体軀と思慮深い性格をもつ。そんな人を夫だと言われれば女なら惹かれるだろう。その心が欲しくなる。他の女と分け合うなど我慢できなくなる。

逓昭容も必死だったのだろう。自分がしたこと、それを夫に知られたくなくて。嫌われたくなくて。彭修媛もまた懸命だった。幸せになりたいと仙薬にすがった。

皆、けなげだ。いじらしい。

それでも皇帝は一人の女だけを愛するわけにはいかない。

そんなことをすれば国が乱れる。他の女が、その一族が黙っていない。

だから彼は好きな女ができても生涯、隠し通すだろう。相手にも伝えない。相手は思われていることを知らないまま、嫉妬と孤独に涙を流し、生を終えるのだろう。

〈とくべつ〉を作りたくてもできない人がいるのだと、蛍雪は知った。女たちの好意からとはいえ、なにが入っているかわからないものを微笑みながら食べなければならない。それができてしまうこの人の強さに胸が痛んだ。

「先の希望を持てず、ただ時を過ごすのは生きているとは言わん」「朕が一つでも忖度をはねのけ、事件を解決できれば民も少しは期待するであろう」

前に彼はそうも言った。今回の件は彼にとって忖度をはねのけられたことになるのか。後宮の妃嬪たちにとって〈希望〉になれたのだろうか。

この人は大きい。蛍雪などと比べものにならない、絶大な権力をもつ人だ。

そして自分はただの相棒だ。一時的な、彼が趙燕子としてここにいる間だけの世話役だ。

それでも、彼になにかしたいと思った。

一瞬、彼がすべてを我慢している、小さな子どものように見えたから。

それから、数日後。無事、疑いが晴れ、事後処理のための聞き取りも終わり解放された霜月を、蛍雪たちは迎えに出た。

勾留期間は十日と短かった。が、順敬王は霜月によほど嫉妬していたのだろう。かなり痛めつけられていた彼は自力で歩くことが困難だった。

泣きながら駆け寄った蓮英に支えられながら、霜月は言った。

「霜月、という名はお嬢様がつけてくださったのです」

自分を陥れようとし、結果、滅びた逓昭容。彼が仕えたお嬢様も一時、昭容の位をいただいていたそうだ。ほんの半年ほどだったが。皇帝の寵という名の気まぐれを受けることができたから。だからだろうか。彼は陥れられたことを「恨んではいません」と言った。

「ここは、そういうところですから。……志も、恋心も。皆、皆、歪んでしまう。ただ、誰もが幸せになりたいだけなのに」

そして、彼は遠い目をして、逓昭容が送られた冷宮があるのはどの方角かと聞いてきた。

冷宮は複数ある。蛍雪が教えると、そちらに目をやりながら独り言のようにつぶやいた。

「……当時の私は七歳でした。幼すぎて、自らこの身になるのを了承したことも明確な意志故かは覚えていません。身寄りのない身を引き取り、育ててくださった家の主に是非にと言われて、ご恩がある以上断れなかっただけで。医療の知識だって、必要になったから身につけただけなのです。お嬢様を診る医官があまりにやぶだったので。その後、皇帝陛下も代替わりをなさり、お嬢様は後宮を出られましたが。私はこの体では外では生きづらく、ここに残っただけで。皇后様は感動してくださいましたが美談でもなんでもないんです」

二人でやってきた後宮。でも最初はお嬢様も美人の位しか与えられず、他妃の宮殿に間借りしていた。その後、寵を受けたもののすぐ失脚し、以後は陽の当たらない裏手の殿舎で主従ひっそりと身を寄せ合って暮らしていたそうだ。

「お嬢様が体を壊されて。それで私が医官になると言ったら、じゃあ、月の兎のようになって私を治してと言われました。あなたの名は霜月なのだからと。お嬢様はここに来られてから月ばかり見ておられました。月しか見えない、後宮の隅にある殿舎でしたから。眩い陽は他の妃嬪のもの。お嬢様はよく言っておられました。ここには陽は差さないから見ることはできない。けれど、月は私が見ても誰も怒らないからと。……つらい毎日でした」

でも、と彼は言った。

「今思うと、あの方を主と仰げた日々は私の生涯で唯一の僥倖だったのでしょうね」

ただ、流されるままに生きてきた。それでも勤めの傍ら必死に医術を学んだのは。お嬢様が外の世界に出されてもここに残っているのは、彼女との思い出があるからなのかもしれない。霜月は月を見上げて、かすかに笑った。

「結局、お嬢様は自死なさいましたが、昔はほがらかな方だったのです。後宮に入られる前は。もっとなにかできなかったか後悔しました。だからもう後悔したくないのです。できる限りのことをしたい」

語る霜月を見ているのがつらい。

「それにしても、男も、女も。後宮の嫉妬とは怖いものですね。まさか今になってお嬢様の名を聞くことになるとは思いませんでした」

言って、つかれたのか霜月は目を閉じた。周囲に集った少年宦官たちの腕に、傷ついたその身を預ける。

彼の胸にはまだほがらかだったお嬢様の姿があるのだろう。そう、思った。

「……これは、なんだ」

「点心の材料と調理器具です。ここにあるのは包子(パオズ)を作る一式ですね」

それから三日後のこと。

後宮を訪れた皇帝を伴い、蛍雪は安西殿に食事を出す厨にいた。少しの間、借りたのだ。

「今回のことでつくづく思いました。私は料理の過程もその素材も知らなすぎます。毒物混入をくいとめるため、死因を素早く特定するため、一つ作ってみようかと思いまして」

お手伝いいただけますか、と皇帝に言う。

「これも宮正司の仕事のうちです。ただでとは言いません。自分で作った料理は表に持ち帰れませんが、できたて蒸したてを食べ放題ですよ。お得でしょう？」

言いつつ、少し皇帝から目をそらす。もちろん言ったことは本当だ。だがそれだけの目的でこんな真似をするわけではない。

後悔したくないのです。

霜月の言葉が耳を離れない。だから考えた。あきらめずに。思考を止めずに。

ただの女官である自分にできること。彼が常に曝されている、中身のわからないものを食べさせられる恐怖。今日だけはそれを忘れて欲しい。生涯で一度くらい、彼になにも気にせず腹を膨らませてほしかったのだ。常に気を張る彼に、一時でも和んで欲しくて。

……こんな気休めめいたことしかできないのが歯がゆいが。

目をそらしていてもわかる。感じる。彼にじっと見られている。

やがて察したのだろう。彼が、こん、と蛍雪の額を指で小突いた。

「……ったく。そなたは」

背けていた顔を戻すと、苦笑したような彼の顔があった。そこにある眼差しは優しい。

思わず見つめると、今度は彼が目をそらせた。いつものように偉そうな口調で言う。

「で、どうやって作るのだ。朕はここには一刻しかいられないのだぞ。早く作らないと食べる時間がなくなるではないか」

包丁を手に言う。蛍雪はあわてて指南書を示した。

「まずは粉をこねるところから始めるようです。それから、いったんねかせるそうで」

「なるほど。こうやって包子の皮というものはできるのだな。こちらの肉や葱はどうする」

二人して、作業を始める。初めてなので手間取りはしたが、すぐ楽しくなった。

「中に詰める具も火が通りましたよ、詰めましょう」

「あ、蛍雪、そなた具を詰めすぎだ」

「私は具が多いのが好きなんです。これだけたくさんあるんだからいいじゃないですか」

「馬鹿者、朕も具が多い方が好きなのだ。朕の分がなくなるではないかっ」

互いに隣り合って、たまに肘打ち交じりの口喧嘩などもしながら初めての料理を作る。

このことを妃嬪が知れば蛍雪を許さないだろう。それだけのことを自分はしている。

皆がその心を欲しがる人を、一時とはいえ独り占めにしている。とくべつな扱いはしないでくれと口にするくせに。それは彼のとくべつを求める者からすればどれだけの贅沢か。

(とくべつ扱いをしないでくれ、というのは、本当にとくべつなことなのだ)

しみじみ思う。本当なら皇帝の孤独に気づいても気づかないふりをしなくてはいけない。臣下として距離をおいたままでいなくてはならない。

なのに相棒だからと言い訳をして踏み越えたのは自分の欲だ。

宮廷規範に違反していなくとも、自分自身が自覚している。もう以前のように平然と妃嬪たちの前に立てないだろう。

それでも。

皇帝に小突かれた額が、ほっこり温かかった。

第三話　中秋節のお買い物

――報告。本日、趙燕子様におかれましては午後の定刻に安西殿ご到着。まずは宮正司女官、紹杏の指導のもと庫の錠前破りの技を会得され、ことのほかお喜びのご様子。その後は上申書整理に従事なさり、犬の崙々とお戯れの後、中食をとられました。白湯と栗入りの栗糕（リーカオ）をご賞味。毒見は他に不審を買わぬよう私がおこないましたのでご安心を。

宮正司女官である魏蛍雪の手による趙燕子観察日記、もとい、お世話役業務日誌だ。

夜の皇帝の御座所、永寧宮（えいねい）でのことだった。皇帝は袍（ほう）を脱いだくつろいだ姿で、蛍雪の祖父、刑部令である魏琮厳が読み上げる、自身の行動記録を聞いていた。

先日、ひょんなことから蛍雪が〈お世話係〉としてのあれこれを祖父に報告させられているることを知った。こちらの我儘で相棒が叱責されてはまずいと気を回し、確認のため、くだんの報告書を琮厳ごと召し、本人に読ませているのだが、琮厳は不満のようだ。

「……以上です」

読み終えた後も表情を消したまま控えている。

　この男は謹厳そうに見えて孫には甘い。身内が相手では叱責する形でしかうまく言葉を交わせない不器用なところがあるようだが、かなりの過保護爺だ。

「どうした」

　拱手したまま動かない琮厳に、かまわぬ、申せ、と声をかける。

「……直答の許しを得て申し上げます。畏れ多くも皇帝陛下におかれましては、いつまで趙燕子の存在をお許しあそばすのかお伺いいたしたく」

　顔を伏せたまま言ってくる琮厳に、ため息が出た。

　後宮に巣くっていた朱賢妃という病。それを切り取るためにこの男はあろうことか皇帝を手駒に使った。後宮での忍びに興味をもつように誘導し、孫娘を世話役につけたのだ。

　もろもろあって朱賢妃を取り除くことはできた。目的は達した以上、この男は皇帝の正体がばれぬうちに表に戻ってほしいのだ。大事な孫に他妃嬪の妬心が向かわないように。

　そこまで心配なら孫を後宮になど入れるなと言いたいが、魏家の確執は聞いている。よくある正妻と第二夫人の諍いだ。が、蛍雪をあのまま家に置けば、祖父に似て枯れた風情と情の篤さを併せ持つあの娘のことだ、家族の間に立って押しつぶされていただろう。

（今の状態が最善という考えには同意だが）

　この男もかばおうとはしたのだろう。が、琮厳にとってこれは息子世帯の問題だ。第二夫人の子蛍雪と同じく、正妻の子らも大事な孫だ。蛍雪だけをとくべつ扱いするわけにはいかない。故に今の形に落ち着いたのだろうが、互いを思いやり、悩む姿に新鮮な驚きが

わくと同時に妬ける。自分にはないものだからだ。

「……安心せよ、約したことは忘れておらん。そなたの孫をとくべつ扱いすることはない。正体がばれるようなへまもせぬ。大事な気晴らし先がなくなっては朕が困るからな」

問いに答えぬまま下がらせる。拱手した腕をさらに上げ、顔を隠して去る琮厳を見て、

「世の親、いや、祖父とは……」

ああいうものかと傍に尋ねようとして止める。人払いをした中、唯一控えた宦官の衛元は幼い頃に親元から離され皇城に入った身だ。自分と同じく家族というものを知らない。だから似た境遇の者同士、落ち着く。傍におけるのだが、この問いへの答えは得られない。

当たり前のことだが、この国の貴人は乳母や付き人に育てられる。自分もそうだ。母とは朝夕に乳母に連れられ挨拶に行く存在でしかなかったし、父にいたっては成人し、皇族として公の席に連なってはじめてまともに顔を見た。世間でいう親子の情というものがわからない。母を呼ぶにも〈母上〉より〈皇太后様〉のほうがしっくりくる。

そのせいか、自身の妻や子を前にしても情より義務が先に立つ。

妻と呼び、体を重ねようと妃嬪の目的は自身の一族の繁栄だ。情勢が変われば寝首をかかれるやもしれぬ。ともにいてくつろげるわけがない。実子もいるが市井の民のように世

話などしたことがない。〈いつの間にかできていた血縁の赤児〉との認識しかもてない。

そもそも皇族にとって〈血縁の赤児〉は帝位を巡って争う相手だ。自身の子といえどいつ牙をむくかわからない。それでいて他に対するために数は揃えておかなくてはならない、やっかいな存在だ。皇太后が孫がほしいと言うのも己の血を引く手駒を増やしたいからに過ぎない。

こんな感覚しかもてない自分は欠けているのだろう。そんな相手を前に親しみをもてるわけがない。

（先帝もそれで女たちに慰めを求めたか。一時でも寂しさを忘れるために）

欠けた心を満たしてくれる相手に巡り会えるかもと次々新たな女を召した。自身の子すら信じず位の剝奪と幽閉を繰り返した。

父帝のようにはなるまい。その想いもあって皇帝となった今、〈お忍び〉として民にふれ、情とやらを理解しようと努めているが。

ふと、窓の外を見る。

半身の欠けた月があった。

あれが満ちれば中秋節がくる。一家の団らんを寿ぐ夜が。

「満ちた月、か……」

なめらかな表面をもつ月に、なぜか蛍雪と作った包子のいびつな形が脳裏で重なった。

秋が深まると、今年もまた後宮が騒がしくなってくる。

中秋節がくるからだ。

季節が変わって一月が過ぎ、煌々と輝く満月が天に昇れば歓声があがる。窓枠に花を積み、夜空を仰ぐ拝月台に果実を並べる。一家が集い、月に遊ぶ兎の武将を象った人形やちょっとした小物を贈りあい、童子は迷路のような街路を縫って月を追う。

皇城でも宴が開かれる。

とくに今の皇太后は兎年の生まれだ。生日庆典も兼ね、宮中をあげて盛大に祝う。

とうぜん用意をするほうは大変だ。

「皆、中秋節まで二十日を切りましたよ、準備のほどはどうですか」

宮正司の詰め所、安西殿でも、いつもはおっとりしている李典正がせかせかと殿舎の中を歩き回り、各人に気合いを入れている。

「琴馨は拝月台の手配の確認を。供える果実は見栄えの良い、美しい物を確保するように。他に後れを取るわけにはいきませんよ。なにしろ当夜は尚宮様始め、上役の皆様が連れだっておいでになるのですから」

当夜は後宮内の門がすべて開かれ、通行証なしで往き来できるようになる。そぞろ歩きの宮官、宦官でここ後宮の北端にある女官の官衙街もいっぱいになるのだ。

中秋節は満ちる月とかけて家族の和を寿ぐ。市井では家族と楽しむが、後宮に住まう者はそう簡単に里帰りできない。そこで同じ部署、同じ宮殿に住む者を家族と思い、共に過ごすのだ。皆それぞれ誘い合い、美しく飾られた各殿舎の拝月台を見物して歩く。

つまり、各局の長である尚宮、尚巧なども他との付き合いで共に後宮を巡るのだ。まるで監査だ。ぞろぞろ上役たちが見物に訪れるかと思うと、飾りの手を抜けない。休憩をとなれば茶菓の用意も怠れない。他局に接待の技で負ければ上役の顔を潰す。何より。

「内廷に移られた皇太后様も当夜は後宮にお見えになります。お気がむけばここまで足を伸ばされることもあり得るのですからね」

上役たちどころか、さらなる貴顕が訪れるやもしれないのだ。

現場責任者である李典正は必死だ。安西殿の中を見回り、尋問用具や血まみれの証拠品など、見苦しい物は裏手の房に押し込め、封印する。

それだけではない。当日は祝い酒もふるまわれる。

ほろ酔い気分で騒ぐ輩も出ることから、蛍雪たち宮正司女官は杖を持ち、威儀を正して後宮内を巡回する。なので安西殿に残って貴顕の接待をおこなうのは李典正他、数名になる。おかげで李典正の目が血走っている。

「留主役たちは接待の手順は確認しましたか？　皆の衣装も大丈夫ですね？　きちんと鏝を当てた色あせのないものを用意できていますね？　見苦しい者は早く新調なさい。巡回の者も大丈夫ですか？　あなたたちは当夜は宮正司の顔として後宮内を回るのです。杖も磨いて染みがあれば削り落としておくように。あ、当日は結い髪の形も皆で揃えて花や簪もつけるのですよ。美しく、美しくですよ。いいですね？」

いつもは裏方だからと見た目は二の次の宮正女官だが、当日は儀仗兵よろしく着飾らなくてはならない。それでいて、いざ、なにかが起こった場合は即座に動けるよう、いつもより長い裾や領巾（ひれ）といった衣装にも慣れておかなくてはならない。

なので今は皆、汚れてもいい着古した長い裾の衣や領巾をつけて準備をしている。動きにくいことこのうえない。

「皆、所作もきちんと優雅に、美しくですよ。あなたたちは後宮の女なのですから。とくに蛍雪、当夜は衣だけでなく化粧もしっかりね。あなたは掌ですから皆の先頭を歩きます。ちゃんと紅だけでもさしてきなさい。いいですね？」

上役直々に注意を受けた。しかたがない。装うしかない。

李典正が忙しげに歩み去って、蛍雪は中断していた扁額磨きを再開した。清掃の女孺だけでは追いつかない、細部の仕上げをおこなうのだ。なびく領巾で袖をたすき掛けにして、再び脚立を登る。隣で門柱のはげた塗料を塗り直していた暁紅がため息をついた。

「憂鬱ですね。私は自分で調合することにしましたが、蛍雪様は紅はお持ちでしたっけ」

「んー、ないから、買わないといけないわね」

「あー、今からだともう宝爺さんのところでも買えないかもしれませんよ。誰か贈ってくれるあてはないんですか？」

後宮では欲しいものがあっても個人で城下に降りるのは難しい。なので外の商人と中の女たちを繋ぐ専門の係がいる。が、彼らは在庫を抱えることを嫌う。注文を受けて仕入れるから品が届くまでに時間がかかるのだ。さすがによく売れる紅や白粉は常備しているようだが、蛍雪でも装えと言われるくらいだ。他の女たちも殺到しているだろう。

「中秋節では親しい者同士で贈り物をしますしね。その注文も山ほどあるでしょうし、宝爺さんも手一杯でしょうね。私と同じでよければ蛍雪様の分も作りましょうか？」

「そうねえ。お願いしようかなあ」

実家とは疎遠だ。当然、贈り物のやりとりはない。同僚も色気より趣味を選ぶ者ばかり。化粧品を贈り合うことなどないからうっかりしていた。こんなことなら前に皇帝が紅をくれるといったときにもらっておけばよかったか。

(いや、でも、あのときの紅は高級すぎたし)

先の事件では乾坤宮の宮官たちがめざとく同僚がつけた紅の店を見破っていた。

(主上の紅は李姚殿のより発色からして高価な品って丸わかりだったから。やっぱりもらわなくて正解か)

紅は暁紅に頼もう。その代わり、彼女への贈り物にと買っていた生薬詰め合わせには少し色をつけて多めに渡そう。そう考えていると、暁紅がまた聞いてきた。

「そういえば、趙殿は中秋節はどうなさるんです？」

どきりとした。

「こちらに来られるんですか？　来られるなら趙殿にもなにか贈り物を用意しないとって思ってるんですけど」

「まだ聞いてないけど来られないと思う。あの方は武官でそちらの本業があるし」

彼の本業は皇帝だ。当然、公式行事が山ほどある。

そうこうしていると三日に一度の訪れで、皇帝が安西殿に姿を現した。

蛍雪の顔を見るなり「おい、聞いたぞ」と笑いながら駆け寄ってくる。きらめく白い歯が無駄に爽やかだ。

「李典正に名指しで注意を受けたそうだな。そなた、あいかわらず紅も持っていないのか」

あきれたように目を細める。そう言う皇帝の唇をきらめかせているのは見かけない紅だ。月を思わす円やかな光沢は、どこかの店が中秋節に応じて売り出した新作か。

（また城下に降りて買ってこられたの。忙しいと言いつつ余暇はきちんと作るとは）

いや、お忍びでここに来る前の皇帝はよく城下に降りていた。急に止めては人目を引く。そのための隠蔽策かも知れない。この人は意外と慎重なのだ。

蛍雪が唇に目をとめたことにめざとく気づいたのだろう、皇帝が眉をひそめた。

「そなたにも買ってくればよかったか？　そなたなら色気より食い気かと思い、望月楼（ぼうげつろう）の月餅（げっぺい）の作り方を土産に持ち帰ったが」

〈表〉の厨で試して腕も上げた、また厨を借りておけ、作ってやる、と言われた。

彼曰く、先日、料理というものを初めておこない奥の深さに目覚めたそうだが、一女官に手料理をふるまうなど、皇帝のすることとは思えない。それに。

（腕も上げたなら味が楽しみというか興味もわくけど、望月楼は月餅の老舗よね？）

そう簡単に製造技術をもらすとは思えない。

（まさか権力をつかわれたんじゃないでしょうね）

少し心配になる。この人は凝り性だ。夢中になると「やり過ぎでは」と思うくらいのめり込む。彼の自己申告によると、〈皇帝〉のときは喜怒哀楽をあまり出さないそうだから、その反動ではっちゃけているのかもしれないが。

「食べたいのはやまやまですが、厨を借りるのは中秋節が過ぎるまで無理ですね。この時期の後宮はどこも忙しいですから」

掃除の手を休めずに言う。

中秋節では一家が欠けないことを願って、満ちた月の形をした月餅を食べる。

それは後宮でも同じだ。主が下の者に下賜する。が、当然のことだが人数が多い。そして後宮の各厨は城下の専門店のように月餅だけを作るわけにはいかない。通常の食事を作る合間をぬい、用意しなくてはならないのだ。

「今の厨は殺気立っていますから、ちょっと近づけませんね。それに私も忙しいんです」

「今は事件もないと李典正が言っていたぞ？　厨はともかくなぜそなたまで忙しい」

無難に断ったつもりだが、料理熱が高じた皇帝がくいさがる。

「一日中掃除をしているわけでもなかろう。陽が落ちれば手元が暗くなる。続けるのは無理だ。その後でもいいのだぞ。厨を借りるあてならあってだな……」

「掃除は無理でも他にすることがあるんです。注文した品だって取りに行かないと」

説明しないと試食人ほしさに〈表〉の厨まで連行されそうだ。あわてて蛍雪は言った。

嘘ではない。そろそろ掃除を切り上げて、皆で注文品を引き取りに行かねばと思っていたところだ。皇帝に言う。

「一緒に来られますか？　これから天灯（てんとう）に使う資材を受け取りに行くんです」

後宮の中秋節は、何度も言うが盛大だ。

圧巻は夜空にあげられる天灯で、後宮だけで数千の提灯が天高く舞う。

部署ごと、または個人で用意する天灯は竹製の囲いに紙の袋をかぶせ、中に灯をともした、熱気球のようなものだ。袋部分に願い事を書いて飛ばすのだ。

「城下と同じく、後宮にもそういった細工物を作る専門の部署があります。が、なにしろ数が多くて。必要な数を作れないんです。なので凝った天灯を求める妃嬪の方々はそれぞれ外で実家お抱えの職人に作らせ、後宮に運び入れます。で、下っ端は材料だけもらって自力で作るんです。その資材を倉まで取りに行くんですよ」

後宮の北門近く、西側には倉が軒を連ねた、倉街といえる区画がある。北の通用門から入った品、後宮に住まう者が日々消費する食料や薪、炭などはいったんここに備蓄される。今回、飾り付けにつかう品や資材もここに運び入れてある。

「いつもの日常品なら担当の宦官が運んできてくれるのですけど、今の時期は分配物の数が多いので。定められた日に自分たちで取りに行くんです。それが今日なのですけど、趙殿はまだ行かれたことがありませんよね。ちょっと騒々しいですけど来られますか？」

皇帝が目を輝かせる。後宮での未知との遭遇はすべて彼の心を沸き立たせるらしい。

「もちろん、行くに決まっているだろう。荷物持ちはまかせておけ！」

心強い言葉を返された。

ちょうど一緒に行く予定の紹杏と如意が誘いに来たこともあって、蛍雪は脚立を降りた。動きやすいいつもの女官服に着替えて、李典正から宮正司に割り当てられた品名と数が書かれた木札をもらう。これをあちらで照らし合わせてもらい、品を受け取るのだ。

「では、覚悟しておいてくださいよ」

皇帝に言う。

「今日の倉街は、ここ以上の戦場ですから」

「きぃいっ、どいて、ちょっと、それ、私のよっ」

「きゃああ、なにするのよ、これは先に私が出してもらったのよ、邪魔しないでっ」

たどり着いた倉の前は人であふれていた。いつもは品ある風情を絶やさない宮官たちが、係の宦官の前で取っ組み合いでもしそうな気迫で互いの体を押し合い、睨み合っている。いや、一部ではすでに手も足も出る喧嘩になっている。

「な、なんだ、これは」

思わぬ光景を目の当たりにした皇帝が、固まっている。

無理も無い。赤裸々な女の戦いを初めて見たのだ。皇帝がごくりと息を飲む。

「なぜ、こんなぶんどり合戦になる。事前に必要な数は申請して、分配されたものを取りに来ただけなのだろう？」

「まあ、理屈ではそうなんですけどね」

そこはお役所仕事というか、ものを仕入れる役人はいちいち実物を確かめない。ざっと帳簿上で数字を動かすだけだ。

「竹などの素材は自然もので形は様々。加工した品も数が多い分、出来がまちまちですから。この時期は需要が供給に追いつかないこともあって、後宮に収める品でも粗悪品が混ざっていることが多いんです」

そうなると、わけて渡す際に粗悪品をはねていくうちに、必要量が足りなくなったりする。手渡す間にも資材を落として破いたり、折ったりもする。

「後宮ではどんぶり勘定で多めに仕入れているんですけどね。それでも後のほうになると塵しか残らないことになって。それに同じものを手に入れるなら綺麗なほうがいいでしょう？　それでこうなるんです」

恋呪いと同じで、天灯は縁起物だ。同じ飛ばすなら綺麗なものを作って飛ばしたいのが人情だ。それに飾るところは職場である。出世を目指す野心家なら、限られた予算でいかにその場を美しく飾り立てるか美意識と手腕が問われる。上役たちの手前、良い品を並べておきたい。

「それでこの争奪戦か」

「そういうことです」

家族で卓を囲み、月を愛でる中秋節は優雅で和やかな祭だが、準備は大変なのだ。

「それで、こいつを連れてきたのだな」

そう言って皇帝が目をやったのは、足元で腹と顎を地面につけ、べたりと寝そべっている宮正犬の嵜々だ。わずかな休憩時間も無駄にせず、怠惰に寝ている。

「ふっ、秘密兵器という奴か。この愛らしい体を争奪戦の中に押し込み、癒やし効果で競争相手の戦意を喪失させ、かつ、こやつに皆がかまう隙に目標を達成する、そういう作戦なのだな」

「いえ、私どももそう思い昨年、連れてきたのですが。役に立たなかったんです」

「何？　こやつの愛らしさが通じない者がいるというのか⁉」

皇帝が驚愕しているので、試しに崙々を人群れのほうに押しやってみる。すると。

「ひゃふん……」

崙々が耳を倒し、尾を巻いた。皇帝の後ろに隠れてしまう。

「駄目じゃないか」

「このとおり、皆の熱気が怖いらしく押し込めないんです」

「かといって荷車の傍に番犬として待機させておき、私たちがあの中に突入するのも無理だったんですよ。いったんもどって荷車に置いた品を、他部署の者に腹をなでてもらっている間に盗まれてしまいまして」

「……なあ、この犬、なぜ連れてきたんだ？」

「資材が届く前に院子の大掃除をするので邪魔だと、安西殿の女孺たちに言われたのです。それに人を探していまして」

昨日、誰にもらったのか、崙々が肉の付いた羊の骨をかじっていたのだ。

「門番の女孀に聞くと、どこかの宮殿付きらしい女孀がわざわざ崙々を門外まで招き寄せて与えていたそうなんです。後宮には娯楽が少なく、女孀は非番になっても行くところがありません。そんな同輩の気持ちがわかるので、門番たちも咎めずにいたそうですけど」

やはり気になって、後で蛍雪に報告してきたのだ。

「まだ肉の付いた骨なんて犬の餌としては贅沢品です。もし厨から無断で持ち出したのならその子が咎められます。訴えもないし、わざわざ探すほどでもないのですけど、ここなら他宮殿付きの子も来ます。もし見つかればお礼を言おうと思いまして」

「それでこやつを？　向こうが気づいてくれるのを待つのか？」

「いえ、崙々をわざわざ門外に招いてなでるような子なら、私たち女官がいるところにくることはないでしょう。ですので崙々に見つけてもらいます」

「だがこやつは人の顔など覚えていないだろう。馬鹿犬だ」

「はい、まあ、基本はそうですが。おいしいご飯をもらったときだけは賢くなるんですよ。三日ていどなら相手のことを覚えています。なので相手が萎縮して近づかなくても崙々の反応で判別がつくと思いまして」

言っている間に、ぱっと崙々が起き上がった。一群の女孀たちに向かって尾をふる。

女孀たちも崙々に気づいて手をふっている。が、中の一人が同輩に隠れるようにしている。あの子だ、と当たりをつけた蛍雪は急いで近づいた。

「どこの宮殿の子か知らないけど少し手伝ってくれない？　すぐ済むから一人でいいわ」

と、女官の権限でさりげなく他の子たちから引き離し、改めて、骨の礼を言った。

叱られるのではないとわかると、彼女はほっと息をついて話してくれた。彼女は嬪の宮殿の厨に属する女孺で翌日が非番で北門まで行けるからと、たまたま残った骨を取り置いてくれていたそうだ。故郷に残してきた愛犬に崙々がそっくりで愛着が湧いたのだと言う。

「あの、ご迷惑でなければ、これからも非番のおりに餌を与えていいですか」

逆に聞かれた。必死な様に、来るなとは言いにくくなる。

が、ひんぱんに餌を持ち出してこの子が叱られる羽目になるのは避けたい。

「職務に差し障りがないなら断る理由もないわ。ただ、上役に見つかるかもだから、餌はもう持ってこないでね。崙々に会いに来るだけにして」

言って別れる。名残惜しそうにふり返りながら仲間を追う少女を見て、皇帝がしみじみと言った。

「故郷の飼い犬に似ている、か。たぶんあの娘が飼う犬はもっと賢い役立つ犬だろうな」

そうだろうと思う。よほど裕福な家でないと役立たずを養い続けることはできない。それがこの国の現状だ。

「それでも犬というだけでこやつは可愛がられる。ここには他に競争相手がいないからな。運がいいというか、こやつは後宮にいる限り食いっぱぐれることはないな」

そうこうしている間に、宮正司の引き取り時刻になる。人が殺到するのがわかっているので、おおまかに時間をわけてあるのだ。

紹杏が人混みに分け入るための屈伸運動をはじめる。

「他は来なくていいよ。大勢で行っても弾き飛ばされるだけだし、今年は趙殿もいるし。少数精鋭で行くよ。ここで持ち帰ったものの番をしといて」

「わかったわ。頼んだわよ、紹杏、趙殿」

「まかせとき。趙殿、はぐれないようについてきな」

「お、おうっ、まかせておけっ」

紹杏が皇帝をつれ、雄々しく乗り込んでいく。他は後方に待機して紹杏が確保した物資を整理、安西殿へ運ぶための荷造りをおこなう。

前線と違い、後方は和やかだ。

他部署や宮殿付きの宮官たちが談笑しながら荷車の横で待機している。

各宮殿に配された宮官はふだんなかなか宮殿の外には出られない。なので他宮殿の知り合いや同期入宮の仲間と顔を合わせるのは久しぶりだ。近況報告をしたりと、同窓会のような雰囲気になっている。これもまた中秋節の風物詩だ。

が、宮正司の周囲だけ空気が違う。崙々がいるので目をやる者もいるが遠巻きのままだ。

無理もない。職種が職種だ。機密保持のため、宮正司の宮官や女孀はめったに転属がない。他部署に知り合いらしい知り合いもいないし、好んで近寄る者もいない。

皆が安心して暮らせるように日夜頑張っているだけだというのに、解せぬ。

「……でも。確かに何をやってるのかなって思うときがありますよね」

必要品を書き留めた木札と、紹杏が確保してきた品を照らし合わせながら如意が言った。

「日々、頑張っても、私たちの仕事って他人の粗を探すことでしょう？　成功しても憎まれるだけ。何をやってるのかなって、つかれるときがありますよ」

私が商家出身だからでしょうか、と彼女は遠い目をした。

「商家は良い品を適正価格で仕入れて売ることができれば皆の顔がほころぶんです。自分たちはこの国の暮らしを担ってるんだって、荷車の重さも誇りに感じるし、倉に並んだ穀物袋を見ればやり遂げた感があります」

「じゃあさ、なんで如意は女官になったの？」

戻ってきた紹杏の無邪気とも言える問いに、如意が手を止める。

蛍雪は、ふと、そういえば如意の自分語りは聞かないなと思った。

宮正司の女官はふだんから私事を話さない。口にするのは仕事や趣味のことばかりだ。別に禁じられているわけではないが、皆、それぞれ事情があるのだろう。自分のことを話さないし、他人のことを詮索したりもしない。それはそれで心地よく、秘密だらけの趙燕子もここだから受け入れられたのだと思う。

それでも、同僚に面と向かって尋ねられたのだ。

「それは……。うちには跡継ぎの兄も姉もいた、から？」

如意が考えるように、小さく首を傾げつつ言う。

「うちは明るい、人好きのする者が多い一家で。その中で私は内向的で帳面ばかり見ている娘で。兄姉のように同業者同士のつきあいとかできなくて。でもその分、算術には長けていたから。だから一人くらい官吏になってもって思ったんですよね。……たぶん」

自分でもよくわかっていないのか、如意が目を泳がせる。

だが如意が言うように、都の裕福な家の子女なら、官吏を目指す者が多い。

一族に一人でも官吏がいると箔が付く。商人なら当然、つきあわねばならない悪徳役人も、娘が女官として後宮にいると知れば手を出してこない。それどころか後宮勤務の娘がいれば皇城や権門と新たな取引が生じるかもと期待する親もいる。

ただ、如意は宮正司に配属になった。

そんな私利私欲を取り締まる側になっている。実家側からすればうまみは薄い。

「……ほんと、私、どうしてここにいるのかしら」

如意が思わずというようにつぶやいた。

「……勉強になった」

無事、資材の引き取りが終わって、重くなった荷車を引き安西殿に戻ると、半ば魂が抜けた皇帝が前庭にへたりこんだ。

「鎧を着けていて良かった。あちこちさわられた。髪も何本か抜かれたかもしれん」

女子の熱気に気圧された皇帝が呆然としているのに対して、紹杏はご機嫌だ。

「いやあ、今年は趙殿がいたからぶんどり品を一度にいっぱい運べて良かったよ。いつもは荷車を押していっても大渋滞で結局、後ろのほうまで手で運ぶしかなくて、なかなか作業が終わらないし、その間にいいものを取られちゃうから」

にこにこ笑いながら、資材を屋内に運んでいる。ここからは紹杏が手先の器用な女孺たちを指揮して、天灯作りを始めるのだ。

綺麗に掃除された院子では崙々が脚で首をかいて毛を散らし、怒られている。

「もうこの子も洗っちゃおうよ」

「そうね。ちょうど毛抜きの馬櫛もあるし、やっちゃおうか」

春麗と春蘭の双子女孺が言って、腕まくりをしている。春麗が見かけだけでも元気になったことに蛍雪はほっとする。まだまだ様子見が必要だが、立ち直って欲しいと思う。

見ているとさっそく崙々が水をかけられた。ひゃいんひゃいんと鳴いている。

助けを求める顔で見られたが、蛍雪は目をそらせた。元凶が綺麗にならないと掃除の女孺が大変だ。それに当日は崙々も接待役に加わる。毛並みは綺麗な方がいい。

（花や果実はもっと日が迫ってから取りに行くとして、次にやることは……）

頭の中で予定を確認する。ぼんやり崙々を見ている暇はない。今日はまだすることがある。荷車を片付け、蛍雪は如意に声をかけた。

「さ、これで資材の搬入は終わり。後は皆にまかせて宮正司本来の仕事に行きましょうか」

「何、今日はこれで終わりではないのか⁉」

皇帝が顔を引きつらせて立ち上がる。

「当然でしょう。ここまでは雑用です。ここからが通常業務、宮正司の本番ですから」

折良く如意が「お待たせしました」と封印札の束を手に出てくる。皇帝が眉をひそめた。

「封印札？」

「はい。抜き打ちで尚巧局の倉の監査に行くんです」

各宮殿、各局の殿舎にも付属の庫はあるが狭い敷地内にあるので小さめだ。多くは入らない。なので各局、各宮殿ごとに倉街にも自身の倉というものを持っている。

「当たり前のことですが、後宮に搬入される品はほぼすべて公金でまかなわれています。不正がないか、無作為に選んだいくつかの倉を点検するんです」

後宮暮らしも長くなると宮官たちの規律がゆるんでくる。これくらい他もやっているから大丈夫と、いろいろと悪い手口を覚えてくる。

「倉街は職場から離れた場所にあることから、上役の目が行き届かなくて。不正の温床になりやすいんです。正規の購入品に隠してちょっとした品を〈密輸〉して転売、私腹を肥やしたり、帳簿の金額をいじって差額を着服したり。御用商人を巻き込んだ公金の横領といったものまで横行するんです。宮正司としては放置できません」

「なるほど。おこなう必要性はわかった。が、なぜわざわざこの忙しい時期におこなう」

「忙しい時期だからこそです」

毎年おこなう監査だが、日を決めておこなうと対策を立てられてしまう。なので今年は敢えて、まさかこんなときにやらないだろうという日と時刻にしてみた。

「今日はこれから尚巧局が使用している倉の在庫管理帳簿を押収、安西殿に保管。細工ができないようにして、明日の朝一で倉の在庫を点検。帳簿との齟齬がないか調べます」

倉の点検まで一晩空くが、外と連絡を取り合おうにも皇城の門は夕刻には閉ざされる。後宮内の倉街も周囲は低いながらも塀で囲まれ、門もある。夜には閉まるし、番人もいる。敷地内の巡回もあるから荷を運び出すことはできない。それに今の時期は忙しい。閉門時刻まで人が多くばたばたしている。人目を避けて隠蔽工作をおこなう余地はない。

「それに帳簿を受け取る際に倉まで責任者を同行させて扉を閉じ、封印札を貼りますから。

翌朝、私たちの立ち会いのもと開扉するまで中の品を動かせない仕組みになっています」

この時期、対象の倉の物品を運び出す急ぎの予定がないことは前もって調べ済みだ。そうしないと業務を滞らせたと、宮正司が叱責を受ける。

「昨年とその前は二年連続で穀物倉の改めをしましたからね。今回、調べるのは尚巧局が生糸や染色時に使う素材などを入れている倉です。三つだけですから、すぐすみますよ」

これもれっきとした仕事だ。

嫌われようが、うるさがられようが、誰かがやらなくてはならないことなのだ。


「うそっ、この忙しい時期に監査!?」

「やめてよ、私たち、なにもしてないわよ」

担当を務める女官たちの悲鳴を聞きつつ帳簿を押収して、倉の扉を閉ざし封印札を貼る。

封印札と言っても、宮正司の印が押されたただの紙だ。

べったりのりをつけた札を扉の開閉部に貼り、立ち会いをおこなった尚巧局の女官と蛍雪がそこにそれぞれの名を書いて、それで本日の業務は終了だ。

途中、尚巧局の院子で貼り終わった天灯を乾かしに、竹竿を組んでつくった吊り台に登っていた女孺が均衡を崩して転げ落ち、それを皇帝が抱き止めて周囲が黄色い声を上げるという事故もあったが、明日、朝一で倉に集合することにして、尚巧局の女官とは別れる。

「これで今日の業務は終わりです。趙殿もお疲れ様でした。安寿殿までお送りします」

夜も遅くなったので後宮の各路を隔てる門も閉まっている。今夜は衛児の迎えもないようなので門番とのいざこざが起こらないよう蛍雪が安寿殿まで送っていくことにする。

「いいのか、安西殿に戻らなくて？」

「はい。今日はもう遅いですし、明日は朝が早いですから。直帰の許しを得ています」

言うと、皇帝がおちつかなさげな顔をした。

「なにか？」

「いや。一応、そなたの護衛名目で朕はここにいるからな。なのに朕が送ってもらい、逆に暗殺者が潜んでいるやも知れぬ夜道をそなた一人で宿舎まで帰すのも妙な具合だと思ってな。影に送らせるつもりではいるが」

真剣に言われて蛍雪は吹き出した。どこの世界にただの女官を闇討ちする者がいる。

「大丈夫です。ここは天下の後宮内ですよ？　あちこちの門に門番がいますし、巡回の宦官たちもいますから。安全です。影の方についていただく必要もないですよ」

それでも相棒の身を気遣ってくれる彼の心が嬉しい。そういえば先ほど尚巧局で落ちてきた女嬬を抱き止めたときも、彼は隣に立っていただけの蛍雪にも、「大事ないか」と声をかけてくれた。

路を行きつつ改めて隣を歩く皇帝を見る。

「なんだ」

「いえ、どうすればそこまで逞しくなれるのかと」

実家の父や兄も男性だが、ここまで太い腕はしていない。捕吏や警護を務める武官にはごつい体格の者もいたが、彼らは体を鍛えるのが仕事だ。皇帝とは事情が違う。

「皇太子時代、他にすることがなく暇で鍛えたからな」

皇帝が答えて、あ、と思った。ふだん明るくて忘れがちだが彼も幼少時は苦労している。

皇帝の父である先帝は気まぐれな艶福家だった。後宮にはお手つき妃嬪があふれかえり、外戚たちがころころと勢力図を変え。当時、皇后だった皇太后がその地位と命を守るのは並大抵のことではなかったという。皇太子時代の皇帝もまた、父に目をつけられないように政に興味のない体力馬鹿を演じるしかなかったのだ。

（それで今の主上は下々にも気を配られる、度量の広い方になられたのか……）

妃嬪を順に召したり、現場の苦情を汲んで自ら後宮に隔離されてみたり。

この人は何でも意のままにできる皇帝という身分のわりに周囲に気を配る。言いたいことを呑み込み、自分の好みさえ争いを生むからと口にはしない。媚薬すら入っているとわかっていても飲んでいた。嫌な顔をせず笑顔で。

前に彼は、相手が言う言葉の嘘と真の区別くらいつくと言った。それはきっと彼が未だに、噓まみれの中で暮らしているからだ。

それでも彼は摩滅したくないと言う。民に希望を与えたいと言う。

そんな彼に相棒として、せめてここにいる間くらいはのびのびと過ごしてもらいたい。

だから共に料理をしてみたり、資材の受け取りや監査の帳簿集めなど事件捜査以外の雑務にも駆り出している。だが皇帝はどう思っているだろう。宮正司にいる時間を楽しんでくれているだろうか。雑務ばかりさせてとあきれているだろうか。

独りよがりな押しつけかも知れない。

迷う。

だから夜遅くまで引き留めた罪滅ぼしも兼ねて、安寿殿まで送ることにした。が、夜道がどうのと、かえって気を遣わせている気がする。

「中秋節が近づくと、朕もなかなかこちらへは来られなくなる。公式行事が多くなるしな。時間を見つけて行くつもりだが、不規則な訪れになると思う」

安寿殿の門をくぐりつつ、皇帝が言った。三日に一度の規(きま)りは崩れると思うと。

「だから今夜は衛児にも迎えはよいと断り、こちらに残ったが。最近は他の者とも親しく言葉を交わすようになったせいか、二人だけで過ごすのも久しぶりだ。たまにはこうして夜道を歩くのもいいな。そなたであれば気を遣わずにすむ。のびのびできる」

蛍雪は目を瞬(またた)かせた。

（この人は、ずるい）

いつも馬鹿なことを言って脱力ばかりさせるのに、突然、こんなことを言う。

言葉に詰まり顔をしかめていると、なにを考えたのか、ぽんと頭に手を置かれた。

「そう寂しがるな。少しの間だけだ。中秋節が終わればまたいつものようにここに来る」

その言い方には納得がいかない。まるで蛍雪が彼の不在を嘆いているようではないか。

蛍雪はさらに顔をしかめる。そんな蛍雪を見て皇帝が笑った。結い髪だというのに犬にでもするようにぐりぐりと頭をなで回す。

「ちょ、やめてください、主上！」

「いいではないか。後は女官宿舎に戻って休むだけだろう？」

それはそうだが、宿舎に戻るためにはここを出て、他にも人のいる路を歩いて行かなくてはならない。こんな髪では戻れない。

文句を言うと、「あがっていけ」と、皇帝が安寿殿のほうを目で示した。

「朕の化粧道具を貸してやる。直していけばいい。ついでに紅の一つもさしたらどうだ」

「え。紅、ですか」

「中秋節では装わなくてはならぬのだろう？　気に入ったものがあれば、少々早いが中秋節の贈り物だ、持ち帰るといい」

「あ……。お気づかいありがとうございます。ですが主上の紅は高級すぎて。私では分不相応ですから。お心だけちょうだいしておきます」

「そう言うがな。紅を手に入れるあてはあるのか？　暁紅に作ってもらうと聞いたが、あれの作る品は良薬口に苦しというか、見てくれより効能重視になる気がするぞ」

それは蛍雪も危惧していたことだ。口元が薬臭くなりそうだ。

「当夜はそなたが皆の先頭を歩くと李典正より聞いた。朕は残念ながらその雄姿を見られんが、人目を浴びるのだろう？　相棒として片割れが笑われるのは我慢がならん」

それに、と彼が少し目をそらせて言いよどむ。

「その、普段から気になってはいたのだ。並んで歩いていて、朕ばかりが装うのは収まりが悪いというか、不公平感があってだな。人目を集めているようだと」

「なんですか、それは」

驚いた。皇帝も注目を浴びていることに気づいていたのか。そして気にしてくれていたとは。解釈の仕方は違うようだが。ふだんの我が道を行くそぶりを見ているだけに、柄にもなくじんっとしてしまうではないか。

「……ですが私がいきなり化粧を始めては目立ちますから。中秋節の見回り時は祭事ですが、ふだんは違いますから。お気遣いは嬉しいですが、今のままでいいんです」

なので髪だけ直させてもらうことにする。

差し出された鏡をのぞくと、どんな力でなでたのか髪がわしゃわしゃになっている。

櫛と香油も借りることにして、皇帝に断り、椅子に座る。「朕が結い直してやろうか」と言われたがそれは丁重にお断りした。

それにしても女髪の結い方まで知っているとは。趙燕子のときは頭頂に近い部分で一つにまとめただけだから、必要な変装技能とは思えない。

（まさか女装に目覚めてからは練習を重ね、今では妃嬪の方々の髪を結ってさしあげているとか……？）

皇帝陛下という存在は、ふつうそんなことはしない。が、この人は〈ふつう〉の枠に収まらない人だ。やっていてもおかしくない。もともと自分の妻たちを大切にする人だ。

と、考えて、蛍雪は〈皇帝〉の彼がどんな顔をしているか知らないことに気がついた。

蛍雪の前にいるのはあくまで〈趙燕子〉だ。〈皇帝〉ではない。

彼のとくべつな姿を知る、とくべつな位置が心地よかったはずなのにおちつかなくなる。

「どうした」

言われて、はっとする。

「もうしわけありません、すぐ、終わらせますので」

そこからは一心に髪を結った。いつも扱う自分の髪だ。集中しさえすればすぐにすむ。

衛児にも長居をしたことを謝って、安寿殿を出る。

門から少し行ったところでふり返る。

すでに門扉も閉まった安寿殿からはなんの音もしない。皇帝と衛児も抜け道に入ったのか光ももれない。月明かりの下、闇に沈んでいる。無人の、放置された殿舎そのものだ。

ふと、自分が先ほど体験したこと、皇帝と親しくふざけたり、彼の化粧道具を使って髪を整えたことなど、すべて夢だったのではないかと思ってしまった。

ただの女官には、ありえないことだったから。

だが違う。髪からいつもとは異なる彼と同じ香油の匂いがする。蛍雪は勢いをつけて安寿殿に背を向けた。歩き出す。夜空の月と一緒に香油の香りが追ってくる。

宿舎に戻り、床についても香りは去らなかった。窓の紗を通して差し込む月明かりに、何度も寝返りを打つ。

そんな、うまく寝付けないまま迎えた夜明け近く。蛍雪はたたき起こされることになる。

倉街で小火（ボヤ）騒ぎが起こったのだ。


燃えた倉は六つ。そのうち三つは尚巧局の倉で、宮正司が帳簿を預かったものだった。

なので、蛍雪たち宮正司女官も臨場した。

全焼こそしなかったが出火元はなんと倉の外ではなく、中だった。

おかげで倉内に収められていた品は焼け焦げ、消火のために撒いた水や砂でぼろぼろになっている。責任者は涙目だ。呆然と焼け跡にへたり込んでいる。

「あー、うちは倉がないから助かった」

「馬鹿ね、これから調べる予定だった倉の中身が燃えたじゃない。昨日かけた時間はすべて無駄、大損よ」

紹杏の軽口に、如意が珍しく憤っている。商家の娘として、火を出して倉の中身を損ねたことが悔しいのだろう。封印札も消火のため剝がされている。人も大勢出入りして、延焼を恐れた荷の移動もあり、抜き打ち監査の意味はなくなった。

「でもどうして火が出たのかしら。誰も人のいない倉の中よ？　六つともすべて」

倉街は当然だが火除け対策がなされている。整然と倉が並んだ一画は建物の間隔を開け、延焼を防ぐ。周りの敷地も草一本残らず抜き取られ、砂利が敷かれている。倉自体も分厚い漆喰壁に瓦屋根だ。外からであれば油を撒いてもそうそう燃えたりはしない。

現に、倉の建物自体はそこまで燃えていない。中の荷が焼けただけだ。

「やっぱ、あそこから火種と油を投げこんだんでしょ」

紹杏が倉の外壁を見上げ、指さした。

高い、屋根の軒下にあたる位置に小さな、通風口も兼ねた明かり取りの窓がある。中の荷にもよるが、湿気を逃がすため今の時期は夜も開けていることが多い。

「でも格子があるわよ」

「そもそも位置が高すぎて梯子がないと無理ですね。火元もあの窓下の倉もありましたが、離れたところに複数あった倉もありましたし」

如意と暁紅が異論を唱える。

蛍雪は周囲を見回した。

「これ、じゃない？」

ふだんはあり得ないが、今は忙しく片付けの手が回っていないのだろう。塀内の一画に、できあがった天灯を吊す台を作るための、長い竹竿の束が積まれている。

一本、手に取ってかかげてみる。

「これならあそこまで届くわ。なんとか一人でも持てる重さだし」

「この先に火と油壺をつけて中に入れたと？　でもちょっと離れた位置にも火元はあったんですよ。いくら竹がしなるといっても、投げ入れるのは無理があるんじゃ」

「そこはほら、今なら〈あれ〉があるもの」

蛍雪は言って、竹竿を降ろした。代わりに、近くの倉に群がる宦官たちを指す。

天灯の資材を受け取りに来た宦官たちだ。

人数が多いので、宮官と宦官は日を変えて受取日を設定してある。

「天灯の材料は竹と紙、それに蠟燭よ。燃えてしまえば証拠は残らない。燃え残りがあったとしても消火作業で中に入った者に踏み散らされる。格子を通り抜けられる小型の天灯を作って、この辺りから飛ばせばどうなると思う？」

　皆で検証してみる。

　蠟燭の熱で上昇する天灯は軽い。風がなければほぼ真上に上がる。速度もそんなに出ない。天灯を飛ばしてから、竹竿に持ち換える。天灯が窓の高さまで達せば竹竿で軽く押し、格子の間から中に入れる。じゅうぶん可能だ。

「押し込める際に破れた天灯が真下に落ちて燃えて。無事だった天灯が倉の中をふわふわ飛んで離れた場所でなにかにぶつかって火をまき散らした。そういうことか」

　通常は蠟燭が燃え尽きればそのままふわりと地に落ちる天灯だが、中には風に乗り、蠟燭が燃え尽きる前にどこかにぶつかり火を出すものもある。

「毎年、上げた天灯で小火騒ぎが起こるのも中秋節の風物詩だものね。ありえるわ」

　なので城下では天灯の大きさに制限をつけ、蠟燭の長さも細かく決めて、すぐ燃え尽きる分だけを入れるように規制がなされている。

「それで火付けの手段は判明したとして、残る謎は〈なぜ燃やしたか〉ですね」

　暁紅がきらりと目を光らせて言う。

「倉街は周囲を塀で囲まれ、門には番人もいますが、しょせんは皇城の中の後宮内。賊などいないと油断して、塀はそこまで高くありません。越えるのは簡単ですし、番人もやる気のない者が多く、巡回をさぼって居眠りをしていたりします。こっそり裏手で作業するのは可能ですが、それでも火付けは重罪です。半端な覚悟でできることではありません」

それに後宮では夏に火付けの罪で四妃の地位にいた人が冷宮送りになったばかりだ。表向き病ととりつくろわれているが、それでも〈うわさ〉で流れている。皆、火の件には敏感になっている。

「それでもやらねばならない理由があったのです。それは何でしょう？」

燃えた倉は六つ。内、尚巧局が管理していたものは三つ。

残りは内侍局のものだ。

後宮には宦官もいる。後宮外にある内侍局の倉とは別に、後宮内にも倉があるのだ。

今回焼けた倉は隣り合って建っていたものばかり。折良く外には現場を見に来た内侍局の宦官たちがいる。中に、霜月がいたので聞いてみる。

「ああ、燃えた倉の中身ですか。一つは生薬などを仮置きしていた倉で、もう一つは術衣や晒しなどに使う布の保管場所。三つ目は茶や、厨で病人食に使う、匂いのきつくない乾物を入れていたのです。燃えたのは医局で使う倉ばかりで。正直、困っています」

霜月が嘆いているが、火付けをされるような心当たりはないという。

「中にあったのは、いつも通りの消耗品ばかりですから」

となると、残るは尚巧局の倉だ。こちらは監査をおこなうと宣言した昨日の今日だ。

「怪しい、と思ってしまうのは先走りではないですよね？」

枝を隠すなら林の中。燃やしたかった倉は尚巧局の三つで、隣り合った内侍局の倉まで焼いたのは、本命を隠すための偽装なら？

あの、と如意が言う。

「実は私、監査で押収した帳簿に昨夜のうちに目を通したんです。それで、倉の一つが気になって。明らかに帳簿にはない品があるんです」

如意に案内されて行ってみる。尚巧局の倉の真ん中に、小山を築くようにして元は麻袋だったらしきものと木箱が積み上げられ、焦げていた。ほぼ炭化しているが、それでも燃え残りもあり、真っ黒になっても、もとの形はなんとなくわかる。

「脱穀をしていない、殻のついたままの麦、ですね」

床に散り、踏みにじられていた燃え残りを、暁紅が手に取る。袋のほうは消火の際に破けたのか、大きく切れ目が入り、こぼれた中身が小山を作っている。

「麻袋は残った形からすると元は縦に五列、横二列、上に重ねて五袋ずつ、五十袋ほど積んであったようですね。そのほぼすべてが破けています。炭化しても自然に破れたにしては不自然な真っ直ぐな破れ目跡が見てとれますから、消火の際に中まで水をかけるために裂いたのでしょうか。隣にあるのは茶箱ですね。こちらは中が陶器の壺だったのでほぼ残っています」

三段ほど積まれた大きな箱は中に仕切りがあり、陶器の茶壺が入っていたようだ。無事だった分は運び出したのか、枠に空きがある。辺りには火事場特有の焦げた臭いの他に、茶葉を焙煎したときの香ばしい薫りと、花茶でも混じっていたのか妙な甘い臭いがした。

尚巧局は衣装の縫製や帳や敷物など装飾品の作成をおこなう。扱うのは貴重な玉や絹、金銀細工といった高価な品で、そういった最上級の素材は作業房もある官衙街の尚巧局の殿舎で保管し、こちらには少々、質の落ちる糸や染色素材が置かれていたという。

「尚巧局に配属になったことはありませんから断言はできませんけど。女官が休憩時に飲むだろう茶はともかく、穀物袋は業務には関係ない気がしますね」

「そうね。それもこんなにたくさん。帳簿にも載っていなかったのでしょう？　なら、監査に備えてこれらを証拠隠滅したくて火をつけたとか？」

「だけどこっそり運び入れた品にしては大きいよ。麦を売っても私腹なんか肥やせないし、火事場騒ぎにまぎれて証拠隠滅っても隠滅できずに堂々と置きっぱなしなんだけど」

その通りだ。ここにある麻袋は各辺が二尺（六十センチ）と三尺（九十センチ）ほどある。門番や検品者も兼ねる倉の責任者の目をぬって持ち込むには大きすぎる。

倉の奥に呆然と座り込んでいる尚巧局の女官がいたので、聞いてみる。

「ああ、これ？」

彼女は目を瞬かせて現実に心を戻すと、まだぼうっとした声で答えてくれた。

「医局のものよ。うちの倉の隣が内侍省の倉なの。で、そちらがいっぱいだから少し置かせてくれないかって言われて。空いてる場所があったから、少しならいいかなって」

「だから帳簿に載っていないのですか」

聞いてしまえば納得の理由だった。が、妙に気になる。医局は医局で、茶はともかく殻付きの麦をこんなに大量に仕入れてなにに使うというのだろう。

「調べてみますか？」

如意が言ってくれたが、内侍省の品なら置かれていたのが尚巧局の倉でも宮正司の管轄外になる。

「調査は無理でも雑談で用途を聞くくらいなら大丈夫じゃないですか？　医局なら砥医官殿がおられるでしょう？　あの方なら管轄がどうのとうるさいことは言わず、それくらい教えてくれますよ。今の倉の責任者は砥医官殿になっているはずですから」

上役だった順敬王が罪を犯し失脚した後を埋める形で、霜月が昇格したのだ。

急いで外に出て探す。が、もう帰ったのか見当たらない。

医局まで追いかけていかなくてはならないようだ。


雑談という形をとるつもりとはいえ、今回もまた宦官と宮官をまたいだ聞き取りになる。失礼のないよう、この場で一番位の高い蛍雪が話を聞きに行くことになった。

「じゃあ、悪いけどこちらの捜査はまかせるわね」

如意たちに言い置いて、後宮内を今度は南へと移動する。後宮医局の入った殿舎は宦官だけでなく、宮官も訪れる。そのため内侍局の建物が多い後宮の西側ではなく、やや中央より、冷宮に使われる廃宮などが多い区画に設けられている。

「こんにちは。砋医官殿はいらっしゃるかしら？」

医局に誰もいなかったので、以前、霜月が新設した付属の診療所へと足を伸ばすと、そこには大勢の患者が寝かされていた。青い顔をして、うめいている。

「あ、魏掌様！」

患者の看病をしていた蓮英が駆け寄ってきたので、あわてて謝る。

「ご、ごめんなさい、忙しいときに。でもどうしたの？　こんなに大勢。火傷の治療ならわかるけど、うめいてるって、また食中毒？」

「いえ、あの方たちも昨夜の火事で消火にあたられていた人たちです。煙を吸ったらしくて、気分が悪くなったとこちらに担ぎ込まれてきたんです。火傷もそこまでひどくないし、鼻の奥に煤もついていないし、しばらく休めば大丈夫だろうという診断です」

霜月の名を出した蛍雪の声は聞こえていたのだろう。蓮英がすまなそうな顔をして言う。

「ただ、すみません、砋医官様は今はお留守です。火傷の治療も一段落付いたので、火事場の検証に倉街まで行かれていて」

「え。私より先に戻られたと思ったのに」

「あ、言葉足らずでした。もともと今日のこの時間は往診に出かける予定がおありでしたので、倉街の帰りによってらっしゃるんだと思います」

「往診？　どこかで患者がでたの？」

「いえ、体調の悪い方がおられないか見て回る健診です。冷宮に行っておられます」

「冷宮⁉」

冷宮とは罪を犯した者や皇帝の勘気を被った者。他にも病を得たが外へ出すわけにはいかない者などを閉じ込めた殿舎群を指す。管理は宦官がおこなうが、いるのは日陰の身の病人や罪人ばかり。待遇は悪い。

（そんなところに、健診？）

冷宮に囚われた者でも管理の宦官に鼻薬をかがせれば面会は可能だ。現に苦境を見かねた知人や配下が衣類や食物の差し入れに通うことは多い。

が、あそこには朱賢妃も、霜月を陥れようとして逆に失脚した逓昭容もいる。そんなところへ行って大丈夫なのか。

蛍雪の不安は顔に出ていたのだろう。どう解釈したのか、蓮英があわてて弁解した。

「その、もちろん、上の方々の下された罰に不満があるとかじゃありません。囚われた方をどうこうしようというわけでも。ただ、あそこにおられる方々はもともと身分の高い方が多くて、不慣れな環境から気鬱の病にかかられたりするんです。誰かが面会に行くだけで気力がわくそうで、とくにどなたかに頼まれたわけではないのですけど、砡医官様は定期的に通ってらっしゃるんです」

つまり劣悪な環境にある女たちを心配して、時間をやりくりして診に行っているのか。

蓮英が心酔しきった顔で言う。

「まさに医は仁術。医官の鏡のような御方です」

「確かにそうね……」

健診で回る先が先なので少し不安も残るが、頼まれるまで動かない腰の重い医官が多い中、余暇も惜しんで女たちのために動いてくれる彼はつくづく貴重だと思う。

そんな彼の時間を奪うのは心苦しいが、蛍雪は蓮英に尚巧局の倉に預けられた品のことを知りたいのだと、大まかに訪問理由を説明した。

「……ということで、戻られたら宮正司に連絡をくれる？　またこちらに来るから」

「あ、倉の品のことでしたら僕でもわかりますよ」

出直してこられるまでもありませんよ、と、彼が言って、木簡の束を棚から出してきた。

「これは、倉の出し入れの記録？」

「はい。前の事件で懲りたんです。あのことで砡医官様の位が上がられたのは良かったですが、他の上役の方たちの嫉妬がさらに激しくなってしまって。また妙な事件に巻き込まれては困ります。なので日々の薬の出し入れや患者の様子など、上役に提出して保管する帳簿の他にも覚え書きをつくって仲間内で回覧しているんです」

見習いたちが一丸となって、霜月を守っているそうだ。

「今は倉の責任者も砥医官様なので、僕たち、交代で荷の出し入れにも立ち会っています。その麦袋を入庫したときは僕が立ち会いました。穀類の場合、石を混ぜてかさ上げした粗悪品もあるそうなので、僕、最初は袋からぜんぶ出して確かめてたんです。でもそれじゃあ日が暮れるって倉の管理をしてる人に笑われて。『検査のすんだ麦袋の重さを量っておけばいい。混じりけのない同じ種類の麦なら他の袋も同じ重さになるはずだ。いちいち出して調べなくても石が混じってないかわかる』って親切に手伝って量ってくれたんです」

「それでここには袋の重さまで書かれているの」

感心した。先の事件で彼らの上役は替わったが、それでもまだ意地悪な医官は残っている。自分の鬱憤を人にぶつける年長者や、暇だからと下を虐めて楽しむ上役や。この閉ざされた世界では壊れた心をもつ者がたくさんいる。

(だけど、同時に、天を仰いで咲く花もいるわけで)

できる範囲で自衛しようとしている彼らがけなげだった。

そこへ「お待たせしました」と、霜月が帰ってきた。蓮英が蛍雪の相手をしている間に、他の見習いが彼を探しに行ってくれていたらしい。

「すみません、遅くなりまして。尚巧局の倉に預けた荷のことですね」

健診用に持参したのだろう。薬箱を蓮英に渡しながら霜月が質問に答えてくれる。

「倉の麦の使用目的ですか。あれは滋養があるので病人に食べさせようと思うのですが、どの病にどの種の穀物が適切か調べたくて、いろいろ取り寄せたのですよ。実際に病人に与えてみようと思うのです。保存も利きますし」

殻付きなのは、西方の国では殻ごと臼で引いて麵麭(メンポウ)にすると聞いたからだそうだ。

「できがいいと価格も安くなるのでしょう？　今年は麦のできがよかったうえ、商人がまとめ買いをすればさらに安くすると言いましたので十種類の麦を五十袋ずつ買いました」

「五十袋ずつ？　あの大きさの麻袋で？」

つまり、尚巧局の倉にあった麻袋の山が、他に九あるわけだ。

（……医局の倉に入りきらないわけだ）

ただ、病人食の研究のためだけなら量が多すぎるのではと思わなくもない。あの袋は一つ一つがかなり大きかった。両腕を回してやっと一袋担ぎ上げることができるくらいだ。殻付きとはいえ、あれだけあればいったい何人分の胃袋をまかなえるのか。

「試食用、なのですよね？」

「はい。実際に料理してくれるのは厨の者たちで、私も麦を仕入れたのは初めてです。ですから入荷した実物を見たときは少々、量が多いかなと思いましたが、世間一般では品を安く買うと経費削減になって褒められると言われましたので、そういうものかと」

なぜそんな責める目をされるのかわからないといった困惑の表情で霜月が答える。

（……そうか、この人、七歳で後宮に入ったから）

その前も名家の奥向きでお嬢様に仕えていた。世間一般の買い物知識や、消費する食材量の常識がないのだ。へたをするとものを売る市場や店も見たことがないのではないか。

霜月曰く、医局の倉は他にもあって、燃えた試食用穀物はあの五十袋だけだそうだ。

しかたがないので残った分で滋養食の研究を続けるそうだが、購入した穀物の現物は今現在も倉街の医局の倉に山と積まれている。購入にあたっては商人から多すぎる量を買わされただけで、賄（まいない）を受け取った様子もない。

買い物の感覚がおかしいだけで横領などの不正にはあたらないだろう。あの荷が火付けの原因になったとは今の段階では考えられない。

なので、もう一つの荷のことも聞いてみる。

「えっと、では、茶箱のほうは？」

「ああ、あちらは私が注文した品ではなく、医局全体でつかうために係が購入したものです。お茶好きの上役がおりまして。ご本人が飲まれる他、来客に出したり薬としても使うと聞いています。こちらも置ききれなくて尚巧局の方に少しだけとお願いしました」

穀物袋が大量に倉に入ったせいで購入した茶が入らず預かってもらったということらし

い。こちらは別の者が注文したので霜月が内容を把握していない。なので、蓮英がつけてくれていた記録を見る。

こちらには品名と個数は書かれていても重さが書かれていない。茶葉は余計なものが入らないと判断したのか、こちらは霜月の注文した品ではないので蓮英も調べなかったのか。

「慶州産の羅観茶、他、数種ですか」

香りが混ざらないよう、箱ごとに違う種類の茶壺が入れられていたようだ。蛍雪は茶葉には詳しくない。字を見てもこれが火付けの原因か否か判別がつかない。

もどかしい。解がそこに見えているのに届かないようなおちつきのなさを感じる。

皇帝がここにいてくれたらと思った。彼と意見を交わせたら頭の整理ができるのに。

「……この帳簿、借りてもいいですか？」

ないものねだりをしてもしかたがない。持ち帰って如意に見てもらうことにする。

如意は「すぐ調べます」と、他の帳簿の調べを後回しにして、受け取ってくれた。

ところがその夜のことだった。

宮正司の詰め所、安西殿に泥棒が入ったのだ。

官衙街にいる女官は、夜はそれぞれに与えられた寝房のある宿舎に戻って眠る。

宮正司の安西殿も同じだ。宿直の女孀が数人、泊まり込みをしているだけだ。崙々もいたが、吠えなかったらしい。これはいつものことだ。

「申し訳ありませんっ」

宿直の女孀が謝る。失態は失態だが、注意が甘くなるのはしかたがない。罪人を留め置くときは女官も宿直するが、昨夜は誰もいなかった。金目の物はないし、ここは後宮内だ。まさか泥棒が入るとは思わない。

「それで盗まれたのは？」

「如意様の房にあった帳簿が。かなり量があるのに木簡のものがすべて盗まれました」

「帳簿が？　しかも木簡をすべて⁉」

如意は帳簿から背景を読み解くのが趣味の娘だ。事件に関係のあるものもないものも片っ端からため込んでいる。それをすべてとなるとかなりの量がある。しかも盗まれたのは、木簡ばかり。嫌な予感がする。

「……医局から持ち帰った蓮英の帳簿も木簡だったわね」

「これ、蛍雪様の勘が当たりじゃない？　理由はわからないけど、あの荷が怪しい」

だが、検討をしようにも肝心の帳簿がない。

そこで、あの、と如意が声をかけてきた。

「大丈夫です。その、写しがあるんです。私、写しながら内容を頭に入れていくから。その、別に安西殿の警備を信用してなかったわけではなくて」

「でかしたわ、如意！」

「さっすが用心深い商家の出！」

皆にわっと囲まれて、如意がなぜか戸惑った顔をしながらも、宿舎に持ち帰っていたという、帳簿の写しを持ってくる。夜、寝入るまでのつれづれに眺めていたらしい。

さっそく皆で写しを囲む。今回は後宮の官吏事情に詳しい琴馨にも加わってもらった。

「ふーん、なるほど。茶に不審な点はないわね。ちょっと通好みな茶葉も混じってるけど、価格は医官が飲むなら適正範囲内よ。量もこんなもの。問題ないわ」

「じゃあ、帳簿上では羅観茶でも実際に入荷されたものは違ってたとか？　もっと安い茶を偽って仕入れていたとか。茶は高級品だけどものによるんでしょ？　品質も様々で」

「それなら飲んだ人が気づくはずよ。宦官でも宮官でも茶をたしなむ人は舌も肥えてるから。しかもここは後宮よ？　他に娯楽がないから茶菓にも凝るわ。味が落ちればすぐにわかる。文句が上がっていないということは、味は落ちていないということよ」

では、この帳簿には謎への手がかりは隠されていないのか？

そこでまた如意が、あの、と声を出した。

「私は茶ではなく、穀物の袋が気になるんです。あれに詰まっていたのは殻のついたままの麦や大麦ですよね？　それにしては、あの燃えた麦の袋だけ妙に台帳の数字が大きくて。

普通、麦はここまで重くありません」

「え？　蓮英は石とか混ぜてないか、納入前に袋を開けて調べたと言っていたけど」

「そのことなんですけど。私、実は出戻りというか、婚約時代に花嫁修業だっていわれて、南方諸国と交易船で取引してた貿易商の家に住み込んだことがあって」

そこの息子が私的に密輸をはかったことがあるそうだ。

「交易船が運ぶ商品って、今回の穀物のように麻袋に詰まったものの他に木箱に詰めて運ぶものもあるんです。その場合、壊れ物だと隙間に藁やおがくずを詰めて固定します。で、港に入る度、それらをいちいち取り出したりしてたら検品に時間がかかるじゃないですか。港の役人もそれをわかってるからちょっと小遣いを渡せば融通を利かせてくれるんですよ。蓋だけ開けて調べて、底のほうまで取り出さずにすませてくれるんです」

それで商家の息子は見えない底のおがくずの中に自分の小遣いで仕入れた品を忍ばせていたそうだ。都に着いたら高い値段で転売していたらしい。

「後、甲板に置かれた重しの砂袋の中に隠したり。この方法だと忍ばせた品は役人の目にふれません。関税は免れるうえ、正規の荷に便乗して運ぶから船賃も実家持ちで、利益はすべて自分のものになるんです」

「それよ！」

思わず皆、立ち上がった。

「蓮英は袋を量るのを手伝ってもらったって言ってたわ。蓮英が最初の一袋を開けて中身の検分をしているときに、こっそりその〈親切な宦官〉が、なんらかの理由で元の荷に入れておくわけにはいかなかったなにかを穀物の中に混ぜたのなら」

「だからあの麦の袋の重さは通常のものより重かった。量ってたのもその宦官だろうし、残りの袋の重さは適当に口にして揃えることもできるもの」

そうなるとあの倉の袋は消火の際に破れたのではない。騒ぎに紛れて破いてなにかを取り出したのだ。だから不自然な裂き傷が残っていた。

だが袋は燃えて、入っていたはずの品も持ち去られた。帳簿も盗まれた。証拠がない。

急ぎ蓮英に使いを走らせて、量るのを手伝ってくれた宦官の名を聞いたが、初めて見る顔で、名はわからないそうだ。

「……いいところまでいったのに」

如意が写しを作っているが、証拠とするには足りない。原本ではないのだ。都合良く改ざんして写したのだろうと言われれば黙るしかない。

「ごめんなさい、せっかく写しを作ってもらったのに、生かせなくて」

「いいんです。こちらこそぬか喜びさせて」

こうなっては写しも塵同然だと思ったのか。如意がきゅっと唇を噛み、反古紙を入れる箱に捨てようとする。それを見て、蛍雪は、ふと、気づいた。

「待って。盗まれた帳簿は今、どこにあると思う？」

「え？　それは盗人のところでは」

「盗まれたのは木簡ばかり。量は多かったわ。犯人が宦官なら、よほどの高官でないと寝泊まりする房は相部屋よ。どこへ隠すの」

　焼いて処分しようにも小火騒ぎがあった。火の始末には皆が気を遣っている。

「犯人がどこの所属かはわからないけど、昼間は厨やごみ捨て場の担当でも一人で業務をおこなうことはないわ。下は班単位で動くから。他の目があるから帳簿はまだ処分できていない。どこかの廃宮殿か物置にでも隠しているはず。それを見つければ」

「だけどどうやって探すの？　一斉捜査なんてこの忙しい時期に無理よ」

　それだ。蛍雪は目を閉じ、考える。怪しい場所をいくつか脳裏に浮かべて、また思う。

「……ねえ、もともと犯人はどこで蓮英の帳簿のことを知ったの？」

　それに尚巧局の倉に監査が入ることもどこで知った？　蛍雪たち宮正司女官がここ数日の内で宦官たちと接触があったのは、資材の受け取りや監査、火事場改めで行った倉街と、その後に立ち寄った診療所。そして蓮英に事情を話して木簡を受け取ったのは診療所の中だ。

　あのときの診療所には火事騒ぎで倒れた宦官がたくさんいた。

「あの中に、犯人がいた……？」

蓮英は顔なら覚えていると言っていた。

「診療所へ行きましょう！」

いそいで診療所へ行く。が、残念ながら寝込んでいた宦官たちは体調が回復したとかですでにいなかった。医局の見習いは蓮英だけではない。あの日の患者数は多かった。治療を受けた者の名は名簿に残っていても、自身が担当した者でなければ顔は見ていないそうだ。

「消火に駆けつけたのは倉街周辺に勤務しているか、宿舎が近い者ばかりだったわよね？」

蓮英を借りて倉街前に張り込むしかないか。そう考えたときだった。

安西殿に残ってはまた洗われると警戒したのか、一緒についてきていた崙々が急に元気になった。さっきまでお腹が空いたと寝そべっていたのに、尾をふり起き上がる。

「崙々？」

「くふん」

甘え鳴きする鼻の先にいるのは、診療所に向かってくる宦官たちだ。四人連れだが手に包帯を巻いているのを見ると前の火事で負傷し、包帯を換えてもらうためにきたのか。

まずは彼らから面通ししてもらおう。そう思った蛍雪が蓮英を呼ぼうとしたときだった。

崙々が動いた。こちらにくる宦官たちの一人に近寄っていく。

その宦官は犬が好きではないのか、あわてて、しっ、しっ、と手を振っている。が、
嵜々は嬉々として駆け寄り、腹をみせている。これは嵜々のおねだりの体勢だ。

（妙、ね）

嵜々は誰にでも尾をふる犬だ。が、空気は読める。犬嫌いには近づかない。なのに。

はっとした。

「嵜々、お手柄！」

人の顔すら覚えない嵜々だが、その記憶力が驚異的に発揮されるときがある。

ごちそうをもらったときだ。そのときだけは相手に対する記憶力が三日ほど持続する。

この三日の間に何があった？　いそいで同行した紹杏と如意に話す。

「私たち、天灯の資材を引き取るとき倉街まで嵜々を連れていったわ。犯人があのときあの場にいたなら宮正司に犬がいるのを知ってる」

「あ、そっか。部外者は役に立たない犬を飼うなんて発想はないから」

番犬かと誤解して、夜、忍び込むときに騒がれないようにごちそうを用意した。嵜々はそれを覚えていて尾をふったのだ。

帳簿の写しが役に立たなかったことをずっと気に病んでいたのだろう。聞くなり如意が診療所から走り出た。宦官たちに呼びかける。

「そ、そこの人たち、ちょっと聞きたいことが……」

が、彼らは聞こえないふりをした。身を翻す。

「待てったら！」

紹杏が駆け出し、その腕を取った。袖がなびいて、蛍雪のところまで倉の焼け跡で嗅いだのと同じ、甘い匂いが漂ってくる。あの火事場でついたのか。

（ならこの火傷も、消火の人手に紛れて袋からものを取り出したときに負ったのなら）

この男たちが犯人だ！

逃がすわけにはいかない。蛍雪はいそいで紹杏に加勢した。身軽だがその分、体重が軽く腕力のない紹杏の手を振り払い、逃げようとする宦官に捕縛術の足払いをかける。が、一人が転んでもまだ三人いる。蛍雪は転んだ一人を押さえ込むので手一杯だ。

「待てっ」と、紹杏が追うが残る如意はおとなしい文官肌の娘だ。宦官四人対女官三人と役に立たない犬一匹では、腕ずくで引き留めることもできない。

（どうしよう、逃げられるっ）

そのときだった。今日は時間ができたのか、中秋節前で訪れが不規則になると言っていた皇帝がこちらにやってきた。月餅調理計画を実行に移すためか、粉袋や調理器具らしきものが入った籠を背負い、首を傾げている。

「安西殿に顔を出したらこちらだと言われたのだが、何事だ」

「趙殿、いいところに！　そいつらを捕まえて！」

「うおっ、なんだなんだ、よくわからんがわかった、まかせておけ！」

皇帝が即座に背負い籠を地面に投げ出し、腕を広げた。「なめるなっ」との気合いのもと、一度に三人まとめてその場に引き倒す。その後も足で一人、太い腕で一人、上半身を使いのしかかってもう一人と、三人まとめて押さえ込む。

「日頃、独学で学んだ捕縛術だが、ようやく役に立つ日が来たか」

「さっすが趙殿！　後はまかせて！」

追いついた紹杏がすかさず犯人たちの手に指枷をかけていく。懐に数個まとめて入る小さな枷だが、両手の親指と親指をまとめて拘束すると自力では外せない。

「しかもその枷についた錠は宮正司謹製だよ。かければ二度と外れないんだから！」

「いや、それ、錠の意味ないだろ⁉」

宦官たちが青くなってわめくが問題ない。外すときは枷ごと壊せばいい話だ。

「逃げられるよりはましだもん。私の枷も役に立つでしょ」

紹杏がにっこり笑って、皇帝と手を打ち合わせた。


「阿片、を密かに後宮に入れていたようです」

所属を調べると、彼らは後宮内にある内侍省管轄の倉を管理する宦官だった。最近になって荷の出し入れに立ち会うようになった蓮英とはそれまで面識がなかったらしい。

宦官が相手では宮正司が勝手に裁くことはできない。

が、安西殿に忍び込んで帳簿を奪った件でなら、こちらが被害者だ。帳簿を取り返すためとの名目のもと、彼らから話を聞く権利はある。いずれは内侍省に引き渡さなくてはならないが、それまでに倉の件もまとめて聞き出してしまえばいい。

ということで、捕えた宦官たちを安西殿まで連れ帰り、尋問する。

これには彼らを担いで運ぶ護送人の役目も負ってくれた皇帝が協力してくれた。

「いつもいつも肝心の証拠固めのときに現場にいられず鬱憤がたまっていたが。今回は捜査には関われなかったが尋問はできるのだな？　ふっ、まかせておけ。人を精神的に追い詰め、真実を吐かせることなら慣れている！」

心強く言って、本当に一刻もしない間に吐かせてくれた。

宦官は宮官とは違い、比較的簡単に皇城の外へ出ることができる。その際に外の売人に渡りをつけ、阿片を手に入れたそうだ。

職務上、運び込まれる品の予定はわかっている。医局への荷が大量にある日を狙って外の売人に門前まで阿片を持ってこさせ、まずは蓋をずらせば簡単に紛れ込ませられる茶箱に入れて後宮に持ち込んだ。

茶には消臭効果もある。阿片を茶壺に入れ、上に茶葉の塊をいくつかおいておけば、阿片の独特な匂いも知らない者だと、花茶など香りをつけた茶かと見逃してもらえる。が、茶を好む上役たちは茶葉の香りには敏感だ。すぐ阿片を他に移さなくては臭いが移ってしまう。なのにその日は倉街の門での点検が念入りだった。熱心に職務を果たす蓮英に、門番たちが触発されていたのだ。

「なのでとっさに中の麦を調べ終えた蓮英から袋を受け取り、重さを量るふりをして阿片の塊を紛れ込ませたそうだ。検品済みの袋ならもう中を調べられることはないからな。後宮医局の品なら同じ内侍省所属だ。倉に入れられた後でも取り出せると思ったらしい」

親切で重さを量ってやろうと言ったわけではなかったのだ。

ところが医局の倉は霜月の大量買いのせいで容量を超え、茶箱の一部と肝心の阿片の入った麦袋は尚巧局の倉に入れられてしまった。

それでも機会はある。茶を取りに行く口実で少しずつ取りだし、怪しまれないように他に移していけばいいと思っていたところ、倉に監査が入ることになった。

「あわてて火付けをして、消火の人手に紛れて袋を切り裂き、中の阿片を取り出したそうだ。その際いくつかの阿片がいぶされ、独特な甘い香りを漂わせてしまったようだな」

診療所に気分が悪いと患者が詰めかけたのも、消火の際に阿片の混じった煙を吸ってしまったからだ。

犯人たちは阿片を取り出した後は消火に使う水を取りに行くふりをして別の場所に隠し、

夜が明けてから作業の際に負った火傷の治療をしに診療所に行くと、今度は宮正司女官が麦袋の重さを記した木簡を持ち帰るところだった。

それで盗み出した。急いでいたのでそれらしきものを四人がかりで端から持ち出し、近くにある廃園に隠したそうだ。それらをさっそく回収しに行き、皇帝が言った。

「それにしても今回の霜月は知らずに犯人の治療をさせられるわ、荷を焼かれるわ、ふんだりけったりだな。受難の相でもあるのではないか」

腕力だけでなく、尋問の手腕もあると周囲に示し皆に感心された余裕からか、仲間はずれにされたと対抗意識をもっていた霜月に対しても今日は優しめの評価だ。それどころか、

「朕も幼少時は後宮で過ごした。霜月のお嬢様と顔を合わせたことがあったやもしれんな。朕は皇太后様の手で厳重に守られていたし、当時の妃嬪の数が多すぎてわからんが。霜月は頭は良くとも、ある意味、要領が悪いのだろうな。心根が純粋すぎる。だから周りに利用されてばかりいるのだろう。気の毒に」

と、同じ閉ざされた後宮で育った者として親近感まで抱いたようだ。上から目線だが、霜月を心配する身内のような発言をする。

「地道に働いても立場が弱い者がしわ寄せを受ける。正直者が馬鹿を見る。残念ながらその風潮は後宮では根強い。今回だけでなく、先の冤罪事件でも霜月が標的にされたのは、あの者なら罪を押しつけやすい、反抗もできないだろうと侮ったからだろう。あれが優し

い、陥れられても報復の後ろ盾をもたない、清廉な官だからだ」

皇帝の言葉に、蛍雪はうなずいた。なめられたら終わりなのだ、後宮では。隙を見せればあっという間に食い物にされる。正直だ、真面目だといった美点はここでは弱みとなる。すべてを撥ね除ける強さがなくては生き残ることすらできない。

異様なところだと思う。

だがこれが後宮だ。

満足して帰っていく皇帝を、安西殿に詰める宮正司女官みんなで見送って、門内に入る。

尋問と帳簿の回収が終わっても、今回の犯人は宦官だ。これから内侍省に引き渡して裁いてもらわなくてはならない。先方に提出する証拠品や燃やされた倉の荷のことなど、いろいろと証言、報告する必要がある。

これからが大変だが、まずは休憩だ。ここ数日、動きっぱなしだ。体の節々が悲鳴を上げている。

「今回は如意のお手柄だよね。私じゃ帳簿の写しを作ったり麦袋の重さの違いになんて気づけなかったよ」

紹杏がにこにこしながら、如意の肩を叩いている。

「でもどうして、皆がお手柄だって言うと、困ったような顔をするの？」

紹杏の問いに、如意が顔を赤くして、目をそらせた。小さな声で言う。

「……私、後宮には逃げてきたようなものだから。お手柄と言われても実感がわかなくて」

「え？　逃げてって、そういえば婚約相手のとこに住み込んでたって言ってたっけ」

それが後宮にいるということは、破談になったのか？

「もしかしてその相手から逃げてここに来たの？　ひどい相手だったの？」

芳玉も加わって、今まで知らなかった同僚の過去に耳を傾ける。

「その、ひどい相手というわけでは。一応、納得して婚約したわけだし。私、芳玉みたいな教養とかもなかったし。一日中、帳場にこもって帳簿を見てるような娘だったから」

そんな姪を見かねて伯母がもってきた縁談だったそうだ。

「相手が好きというわけでもなかったけど、嫌いでもなくて。それで相手の家も商家だったから、早めに仕事を覚えて欲しいって言われて、住み込んで義母となる人について女主人としての仕事を学んだんです。繁忙期の手伝い扱いでしたけど」

ところがその家の帳簿があまりに笊で、見かねて、実家がやっていたように整えた。それで義父となる人が妓楼の娼妓に入れあげ借金をつくっていることや、夫となる予定の人が横領を働いていることに気づいてしまった。

「義母となる人に相談したら、逆に帳簿を取り上げられたんです。私が横領したと罪を押しつけられて、とんでもない嫁だと実家に戻されて。思えば義母は息子を溺愛していたから、横領のことも知って見逃していたんだと思います。自分の夫の借金も、それを知ることで優位に立っていたのだと。それを私が公にしてしまったから」

非は如意にあるという破談の仕方だったので、如意の家のほうが損害を被った。

「実家の皆はそんな経営状態の家なら先はない、無理に復縁することはないと言ってくれたけど、私、嫌になったんです。商家の嫁という立場が。それに実家に迷惑をかけてしまったから。なにか代わりに罪滅ぼしがしたくて」

それで女官になったのか。

「じゃあ、結果的に正解だよ。ここに来て」

紹杏が明るく言った。

「嫁にいくって博打だもん。最低な家って婚約段階でわかってよかったじゃない」

「そうよね。後宮だったら働いた分だけ年俸が出るし、お休みだってあるし」

嫁は年俸もなく、死ぬか離縁されるまで休みもなく働き通しよ、と芳玉も微笑む。

「如意の打ち明け話って初めてだね」

「そうだった？　……そういえば言わなかったかもしれない。恥ずかしいことだと思ってたから。でも、こんな私でも受け入れてくれるのね、ここの皆は」

言って、如意はにっこり笑った。

「私、宮正司の配属になって、よかったです」

言い切った如意は、晴れ晴れとした顔をしていた。

皆で改めて肩を抱き合い、殿舎の中に入ったところで、「どうせ休憩するなら中食をとらない？」と琴馨が言い出した。

皆、異存はない。茶菓の用意にかかる。蛍雪が沸かした湯を厨からもらってきたところで、ふんわり甘い蒸し菓子、雞蛋糕(チータンカオ)を皿に並べた暁紅が言った。

「そういえば。蛍雪様、紅は買ったんですか？　もう中秋節まで日がありませんけど」

「あっ」

しまった。忙しさに紛れて、暁紅に頼むのを忘れていた。あわてて暁紅を見ると、彼女が実は、と懐から小さな容器を取り出した。

「蛍雪様の分も作ると言っていたのですが。先ほどの事件の裏付けをとるために医局に行ったときに砥医官殿と薬草談義が弾んでその場の勢いで今回つかう紅を一人分、作ってしまったのですよ。申し訳ありませんが日も迫っていますし、材料集めから始めるのは難しいです。今回は自力でなんとかしてもらえますか」

嘘っ、と、他の皆を見ると、紹杏は持ち前の行動力のおかげで「姉御」と慕う女孀や宦官の一団がいてすでに紅と白粉を献上されている。芳玉はいつもきっちり装っている娘だが、今年はとくに毎年贈り物をし合う同好の友から良い紅をもらったのだとか。

琴馨と如意には実家からの差し入れが常に豊富だ。とうぜん紅も持っている。

「やだっ、私だけ!?」

頭を抱えたそのときだった。誰かの使いらしい可愛らしい宦官の少年がやってきた。

「すみません、お届けものがあって来ました。誰かいらっしゃいますか？」

この時期は一足先に中秋節の贈り物を人に託して渡したり、当日、一緒に天灯を見るため落ち合う場所を伝え合ったりと、わくわくする文を託された使いがひんぱんに行き交う。

この少年もその一人だろう。そう思った蛍雪は取り次ぎをしようと身をかがめた。

「誰に用があるの？」

「宮正司の魏蛍雪様です」

「え、私!?」

皆が冷やかすが、心当たりが一切ない。おろおろしていると、「あの、これを」と、小さな袋を手渡された。

麻でつくったそっけない、粗末といっていい袋だった。小さな巾着状になった袋を開けると、少し色のくすんだ安物らしき、それでいて目立つのを避けたい蛍雪の好みにぴったりの色の紅の入った貝殻があった。

それに、走り書きした紙を結んだものが一つ。

『城下で見つけた安物だ。毒見もすませてある。これならば浮くまい？　先ほど、渡すつもりだったが捕り物と尋問騒ぎで失念した。日も迫っているので使いに託す。なお、この文は直筆ゆえ、証拠隠滅のため即座に焼き捨てるように』

どこの秘密組織だと思う文末の一言に、誰からのものかを悟る。

前に安寿殿の彼の元から去るときに、あれは夢だったのではないかと思った。

だが夢ではなかった。

こうして手に残るものがある。彼は〈外〉に戻っても相棒のことを気にかけてくれていた。

どうしよう。心が沸き立つのを止められない。

(私も、なにか贈ってみようかな。こちらでつかってしまえる女人用の香油かなにか)

ふわりと、あの夜嗅いだ彼の香りがしたような気がした。前に暁紅が、「趙殿にも贈り物を」と言ったとき、実は蛍雪もなにか贈ろうかと考えていた。だが相手は皇帝陛下だ。贈りたくても無理だと思っていた。お忍びがばれるから、彼も受け取らないだろうと。

だが、趙燕子になら。

皇帝へ、ではなく、相棒へ、ということなら。

彼からの贈り物がこんなに嬉しいのなら、自分も相棒として、後宮内でだけつかう形として残らないものなら贈っても許されるのではないか。そう思ったのだ——。

第四話　月の満ちたる

紅、朱紅(しゅこう)、橙紅(とうこう)、腥紅(せきこう)、珊瑚紅(さんごべに)、番茄紅(ばんかこう)……。

なにげなく目をやった先には、さまざまな色の紅がある。城下で買い求めたものだ。

皇帝の衣をまといつつ思う。見ることはできないが、〈相棒〉はきちんと装ったかと。

（あの娘のことだ。上役に言われようと、要領よく紅を手に入れるあてなどないだろう）

贈られるあてはさらになかろう。

宮正司の面々は似たりよったりだ。紅を手に入れられずとも恥はかかないかもしれない。が、蛍雪は掌だ。配下の手前、紅一つ唇にはけないのでは肩身が狭い。結局、手製の月餅を食べさせてやれなかった。代わりに相棒として紅を贈ったほうがいいか。そう思い、どれが似合うか半日悩み選んだ品だが当日はつけてくれるだろうか。

その点のみが気にかかる。何度、贈ると言っても分不相応だと辞退していた娘だ。祖父に似て、妙なところで頑固というか、潔癖なところがある。

（故に直(じか)に渡すのではなく、あれが好みそうな年下の童を使いにしてみたが）

朝の接見の迎えが来るまではまだ少し時がある。これら残った紅も今日中に皇太后の女官に下賜してしまわなくてはならない。

贈った紅の色はほんとうにあれでよかったか、未練がましくこぼれる灯のもとためつすがめつしていると、気配がわいた。内侍監の高威芯だ。

「おお、これは美しいですな。魏刑部令殿の御孫にさしあげるものですか」

したり顔で言うと、高威芯が卓に近づいた。いくつかの紅を示す。

「それでしたらこちらの色目のものがよろしいかと。凜とした風情の娘御でしたから、すっと一筋、紅をさすだけで見違えましょう。同じ贈るなら似合うものを選ばれたほうが男としての株が上がりますぞ。遠目に拝見しましたが、磨けば光る玉とみました。妻を美しく開花させるは夫の甲斐性ですからな」

「……ちょっと待て。いきなり現れてなにを言っている」

「贈り物ではないのですか」

「いや……」

言葉の後半はともかく、贈るつもりで集めた部分は違わなくはない。が、もう渡したとは言いにくくなった。

眉をひそめると、出来の悪い孫でも愛でるような目で見られた。

この男は幼少時から傍にいるせいか、こちらのことをすぐ手のかかる童扱いをしてくる。

とはいえ、こちらが皇帝となり、周囲に威を見せなくてはならなくなった現状はわきまえている。二人になったときにだけ世話好き爺に戻るのが始末に負えない。

己の分を踏み越えず、権力者に取り入ろうとの野心もなく、ただただ慈しむ目を向けるのは蛍雪と同じ。居心地が良い。良すぎて困る。〈皇帝〉の顔に戻りにくくなる。

そんな〈爺〉だからこそ趙燕子のことも打ち明け、蓮英をたくすことができたのだが。

「いや、あれはそういう娘ではない」

高威芯はこのままでは引き下がりそうにない。「この紅には深い緋色の衣が合いましょう、こちらには翡翠の玉が」と勝手に追加で贈る品を思案しだしたので、断っておく。

「そもそも琮厳に約した。あれをとくべつ扱いはせんとな」

「では、これだけの紅を御自ら購われ、どれがよいかと悩まれるのがとくべつ扱いではないと。中秋節の贈り物は家族や親しい者同士でおこなうものですぞ」

「……………」

ため息をつく。わかっている。だが違うのだ。

「悩まれることはありますまい。大家(だんなさま)の寵を得るは女の誉れ。魏殿も内心、期待しておられるでしょう。御本人のつれないそぶりも嫌よ嫌よも好きのうちというもの。たしかに少々、歳がいっておられますがまだまだ子は望めましょう。魏殿との交渉は私がいたします。女官の身分にあられますが、そこは皇太后様にお願いして、皇后様よりお許しをいただけば……」

高威芯が暴走しそうなので、待てと止める。

「そういう問題ではないのだ」

これでも皇帝を四年やっている。どんな相手であれ、迎えた以上は妻として遇する覚悟はある。が、蛍雪は別だ。いや、別であってほしい。

決して妃嬪にしないと皇帝として約したからではない。

共にいるのが心地いいからだ。

彼女を召してしまえば今まで通りには接してもらえない。

(だから、今のままでいい)

いや、今のままがいい。

後宮の妃嬪にして、変わっていく相棒など見たくない。

「あれだけは傍に上げたくない。皇帝の顔と趙燕子の顔と、どちらで接したらいいかわからなくなる」

「今さら女人として見ることはできませぬか。……あの娘御であれば今の後宮も見事仕切ってくれようと期待したのですが」

「皇后のことか……」

「はい」

恭しく高威芯が一礼して、またため息が出た。

「皇后様は育ちの良いお方です。だからこそ、補佐する者が必要かと」

「皇太后様に薛來鹿（せつらいか）がいたようにか」

「御意。女は控えめがよいとの言葉は、元気の有り余った娘を落ち着かせるための方便です。正妻となり、母となる御仁が控えめでは家内が収まりませぬ」

皇后時代の皇太后には、言われなくとも汚れ役をやる嬪がいた。

「薛氏は寵も子も失った嬪でした。なので当時、賢妃であられた皇太后様にかけたのでしょう。側近に徹し、皇太后様とその御子を守ることにのみ心を傾けた。故に皇太后様はあの地獄を生き抜くことができたのです。国母としての慈悲の顔を損ねぬまま」

先帝の後宮は華やかだった。大勢の妃嬪がいた。その分、闇も濃かった。皇后の位についた女ですら油断をすると翌朝には冷たくなっていた。

二人の女が陽となり、陰となり、手を組み、抗ったからこそ今の栄華がある。

「そういえば、皇太后様はどうされている」

説教が長引きそうなので、今は内廷の凰雲宮（おううんきゅう）で暮らす実母のことを聞く。

「後宮を出られるとき、薛來鹿の他にも何人か先帝の嬪を伴われたが、皆、息災か」

死んだとの報は聞かないが、確認しておく。先帝が崩御したとき、行き場のない嬪のうち子のない何人かを薛氏の助言で皇太后は拾い上げている。侍女として傍においたのだ。

嬪たちも皇城を出されるよりはと今の境遇を喜んでいると聞く。が、皆、まだ若い。侍女とは名ばかり。凰雲宮の女は宮廷工作に長けた薛氏の私兵だ。寺に隠棲となる身を救ってくれた皇太后と薛氏に忠誠を誓った、海千山千の女たちだ。油断がならない。

「薛氏を筆頭に今も仲良くお暮らしです。中秋節の宴にてお目にかかれるかと」

「……先の事件を機に朕の後宮での飲食を断る口実を得たが、無効になるだろうな」

「御意」

女たちにはなるべく公平にと心がける皇帝だが、実母である皇太后と正妻の皇后は別だ。格別の気配りをする。

それぞれの背後にいる姻戚を気遣う意味もあるが、世の乱れを押さえるため、目上を敬う儒の教えを宮中に徹底しているからだ。

「政治絡みとはいえ大家が皇太后様と皇后様を大切になさる事実に変わりはありません。それは皇太后様も薛氏もご存じです。そして〈母〉を招いた公の席で〈子〉が母の注いだ酒杯を干すのは当然のこと。公の席なら妃嬪がいる前でも酒杯を傾けるなら個の席でもよいではないかと皇太后様に話を持って行かれれば無下にはできません」

後宮での皇帝への供応を禁じた息子に、皇太后が胸を痛めていることは知っている。

前々から息子が妃嬪との仲を深め、新たな子をもうけることを望んでいる人だ。今回の宴を機に、後宮での皇帝の飲食を解禁するよう求めるだろう。

「せっかく、なにが入っているかわからぬものを口にせずともすむ自由を得たのにな」

「その分、事前の調査を念入りにおこなうよう命じました。運べるものはなるべく表の永寧宮から運ぶよう、手はずが整うまで後宮には〈影〉が多く立ち入ります。〈趙燕子〉を知らぬ者もおりますし、しばらくは大家もお忍びはお控えくださいますよう」

「わかっている」

手はずが整うまで最短でも中秋節の後までかかる。それだけ宮中のしきたりは煩雑だ。それまで趙燕子はお休みだ。もともと今の時期は公式行事が多く、忙しい。

(行けないとなるとかえって行きたくなるのだから、人とは面倒なものだな)

後宮の暗部を日夜見続ける部署にいながら、明るさを失わない。部外者の〈趙燕子〉もおおらかに受け入れ、仲間として扱ってくれる。

むしょうにあの屈託のない笑みを見せる、宮正司の皆に会いたかった――。


その頃、宮正司の詰め所、安西殿では。蛍雪が皆と共に忙しくしていた。

中秋節の準備が佳境に入ったからだ。

「蛍雪様、天灯ができあがりました。糊が乾いたらちゃちゃっと願いごとを書いてくださいよ。後がつかえてるんですからね」

「わかったわ、ごめん、こっちが終わったらすぐ行くから」

同じ掌の位にある琴馨と、当夜の後宮内巡回経路を確認しながら言う。

蛍雪にとっては三度目となる後宮の中秋節だ。が、今年は準備の途中で倉街の放火事件の捜査をはさんだ。その分、予定が押している。

琴馨がぷりぷりと怒りながら言う。

「まったく。ただの監査が捕り物に変わったせいで、あなたが抜けた穴を私が塞ぐ羽目になったのよ。今日はこれが終わるまで寝かさないからそのつもりでいてよ」

「わかってる。あのときはほんと助かりました。琴馨様様です。だから許して。でもこれで学習したわ。この時期は絶対監査はやらない。よけいな仕事を背負い込みたくないもの」

「よね。通常業務と中秋節の準備を並行してするなんて無茶よ」

二人で愚痴をこぼしつつ、ああでもない、こうでもないと細部を詰める。

が、そんなときに限って起こるのが事件というものだ。

「蛍雪、琴馨、ああ、ここにいましたか」

あわてたそぶりで李典正が房に入ってくる。

「悪いけど、どちらか一人、手を貸してくれるかしら。事件なのよ。今、前室で使いを待たせているの」

取り次ぎの女孺が中秋節の準備で出払って、李典正自ら応対してくれたようだ。

琴馨が思いきり嫌そうな顔をする。

尚宮局の女官を目指している琴馨は、宮正司本来の業務が苦手だ。

「私が」

なので蛍雪が前に出た。琴馨に後を押しつけることになるが、適材適所。通常の女官業務に関しては琴馨のほうが有能だ。安心して祭事の準備をまかせられる。

また抜けることになった蛍雪の穴を埋めるべく殺気だった顔になった琴馨をおいて、李典正に従い、使いがいるという安西殿の前室に向かう。

「集団幻覚事件、ですか？」

「そうなのよ。慶徳宮の者たちがまた発症したらしいの」

道中、李典正からあらましを聞く。李典正が「また」と言ったのにはわけがある。後宮では以前にもこの手の事件が起こっているからだ。

「ただ、前の集団中毒事件とは少し違っているのよ。発症したのは慶徳宮だけなの」

李典正が使いの者から聞き取ったところによると、騒ぎが起こったのは昨夜のこと。皆が明日に備え早めに寝ようと、夜着に着替えていた頃のことだったそうだ。

「宮殿付きの宮官や女孺たちの約半数が、いきなり笑い出したそうなの。他にも酒に酔ったみたいにふらついてその場に座り込んだり、それくらいなら可愛いもので、『私は神よ』

と叫んで庭園の池に飛び込んだ者もいたそうなの」

「……それはたしかに事件ですね」

他にも気分が悪いと吐いたり、蟻が体を這い上がってくると悲鳴を上げて暴れたりと、皆、なにかに憑かれたような行動を取ったそうだ。症状の出なかった者があわてて近隣の宮殿に助けを求め、皆で症状の出た者を取り押さえたのだという。

「一棟に閉じ込めてしばらくすると皆、正気に戻ったそうなの。でもただ事ではないでしょう？　皆、口々におかしくなっている間は妙な光や幻を見たって言うし。それで駆けつけた医局の医官が、これはもしや秋口に騒ぎになった恋呪い事件の瓦頼茸の中毒ではないかと言い出して、宮正司に調査の依頼が来たのよ」

恋呪い事件の瓦頼茸とは、絶対に幸せになれる仙薬だと偽って、後宮にばらまかれた、幻覚作用もある茸のことだ。食すると多幸感をもたらす。

あのときは元凶の女嬬を捕え、罰を与えた。その後、後宮内に残された瓦頼茸はすべて回収し、再発防止に努めたはずだが。

「あの事件の後、遥々の自供に基づき、後宮内に生えた瓦頼茸もすべて処分しました。ですが、茸とは次々に勝手に生えてくるもの。新たな場所で発生し、それを故意か、誤ってか採取した者が出たのかも知れません」

応急手当てをした医官の報告を聞き、今は後宮医局の長を務める霜月も慶徳宮に赴いた。

患者たちはすでに正気に戻り、発症時の状態は口頭で聞くしかなかったが、霜月曰く、

「出た症状が少し違う気もしますが、瓦頼茸の可能性も捨てきれません。とにかくなにが原因か一刻も早く解明する必要があります。後続が出てからでは遅いですから」とのことだ。

「中秋節は三日後です。当夜は何度も言いますが皇太后様も後宮に来られます。慶徳宮があるのは皇太后様はじめ、主上や皇后様もがくつろがれる寧心（ねいしん）殿の近く。原因がなにであるかわからない以上、万が一があります。急ぎ元凶を取り除かなくてはなりません」

きりりと李典正が顔を引き締めて命じて、蛍雪は、はっ、と拱手して応じた。

皇太后はじめ皇族方になにかあっては宮正司だけでなく、後宮女官すべての首が飛ぶ。

中秋節の準備どころではなくなった。

医療関係に詳しい暁紅に同行するよう声をかけ、慶徳宮からの使いと合流して、急ぎ現場に向かう。

「宮殿の主たる禹徳妃様や侍女の皆様、それにお側に侍る上位の女官様方は無事でしたので、私ども、下の者が食したものに難があったのだと思います」

事態が事態だ。宮正司女官の案内役にされた宮官の顔色も真っ青だ。現場に案内し、思い出せる限りを思い出し、李典正の説明を補足する。

「禹徳妃様は己に厳しい禁欲的な御方です。ふだんから蒸した野菜や果実、略（らく）しか口にさ

れません。そんな主に倣い、慶徳宮の侍女や上位の女官の方々も粗食を心がけておられます。自ら材料を用意し、本殿に増設した専用の厨で調理されるので被害にあわれなかったようです」

慶徳宮では上がそんな具合なので余った予算を潤沢に使い、下々が様々な食材を使った献立を口にする。が、ここ数日の食事に茸の類は使われていないと言う。

「恋呪いの事件以来、茸の扱いには注意するようにと各厨にも通達が回りました。念のため、こちらの厨でも最近は一目で違いのわかる椎茸以外の茸は仕入れていないのです」

説明してくれる彼女は厨の食材発注を担当しているそうだ。

茸は種類も多いうえ、食用とよく似たまぎらわしい形の毒性をもつものもある。

そのうえ今の時期は忙しい。乾燥させた茸が大量に袋詰めされて届けば一つ一つ確かめる余裕はない。他にもやることがたくさんあるからと、下働きの女孀に水戻しをさせてさっさと調理してしまう。

「なので間違いのないように、最初から仕入れないことにしたのです」

「賢明な判断だわ」

ただ、霜月曰く、「出た症状が少し違う気もする」とのことだ。

「茸が原因とは限らないのですよね。幻覚症状があるということなら、つい先日の事件で患者が出た阿片もそうですし。あれは煙を吸っただけで発症していました」

私もすべての茸を知っているわけではありませんがと前置いて暁紅が言う。最近の暁紅は忙しい中、医局に出入りして霜月の指導を受けている。詳しいのだ。

「もちろん、どこぞの秘境に行けばそんな症状の出る茸もあるかもしれません」

「でも、ここは後宮だものねえ」

「はい。食材の仕入れは何年も同じ、信用のおける大店をつかっています。そうそう妙なものは混じりません」

そもそもここ数日の献立に茸は入っていないのだ。阿片の件があるから薪の類にも異常がなかったか聞いたが、妙な臭いがしたことはないという。

「水に異常があるなら同じ水脈の井戸だもの。禹徳妃様にも症状が出ないとおかしいし」

「そもそも同じ厨の料理を食べて症状の出た者と出ていない者がいるということは、すべての料理につかわれる水ではなく、特定の原因素材があるはずです」

「昨日の献立は朝が五目粥に麺麭、搾菜（ザーサイ）。中食に腸詰め入りの大根餅に、山芋の変わり揚げ、韮入り焼きそば、饅頭、か」

夜はぷりぷりの豚すじと甘い葱の炒め物、葱焼蹄筋（ツオンシヤオテイジン）に杏仁風味の揚げ豆腐団子の杏仁酥炸豆腐丸（シンレンスウヂヤアドオフウワン）、細く切った季節の野菜をピリッと辛い甘酢で漬けた辣蔬菜（ラシユウツアイ）、後は白米か、葱入り鶏出汁麺かのどちらかを選ぶ。……あいかわらず豪華だ。

「ここでも恋呪い事件の際に中毒者を出しましたから。以来、厨が出したもの以外は口にしないよう徹底させることも含めて、素材の扱いには注意をしています」

年齢からしてこの宮官も先帝の代から残った熟練者だ。聞くとこの道二十年の厨担当だそうだ。彼女が料理人としての誇りをかけて答える。

「食材に関しては本職です。妙なものは入れていないと天に誓えます」

嘘ではないだろう。毒を混入しても彼女に利はない。ここ数日は厨もばたばたしていたというから、誰か部外者が入り込み、なにかを混入させた可能性も含め、医局と協力して地道に症状を起こした素材を探すしかない。


「うーん、やっぱり、あんな症状がでる食材は過去に遡っても記載がないですねえ」

暁紅が開いていた草木図から顔を上げ、言った。

捜査を始めた日の夜のこと。蛍雪と暁紅の二人は慶徳宮から後宮医局の書庫にと移動して、捜査を続行していた。

今回は前の恋呪い事件のように食事以外のものを口にしていないか、症状の出た者たちにも一人一人、確認した。結果、症状が出た者とそうでない者の差は、夕食時に麺を選んだかどうかの違いだった。皆、よけいなものは口にしていない。

そうなると、怪しい食材の筆頭は麺なのだが。

麺を選んでも発症していない者もいる。

そもそもつかわれたのは湯をとるときの鶏ガラや野菜の切れ端、麺を打ったときの麦粉や片栗粉、塩、重曹。薬味として入れた葱や菜など。ありふれた素材ばかりで同じものを他の料理にもつかっている。麺のみにつかったとくべつな素材というものがない。

「麦粉は中食でもつかってるし、塩がくさったりするわけない。薬味は麺の上にかけるから皆が見る。妙なものが混じっていればすぐ気づくはず。出汁をとる野菜屑の中に毒草が紛れ込んでいたと考えるのは都合が良すぎるか。野菜の切れ端ということは、その同じ個体の見栄えのいい部分を他の料理でつかって食べてるってことだもの」

「かといって、部外者の手による異物混入の可能性もないようですね」

なにしろ今の時期の厨は戦場だ。皆、忙しく立ち働き、おのおのの動線がほぼ最適化されているからよけいな部外者が入ればぶつかり、怒声が起こって必ず気づく、とのことだ。

それで、もう少し突っ込んでなにか怪しい点はなかったか厨の記憶を遡ってもらうため、霜月に断り医局の過去の診療記録を調べていたのだが。

蛍雪は見ていた記録から顔を上げ、ため息をついた。

「後宮はずっとこの場所にある。素材の作られた先もほぼ同じ。なら、過去に似た症例が発生してるかも、そこに原因素材の記載があるかも、そう思ったけどさすがに量が多すぎ」

蓮英ら見習いたちも手伝ってくれている。が、後宮三百年の歴史が詰まった後宮医局の書庫だ。古い物になると湿気て紙がくっつき、木簡もかびて字が判別不能になっているものまである。書かれた字も癖のある悪筆も混じってなかなか読み進められない。

(皇太后様が来訪される中秋節の夜まで、時間がないのに)

医局の資料は個人の記録でもあるので持ち出し禁止だ。徹夜してでも読み続けたいところだが医局は宦官たちの領域。風紀上、患者でもない女がとどまることはできない。

中秋節の準備で皆が残っているのをいいことにこの時刻まで居座ったが、後は悪いが蓮英たちにまかせて出ないといけない。

「奇妙な症状といえば、私、いろいろ期待して後宮に来たんですよね」

暁紅が名残惜しげに木簡の束を棚に戻しつつ言った。

「天下の珍味を集めた食卓。どろどろの血塗られた歴史。当然、見たことのない毒があふれているのかと思いきや、実際は安全重視の食材しかつかわれていなくて。うわさで後宮医局の奥には長しか見ることのできない秘密の書庫があると聞きますが、後宮の暗部です。妃嬪や皇族に関わる秘事だけに、しがない一女官では見ることもできません」

(……如意が後宮に来た理由は聞いたけど、暁紅はそんな欲望を抱いて入宮したのか)

女官もいろいろだなと思う。

「でも、収穫もありました。今まで知らなかった毒をもつ食材を知ることはできました」

物足りなくとも、いつもよりは深く毒の世界に浸ることができたのだろう。まだ心が書庫にあるのか、恍惚とした顔で暁紅が熱い吐息をもらす。

「遠い西方のそのさらに向こうの地に、収穫率の良い芋があるそうです。なんとそれは芽が出るとそこだけ毒素を持つのだとか。他にも黄色い粒をたくさんつける紡錘状の実があって、乾かせば保存も利くのですが、かびると毒になるそうです」

「かびれば毒になる、か。前に蓮英も漬物の瓶をのぞいてそんなことを言ってたわね」

「逆に、腐敗というか発酵させることで毒の抜けるものもあるそうですよ。南方の蘇鉄(ソテツ)という植物の実はそのまま食べると毒ですが、発酵させれば食べられるようになるのだとか。蕨(わらび)のあく抜きは知っていましたが、いろいろな素材があるのですね」

食用山菜として見慣れた蕨だが、あくを抜かずに食べると渋みがきつすぎ、不味いだけでなく下痢、嘔吐、腹痛などの症状を引き起こす。広義では蕨もまた毒なのだ。

「それでもう一度、聞いてみる方向性は得られたかな。熟練の料理人からしたら周知の事実かも知れないけど。黴、腐敗、新芽、ね」

もう夜も遅いが安西殿に戻る前に、慶徳宮の厨に聞きに行く。

「黴、腐敗、新芽、ですか」

さいわい厨の者たちはまだ残って仕事をしていた。聞くと皆が首を傾げる。

「今の時期は旬の素材がたくさんあるので冬のように長らく貯蔵したものをつかうことが

ありませんね。それに空気も乾燥していて黴を生やした食材なんかでませんよ」

駄目か。暁紅とともに肩を落としたところで、あ、と、厨の下働きを務める女孺が声を上げた。

「そういえば最近、私、どこかでかびたものを見た気がします」

女孺といっても彼女は五年年季が終わっても後宮に残った娘で、厨仕事に関わって八年になるという。料理素材に関しては厨の長が宮官となる昇進試験を受けてみないかと薦めるほどの知識の持ち主だそうだ。だが、彼女は「どこで見たか思い出せない」と言う。

「ここではなかったと思うんです。どこかで麻袋に入ったものを大量に見て……」

顔をしかめ、思い出そうとしてくれたが無理だった。しかたがない。急かしてもこういうものはうまくいかない。その代り、ふとしたことで思い出すこともある。

「じゃあ、思い出したら教えてくれる？」

頼んで、慶徳宮を出る。足が重い。今日一日、捜査で潰したが収穫はなしだ。

「困りましたね。中秋節の宴はもう三日後、いえ、もう今日という日も終わりますから後二日に迫ってますよ」

暁紅が美しく掃き清められた路を眺めつつ、珍しく焦りを口にする。

彼女の言う通りだ。早く解決しないと安心して皇太后他、貴顕を後宮に迎えられない。

暗い顔で安西殿の門をくぐると、今年は掌として一人で現場準備を取り仕切ることになった琴馨がせかせかとやってきた。

事件解決に進展がないことを聞き眉をひそめたが、気を取り直したように言う。

「事件も大事だけど後宮の官として公式行事をおろそかにしては駄目よ。あなたたち二人、もう天灯に願いは書いたの？　まだ空白のがあるわよ」

「あ、忘れてた」

「私もです。申し訳ありません、すぐ書きます」

暁紅と二人、あわてて天灯を乾かしている院子へ行く。

紹杏が配下の女嬬たちと作った天灯の数々が、竹の吊り台に下がって揺れている。

天に上がったとき美しくそろって見えるように、一般の官が作る天灯はあらかじめ大きさや形が定められている。大きさは人の頭より少し大きいくらい。形は下が開いた、丸みを帯びた酸漿(ほおずき)型。色は赤一色だ。

それでも近くで見ると、細かなところで個性が出ている。

「誰がどれを作ったかすぐわかりますね」

「というより紹杏作がすぐわかるのね。あいかわらず個性たっぷりだから」

女嬬たちが真面目に作っただろう規格通りの天灯の中にいくつか、微妙に形の異なるものがある。制限がある中で、どれだけ高く、速く上がるかを工夫したらしい。

「別に速く上がってもしょうがないのに。凧上げ競争じゃないんだから」

「でも他より速いと見応えがあると思いますよ。願いを書くのですから、自分の天灯が他より高く、長く、地面に落ちずに耐空すると願いまで叶った気がします」

「いや、全部そろって上がるように形や大きさを制限してあるのに、一つだけ別の動きをしたらまずいでしょ」

後宮で上げられる天灯は個々が書いた願いを天帝に届けるお呪い要素もあるが、見世物、催事といった色合いのほうが濃い。

皇帝、皇后など貴顕に見て楽しんでもらうために上げるのだ。

なので、彼らが後宮の皇帝の御座所、寧心殿の露台に昇ったところで、合図と共に放つ。

皇帝たちのいる露台から見て一番美しく、そろって見えるよう前もって風向きを調べ、どこの部署がどこから上げるかなどを細かく決める。上げた本人たちは見晴らしの良いところからゆっくり眺めるというわけにはいかない。

それでも後宮の月光で磨かれた甍の上を天灯が群れをなして移動していく様は圧巻だ。幻想的で実に美しく、毎年、大歓声があがる。

巡回があるので手ずから上げることはできないが、蛍雪も楽しみだったりする。

なにしろ一晩で数千の天灯が順に上がるので、後宮のどこを巡回していても甍の間から空を流れていく天灯を見ることができる。壮観だ。

暁紅が願いが書かれずに残った紹杏作の天灯を手に取る。いろいろ形がある中で、最も堅実に飛びそうなものを選んだようだ。蛍雪もどれにしようと迷った。

（そもそもなんて願いを書こう）

心置きなく天灯が上がるのを見られるよう、事件が解決しますように、と？

それでは宮正女官が書いたとばれればれだ。それに天灯が上がる前に事件は解決したい。

願いとともに書く名は強制ではない。天灯の蠟燭が燃え尽き、地に落ちると係の者が回収する。そのときに見られてしまうから恥ずかしいと名を書かない者もいる。逆に、天帝に見てもらえるようにとしっかり名と所属まで書く者もいる。

蛍雪はどちらかというと書いた願いが人にばれるのが恥ずかしいほうだ。

ふと、皇帝は願いを書くのだろうかと思った。

宴の席では皇帝も、皇后や妃嬪ら皆とともに一人一個ずつ天灯を飛ばす。

聞いてみたい気もしたが、皇帝の訪れはあれ以来ない。忙しいのだろう。一度、紅と文を使いに託してもらったのが最後だ。

（皇帝として宴にでる主上だもの。その前にこの事件を解決しないと）

公の席ではさすがになにも口にしないわけにはいかない。幻覚症状の出るなにかを口にさせるわけにはいかない。大事な相棒のためにも早く原因を突き止めなくては。焦る。

暁紅の言うとおり、もう今日という日も終わる。後、二日しかない。

そこへ、ふわり、と、燃え尽きた天灯が空から落ちてきた。

「天灯？　どうして今日に？」

蛍雪は火が消えたことを確認してから拾い上げた。

地味な、なんの飾りもない天灯を見た暁紅が、ぽん、と手のひらに拳を打ちつけた。

「ああ、試し天灯ですよ。当日、天灯をどこから上げるか、風向きを調べるための。毎年、上がっているのは知っていましたが、落ちてくるのを見たのは初めてですね」

後宮の夜空を舞う天灯は、皇帝のために上げられる。なので上げる場所も時刻も、皇帝のいる露台付近を最も美しく通過するように調整されるのだ。

数日間にわたって、試しの天灯を上げる。

そのため、試し天灯には願い事の代わりに上げた場所と時刻、担当者の名が記されている。見つけた者はこれを持ち、落ちた場所を報告しに、天灯に記された担当者のもとまで行かなくてはならない。

「この忙しいのに仕事がまた一つ増えましたね。これはどこから来たのでしょう」

言いつつ、暁紅が蛍雪の手から天灯を受け取る。

「あれ、医局と書いてありますね。しかも上げた担当者は砡医官殿のようですよ」

「砡医官殿？　どうして医官殿が天灯の試し上げに関わってるの」

「あ、そういえば。前にお手伝いをしているときに聞いたような。ほら、当夜の医局は患者が担ぎ込まれるから通常体制で待機でしょう？　他と違って飾り付けをしないので準備期間中は比較的手が空いているんですよ」

「でも去年まで医局は試し天灯の手伝いなんてしてなかったでしょう？」

「砡医官殿は頭の良い方です。そのうえ先日、後宮の内侍省下各局の中で最年少の長になられたでしょう？　頭の回転がのろい老害、もとい、他局の年寄り上役の方たちに風向き計算を任されたのではありませんか。そういえばこの間、外から帰ってこられるのを見ました。あれは診療ではなく、天文台に過去の記録を調べに行っておられたのでしょうね」

暁紅が遠回しに言うが、さては押しつけられたか。霜月は人が良すぎると思う。

どちらにしろ、これを届けなくてはならない。

また医局に逆戻りだ。

「私が持って行きますよ」

少しでも医局の雰囲気に浸りたいのか、暁紅が言う。なのでまかせることにする。

天灯を掲げ持ち、出かける暁紅を見送って、蛍雪自身は事件についての考えをまとめつつ、当夜の巡回経路を実際に歩いてみることにした。

準備でなく事件担当を選んだとはいえ、さすがにすべて琴馨にまかせきりにするわけにはいかない。当夜、ここを巡回するのは自分だ。道順を覚えなくてはならないし、巡回中に重点的に見る箇所を自分の目で確かめておく必要がある。

中秋節の準備のため、各区画ごとの門限も特例でゆるく設定された後宮を行く。

夜が明ければ中秋節までもう二日。路々は美しく掃き清められ、壁も塗り直されて朱の色が鮮やかだ。いつもと違う光景は、祭の前という高揚感もあり人の心をわくわくさせる。

(これで事件解決のめどが立っていれば、心ゆくまで楽しめるのに)

残念ながらまだ五里霧中だ。なんとか突破口を見つけねばと、眉間に皺を寄せていると、騒がしい車輪の地を揺るがす音が聞こえてきた。

「どいたどいたあ」

鈴なりに吊した天灯を乗せた荷車が、宦官たちの手で押され去って行くところだった。数が多く置く場所もないので、できあがった順に上げる場所へと移動させているのだろう。

それを見送り、横手の裏通りへと入ったところで路の片隅に佇む人影を見つけた。

霜月だ。

ぼんやりと、高い塀越しに見える、小さな殿舎の屋根に目をやっている。

妃嬪の宮殿が建ち並ぶこの辺りは、女嬬長屋に面した細い路でも灯籠に灯が点り、夜でも付近を明るく照らす。が、彼が見ている殿舎は無人なのだろう。灯一つ漏れていない。

それで思い出した。彼が前に言っていたことを。霜月は仕えるお嬢様とともに、陽の当たらない裏手の殿舎で主従ひっそりと身を寄せ合って暮らしていたのだった。

（もしかして、ここが……？）

一時、嬪の位に上った人が相手でも、蛍雪は先帝時代の内官の名をすべて覚えているわけではない。今回、李典正に聞いて初めて知った。

今まで支障を感じたことはなかったが、今はここで生きた女たちの名を知ろうとしなかったことが後ろめたかった。

いたたまれない。

気づかれぬうちにそっと去ろうとしたが、霜月は蛍雪の存在に気づいていたようだ。

「こんばんは、魏掌殿。よい夜ですね。見回りですか？」

挨拶をされた。そうなると素通りはできない。止めていた足を進め、彼の隣に立つ。

「その、砭医官殿が上げられた天灯が宮正司に落ちてきましたよ」

沈黙が気まずいので、話題をひねり出す。霜月は「おや、安西殿まで行きましたか。計算どおりですね」と、淡く笑った。

「今年の天灯は期待してくださいね。皆の目を楽しませるよう、ちょうど陛下がおられる露台の高さで一旦、滞空できるよう、工夫を凝らしましたから」

大きさは規定があるのでいじれなかったが、中の蠟燭の長さや重さに仕掛けを施したそうだ。楽しげに言う彼に気まずさも薄れる。蛍雪はそっと聞いてみた。

「……もしかして、ここは？」

「はい。以前、私が暮らしていた殿舎です」

今は無人の殿舎は寂れていた。いや、もともとここはこんな荒れた様なのだろう。

辺りを見回すと、東の木立の向こうに高い、後宮と外を隔てる壁が見えた。南には木が鬱蒼と茂った廃宮殿。西には妃の宮殿に住む女嬬が暮らす長屋や物置が軒を連ねている。

そんな中、霜月が暮らした殿舎は高い塀と塀の狭間に押し込められるようにしてあった。

これでは昼も陽が差さないのではないか。あまり扱いがいいとは言えない。

そんな蛍雪の心を察したのか、彼がやわらかく微笑んだ。

「これでも住めば都、入宮してから間借りしていた他嬪の宮殿より居心地は良かったのですよ。なにしろ私たちの他に人がいませんでしたから」

それはつまり下働きの女嬬すらつけてもらえない暮らしだったということだ。が、他嬪の宮殿にいた頃はいじめがひどく、心の安まるときがなかったそうだ。

「先帝時代の後宮は内官の数も多く、自身の殿舎を持てる者は一握りでした。早く独立した殿舎に住みたいとよく二人で言っていたものです。まさか最終的にこういう形に願いが落ち着くとは思いませんでしたが」

「よく……来られるのですか」

「いえ。もう戻らない過去のことですから。ただ、この季節になるとどうしても思い出してしまって。私のお嬢様は中秋節のおりに天灯を上げる姿が可憐だと、先帝陛下の目にとまったものですから。そして寵を受けたのです」

一時、華やかな宮殿を与えられたこともあったのですよ、と彼は言った。

「先帝陛下はお嬢様の父君より御年が上で、祖父と孫娘のような有様でしたが仲睦まじくあられて。お嬢様も幸せだったのだと思います。陽の当たる宮殿で暮らせて。ですがその頃から他嬪の嫌がらせがさらにひどくなったのです。毒を盛られるなど日常茶飯事の有様で。よくぞ生き残れたものだと思います」

その頃のことなら前に霜月が悪評を立てられたときに聞いた。彼のお嬢様はそれで心を病んだのだ。先帝の訪れがあるときは必死に化粧でごまかした。が、挙措に表れていたのだろう。厭われ、先帝の足も遠のいた。

もともと多情な男だったのだ。すぐに寵は他に移り、下賜された宮殿もその女のものになった。追い出されたお嬢様にはこの殿舎があてがわれたのだ。

「先帝陛下が崩御され、後宮を出されるまでここでずっと二人寄り添うように暮らしました。変ですね、他の場所でも暮らしたことがあるのに、ここでの暮らしが一番、記憶に残っているんです。世から忘れられたお嬢様には辛い日々でしたが、私にとっては幸せな時間だったのだと思います」

それはつまり二人だけの暮らしが幸せだったということか。

前にばらまかれた彼の悪評には、「横恋慕していた当時の主」というものもあったが。

「慕っていたのは本当です」

霜月が、蛍雪の思いを肯定するように言った。

「当時の私はまだ心が幼く、自覚もできていませんでしたが。もういじめを受けずにすむこと、お嬢様と二人、静かに暮らせるようになったことにばかり安堵していました。でも意識化ではお慕いしていたのでしょうね。でも、ただそれだけだったんです。断じて、先日うわさされたようなことはありませんでした」

だって、と、彼が月を見上げる。

「その頃のお嬢様はすでに病んでしまわれて。私が誰か識別もできずにおられましたから。

……後宮を出られるお嬢様と別れ、私が残ったのもそのせいです」

そう言う霜月の横顔は儚く、月の光に溶け込んでしまいそうだった――。


辛い話を聞いた。

(彼は幸せだった、と言っていたけれど)

不思議だ。辛いと幸せ、正反対の意味を持つのに、この二つは形が似ている。

翌日のこと。蛍雪は早朝から起き出し、暁紅には医局に向かってもらうと、自身はもう一度、慶徳宮を訪ねた。昨日、「そういえば最近、私、どこかでかびたものを見た気がします」と言った女孀から、思い出しました、との伝言をもらったからだ。

「あれは、麦、でした」

厨に行くと、彼女が興奮した顔で話してくれた。

「私、昔から珍しい食材の発掘に興味があるんです。なので倉街の門番を務める宦官たちにも、珍しいものが仕入れられたら教えて欲しいってお願いしてたんです」

それでその日、見たことのない種類の穀類が入荷したと聞いて、見に行ったそうだ。

「医局で仕入れたものでした。なんでも砡医官様が使われるそうで。そのとき、その場に砡医官様はいらっしゃいませんでしたが、見習いの子がいたので見せてもらったんです。で、その子から砡医官様がどう加工すれば病人食にいいかと悩んでおられる、よい調理法があったら教えて欲しいと言われて。熱心な子でうちに引き抜きたいくらいでしたよ」

きっと蓮英だ。彼は倉街の放火事件のときに、仕入れた麦の袋に阿片を入れられる被害にあっている。そのときに医局で仕入れた大量の穀物のことは聞いた。

「で、その中にかびてるって言うか、黒い穂をつけた麦が山ほど混じってて」

見たことのない、穂の長い麦だったそうだ。

「西方から取り寄せたものと聞きました。色のことを言ったらその子、これはこういう品種と思ってましたって言ったけど、米だって黄色くなったものは体に悪いじゃないですか。これも危ないかも知れないから、食べるのはよしたほうがいいって言ってあげたんです」

蛍雪は胸がどきどきしてきた。宮正司女官としての勘が「これだ」と言っている。だが厨の女孀はその黒い穂の麦を見ただけだ。使ったわけではない。行方を追わなければ。そう思ったとき、厨の女孀が言った。

「でももう医局にもないと思いますよ」

「え？」

「あれからしばらくしてその見習いの子がお礼の品を届けてくれたんです。あれは処分しましたって。なんでもあの後、砡医官様にお知らせしたら、袋の中を確かめられて、『栄養価が高いと聞き購入しましたが、まさか不良品が混じっているとは。黴は周りにも移ります。念のため、すべて焼却した方がいいでしょうね』とおっしゃったそうで。で、その子、『僕、あんなものの納品許可を出してしまって反省してます。教えてくださってありがとうございました』って頭を下げてましたよ。だからもう捨てた後だと思います」

もう捨てた？　糸が切れた。今回の件とこの麦は関係がないのか。

だがそれでも蛍雪は納得できない。女孀に礼を言い、急ぎ確認のため医局に赴く。

蓮英がちょうどいてくれて、厨の女孀の証言通り、あれは処分したと言った。

「いつまでも倉に置いていて誰かが使ったら危ないですから。砡医官様の命令で僕が運び出しましたから確かですよ」

後宮の西、倉街の近くには後宮内で出た塵を焼却する塵捨て場がある。そこまで荷車に積んで持っていき、火を管理する宦官たちに渡したそうだ。

蛍雪は未練がましく確認に行った。塵捨て場に出されるものは無価値の塵ばかりだ。当然、ここでは塵の出入りや、誰がなにを燃やしたかなどの記録は取っていない。

「証拠と言われても困るけど。そこらに残ってないならもう燃やしたはずですよ」

係の宦官にも困惑顔で言われた。

勘が外れたか。そもそもかびた麦が瓦鞍茸を食べたときと似た症状を出す毒素をもつだろうか。もっていたとしても麦を管理していたのは医局だ。慶徳宮の厨とは関係ない。

もう一つ、もう一つでいい。なにか決め手となる手がかりが欲しい。

考えつつ路を歩いていると、いきなり声をかけられた。

「蛍雪様」

「ひゃっ」

思わず飛び上がる。あわててふり向くと、そこにいたのはお久しぶりの衛児だった。

「あ、も、もうしわけありません、妙な声を出しまして。つい、驚いたものですから」

「いえ、お気になさらず。影が薄い存在ですので」

衛児がすっと腰をかがめて一礼する。

側近の彼がいるということは、まさか皇帝が来ているのか。つい周りを見回してしまう。

が、衛児一人のようだ。ほっとしたような、がっかりしたような。

複雑な心中の蛍雪に、衛児が言う。

「後宮にて由々しき事件が起こっているとお聞きしました。〈趙燕子〉殿も憂えておいでです。ですが趙殿も中秋節関連の行事で忙しく、当分、後宮には来られそうにないのです」

「わざわざ伝言を届けてくださったのですか？　ありがとうございます」

皇帝がどこで誰を使って事件を知ったと突っ込みたいが、ひとまず脇に置く。彼から関わってくれるなら好都合。事件解決のためならどんな超法規的手段も取りたい心境だ。

それを見越していたのだろう。衛児がどうぞこちらへと蛍雪を誘う。

「趙殿が相棒としてささやかながら手助けがしたいと、蛍雪様をお呼びです。御本人がこちらに来ることはかないませんので代わりに蛍雪様に来ていただきたいと。李典正様の許可は得てあります。蛍雪様は捜査に行き詰まり、食材の持つ毒素について祖父君の伝手をたどり、外朝の刑部の書庫へと資料を探しに行かれた、ということにいたしました」

これが通行証です、と木札を渡された。

「……用意がよろしいのですね」

「これが仕事ですから」

控えめな態度を崩さない衛児に連れられ、後宮を出る。言葉どおり刑部に連れて行かれるのかと思いきや、衛児は門から少し離れたところにある小さな殿舎に入った。奥まった房子（へや）で立ち止まると、戸を閉め、人がいないか辺りを厳重に確かめてから奥の壁を外す。

　そこには真っ暗な隧道（ずいどう）が口を開けていた。

「どうぞ、お入りください。大家のもとへと通じる、抜け道です」

「……」

　一女官にそんなものの在処を見せていいのか、まさかこのまま皇帝の座所に連れて行く気かとか、いろいろと言いたいことはある。が、控えめながらもぐいぐいくる衛児の微笑みにはなにも口を挟めない迫力がある。

　なすがままに案内され、たどり着いた先に皇帝がいた。彼の私的な空間だろうか。豪奢ではあるが落ち着いた調度が置かれた房子で、ゆったりと椅子に腰掛けている。

　すでに人払いはされていた。

　化粧はせず、鎧もつけていない。が、顔は趙燕子だ。

　すぐに皇帝の姿に戻れるようにだろうか。付けひげは外し、眉も細いままだが、衣は皇帝のものだ。まさかこちらに会うためだけにこの姿になったのか。なら、畏れ多いというか、彼が暇人過ぎる。今は皇帝も忙しい時期のはずだ。

「朕が行けぬ間にまた事件が起こったようだな。捜査に参加したいのはやまやまだが本業のほうがしつこくてな。気鬱がたまった。発散したい。故にそなたを呼んだ。つきあえ」

戸惑い、口も開けずにいると、いきなり言われた。

眉間にしわをよせ、椅子に片肘をついて愚痴る彼の表情は確かに決壊寸前だ。

「まったく。細かな政は任せたというのに、なぜに公の儀式だけでここまで時間を取られる。いくら皆に威を示すためでもやることが大仰過ぎだ。当夜の衣装など身につけるだけで半刻かかるのだぞ？　誰も無駄と考えんのか。おかげで身動き一つとれん。くっ、中秋節の間だけでいい。体が二つ欲しいっ」

切実な顔で言われたが、お守り役の蛍雪としては皇帝が二人に増殖すればつきあいきれない。体が持たないからどうか一人のままでいてくださいと心から思う。

が、いつもの彼でほっとした。そして思う。彼のこれはわざとかもしれない、と。

とつぜん表の宮殿に連れてこられて萎縮している蛍雪を気遣い、わざとふざけた。後宮でのいつもの軽い言動も、こちらの遠慮をなくすためなら。

考えすぎかも知れない。たかが一女官のために皇帝がそんなことをする必要はない。

それでも彼の軽口のおかげで緊張がほぐれたのは事実だ。

事件の捜査状況を聞かれたので、自分自身の考えをまとめるためにも順を追って起こった出来事と、見つけた手がかりらしきものを話す。冷静に話せたと思う。

「……なるほどな。幻覚症状が出たと聞いて、また妙な呪いでも流行したかと思ったが」

「いえ、さすがにそれは。皆、懲りたようですし、症状の出た者にも確かめました。皆、心当たりはないそうで。本人たちの知らないところで起こった事件の可能性が高いです」

ただ、と蛍雪は言葉を濁した。

「厨の様子を見ると事故の線も薄いのです。素材管理はきちんとされていて。かといって、これが故意ならよくわからなくて。犯人がいるならなぜそんな真似をしたのか、動機がまったく見えてこないのです」

慶徳宮に仕える者になにかを盛って、誰に利があるというのか。

そこがすっきりしない。

「主上の寵を巡る争いなら、禹徳妃様を狙わなくては意味がありません。侍女の警戒が厳重で禹徳妃様を狙うのが無理で下の者を狙った。禹徳妃様の宮殿管理能力が問われるように仕向けたということなら意味があるかもしれません。が、それだと遠回り過ぎて」

そもそも夫たる皇帝は度量が大きい。自身に毒茸を盛った妻も一年の札の削除で許したくらいだ。皇后が禹徳妃を罰そうとしても、許せ、と言うだろう。

「ならこの事件はただの宮官同士の諍いなのか。誰を標的にしたかばれないように無差別に他を巻き込んだのか。そうだとしても一時、相手を人事不省にするだけのことになんの意味があるのか。この事件で益を得たという者も見当たらないのです」

犯罪を起こす者の心理、動機には痴情のもつれや怨恨、互いの利害が絡むことが多い。

つきつめれば、自分に利があるかどうか、になる。

発作的に刺した場合でも、相手が消えればいい、といった犯人なりの利があるのだ。なのに今回はそんな利が一切見えてこない。すべてそろったのに点と点がつながらないもどかしさがある。

「で、捜査方針すら立てられずにもやもやしているのか」

言われた。図星だ。

「そなたがそこまで手こずるとはな。では、やはりこれは事件ではなく事故、不幸な偶然の重なりではないか？」

「ですが、そうだと断定して安心するには時期が悪すぎます」

「確かにな。後宮を上げての宴が間近だ。皇帝、皇太后、皇后と、この国の頂点が集う」

皇帝が椅子の背に身を沈め、言った。

「現場を知らぬ朕に軽々しい助言などできぬが。症状を起こした原因を調べるという面なら協力できる。衛元を使いに出したときはただの口実だったが実際に調べてみるか？」

皇帝が衛児に合図し、資料を準備するよう命じた。

「後宮の医局より、侍医もいる表の医局のほうが書庫の規模も大きい。陰湿な毒の歴史でいうと後宮医局のほうが充実しているがな。表にあるのは歴代皇帝が盛られた毒と病の記録、対策を立てるために各時代の侍医が集めた古今東西の医術知識だけだ。そもそも内廷にある各宮殿は個々の皇族の管理下にある。なにかあっても隠すからな。表には出ん」

「つまり、毒が最もよく使われる場所は表よりも後宮ということですか」

「歴代皇帝で毒に倒れた者の大半は後宮にて被害に遭っている」

（……それは主上が後宮での飲食を避けられるわけだ）

ついでに、内廷の皇族事情も怖すぎる。

それで、ふと思った。

「大丈夫、なのですか」

「なにがだ」

「当日、宴に来られて」

今回の事件に犯人がいて、誰かを狙っているのだとしたら、皇帝など格好の的だ。

だがこちらを見た皇帝の顔を見て、馬鹿なことを聞いたと思った。

つい言ってしまったが、この人は他の場でも的にされている。どこにいようと同じなのだ。皇帝として常に居場所を皆に知られ、狙われている。

それだけではない。皇帝は剣を持ち歩けない。

持つのは周囲を囲む護衛たちだ。皇帝は常に丸腰で、武装した備身に囲まれている。いつ彼らが剣を抜くかわからない中で、無防備な姿を曝したまま、周囲を信じていると示し続けなくてはならない。後宮にいるときより護衛の数が多い外の方が危険なのだ。

皇帝という立場の危うさを知った気がする。

蛍雪の思いは顔に出ていたのだろう。皇帝がふっと表情を緩めた。

「だが、当夜はそなたが守ってくれるのだろう？」

挑むように、からかうように、目を細めて皇帝が言った。

「いや、そなたらが、だな」

警護の備身や毒味役、女官、宦官、当日、丸腰の皇帝の周囲を囲む者たち。それだけではない。お目見えの立場にない厨や清掃係の下っ端宦官や女嬬たち。それに、宮正司。

信頼している。

だから朕は丸腰でいられる。

そう言われた気がした。

蛍雪は長い袖の下でぐっと拳を握った。この信頼に応えられなくてなにが相棒か、なにが宮正司女官かと思う。

「気合いが入ったか？　なら、こちらで資料を読んでいけ。持ち出しはさせられん。さすがに表の書を持ち帰ればごまかせん。知識の出所がこことの他言も避けよ」

「はい。魏家秘蔵の症例集を見たと、とりつくろいます」

「ああ、そうしろ。後は衛元にまかせてある。読み終われば安西殿まで送らせる」

言って、皇帝が蛍雪の顔を見る。

「……なにか？」

「いや。朕が事前に目を通し、仕分けてやればよかったが。一人に押しつけて済まぬ」

「いえ、こうして機会を与えていただけるだけでじゅうぶんです」

恵まれている。この人が相棒で良かったと思う。

前に皇帝がいないときに、彼と話せば頭の整理ができるのにと思ったことがあった。

今もそうだ。資料を目にする機会をもらえた。それだけでなく、彼と話しただけですっきりした。気力もわいた。いつの間にか自分は単なる世話役として彼と接するのではなく、互いの背を預けられる相棒として信をおくようになっている。

もちろん、皇帝である彼がこちらをどう思っているかはわからないが。

「ありがとうございます。必ず解決します。……趙燕子殿のためにも」

うむ、と満足そうに皇帝がうなずく。

「朕は動けんからな。朕の命はそなたにまかせた」

少々大げさなことを言われた。

だが気合いが入った。

そこで時間切れだ。彼は皇帝として表に戻らなくてはならない。衛児が控えめに催促をする。皇帝が椅子から立ち上がった。

そこで蛍雪はもらった紅の礼を言っていなかったことを思い出した。

「あの」

呼び止める。

「紅をありがとうございました」

ああ、あれか、と皇帝が足を止めた。わざわざ胸を張り威張って言う。

「この間、料理の奥深さを教わった礼だ。ちょうど中秋節だったしな、気にするな。返しも不要だ。ただしこの朕がわざわざ与えたのだ。きちんとつかえよ？」

おどけた様子に思わずくすりと笑いが漏れた。本当にこの人は相手の緊張を和らげるのがうまい。蛍雪はほどよくなごやかな顔になって、「はい」と、うなずいた。

「当日は大事につかわせていただきます」

しっかり約す。

これで相棒との雑談の時間は終わりだ。互いに職務に戻らなくてはならない。

だが彼は去らなかった。衛児に再度、催促されてもまだ名残惜しそうに立っている。

首を傾げると、彼が歯切れ悪く言った。

「中秋節が終わるまでは、朕はそなたの傍にいてやれない」

「それは承知しておりますが」

「後は任せると言ったが、無理はするな。引くときは引け。……その、朕はそなたを守ってやれぬからな」

なにを言い出すのかと思ったが、そういえばこの人は護衛役として共にいるのだった。

「朕は、そなたをとくべつ扱いしない」

それは聞いた。祖父からも。決して召さないと約してもらった、だから安心せよと。

彼の目が、蛍雪の目を捕らえる。そして言った。

「だが、朕にとってそなたは、とくべつ、だ」

「え……？」

皇帝が身を翻す。衛児と共に扉の向こうへと去って行く。

それはどういう意味かと、問い返すことさえさせてもらえない。

ずるい、と思った。


皇帝に発破をかけられた。やるしかない。

衛児の手で運び込まれた症例集を読む。衛児は毒、症状で分別したと言うが、後宮医局の比ではない量だ。次々出てくる医療用語は知識が足りない蛍雪の頭にはするりと入ってこない。暁紅がいればと思うが趙燕子由来のとくべつ扱いを受けられるのは蛍雪だけだ。

四苦八苦しながら読み解いて、それでも蛍雪は気になる項を見つけることができた。

「〈麦角（バッカク）〉……？」

元となる麦は黒麦（くろむぎ）というそうだ。大陸西方の寒冷地で栽培される麦の一種で、劣悪な環境でも育つ。栽培地では麵麭にしたり酒や湯にしたりと広く食べられているそうだ。病害にも強く、育てやすい種類だがまれに穂に黴がつくことがある。黴は黒い角のような実となり、それを食べた者は幻覚を見たり、四肢が腐って死ぬこともある。また、妊婦は流産をしやすい。

(もしかして、これ……？)

だが、妙だ。皇帝は毒に関しては後宮医局のほうが資料が充実していると言った。

「でも、暁紅と調べたときは見当たらなかった」

とくにこの毒は流産を引き起こすとある。後宮と子殺しは切っても切れない関係だ。

(当然、後宮の医官なら知っていなくてはならない知識よ。だけど厨の女孺は蓮英に、『食べるのはよしたほうがいい』と言った。つまり蓮英は知らなかった。そしてそれを後で聞いた霜月殿は『まさか不良品が混じっているとは』と言ったのよね？)

麦角を知らなかったのだ。そんなことがあり得るのか？

(だって霜月殿は『栄養価が高いと聞き購入しました』と言ったのでしょう？　事前にそんな麦が西方にあると聞いたから、わざわざ異国から取り寄せたのよ)

つまりこの麦のことを知っていた。そもそも後宮医局にこの資料がないなら、霜月はどこでこの麦を知ったのか。栄養価が高いと誰に聞いた？

(出入りの商人から？　でも後宮に品を収める御用達商は老舗が多い。昔ながらの堅実な品を取り扱う。妙なものを仕入れさせて間違いがあっては首が飛ぶから、顧客のほうから「欲しい」という要望がない限り珍品を取り寄せたりはしない）

「蛍雪様、もう夜も更けました。そろそろ」

衛児に声をかけられてはっとした。夢中になっていたようだ。これ以上とどまると門限までに戻れない。中秋節の準備期間とはいえ外と後宮を隔てる門の門限は従来通りだ。

「す、すみません、こんな時刻まで」

急いで礼を言い、片付ける。念のためと言われて衛児に後宮まで送ってもらいつつ考える。

かびた麦、処分を命じた霜月、お礼を言いに来た蓮英。

いろいろなことが頭に浮かぶ。最初、蓮英は厨の女孀に、『これはこういう品種と思ってました』と言ったという。それを聞いたとき蛍雪は、蓮英は幼い身で後宮入りをしたから、麦の種類など知らない。だから異常に気づかなかったと解釈した。

（なら、彼はどうして黒い麦を『これはこういう品種』だと思ったの？）

つながりそうな、予感がする。

後宮の門をくぐると、安西殿まで送るという衛児の申し出を断り、慶徳宮まで走る。

「あの、医局の見習いの子からもらったというお礼の品はなんだったのです」

「ああ、麦粉ですよ」

夜も遅い時刻だというのに呼び出しに応じてくれた厨の女嬬は、驚いた顔をしながらも答えてくれた。

「あのとき、他にも仕入れた麦があったそうで。珍しい食材がお好きなのでしょうとわざわざもってきてくれたんです。でも見た目も少しなめてみた味もふつうの麦粉で。食材をよく知らない子が珍しいと勘違いしてふつうの麦粉をもってきたのかなって。もとの量も少なかったので他の麦粉に混ぜてつかってしまいましたけど」

それを聞いて蛍雪はようやく確信した。

あの夜、麺を選んでも発症した者としない者がいた差。混ぜられた麦粉のへだたりぐあいからだったのだろう。

そして一度捨てられた黒麦も。管理などされていない塵捨て場から回収するのは可能だ。

点と点がつながったのだ。

安西殿に戻り、残っていた暁紅と琴馨に話す。

「ちょっと待って、蛍雪、あなたまさか砭医官殿が犯人だというの⁉」

信じられない、と琴馨が手にした進行表を卓にたたきつける。暁紅も同様だ。

「確かにそれならつじつまが合う部分もあります。とくに慶徳宮で出た症状を『出た症状が少し違う気もしますが』と、原因を知らぬふりをなさったこととか。ですがあの方は身分の上下にかかわらず、後宮にいる女たちを幸せにしたいと願う奇跡のような方ですよ？」

「じゃあ、蓮英は誰から『これはこういう品種』だと教わったの？」

他に考えられないのだ。

「蓮英は素直な子よ。教えられたことは律儀に守る。勝手な判断もしないわ。女嬬に確かめたけど、倉にあった黒麦の異常は素人でも一目でわかるものだったそうよ。でも蓮英はこれはこういうものと教わったから、納品許可を出したのよ。でなければ明らかに異常な状態の麦を真面目なあの子が倉に入れるわけないじゃない」

「で、でもそれを言うなら砡医官殿も真面目な方よ。それに彼こそ箱入りでしょう？　彼も麦の異常に気づいていなかったのだとしたら。麦角とやらが混じって売り物にならなくなった麦を、商人が世間知らずの砡医官殿に売りつけただけなら砡医官殿に罪はないわ」

「そうですよ、信じられません」

確かに信じられない。彼の人柄からすれば。動機だってない。亡くしたお嬢様のためにも、後宮の女たちを幸せにしたいのだと言っていた。あの顔は嘘ではない。

だが、蛍雪は見たのだ。遠い目で小さな殿舎の屋根を眺めていた彼を。

あのときの寂しげな顔。

前に皇帝が言った言葉を思い出した。

「……ねえ、そもそも砡医官殿はなぜ医官になったの？　体を壊されたとかで」

「え、それは仕えていたお嬢様のためよね？」

「じゃあ、お嬢様はどうして体を壊されたの？」

やっと琴馨と暁紅がはっとした顔を見せた。

ああ、そうだ。どうして失念していたのだろう。

『朕も幼少時は後宮で過ごした。霜月のお嬢様と顔を合わせたことがあったやもしれんな。朕は皇太后様の手で厳重に守られていたし、当時の妃嬪の数が多すぎてわからんが』

皇帝の言葉だ。霜月は今の皇帝ではなく、先帝の代からここにいた。そして代替わりがあったのはわずか四年前のことなのだ。ここにいる女官三人は先の妃嬪が一掃された今の時代しか知らない。新しい後宮しか。だから気づけなかった。

「当時の怨恨が残っているなら、あり得るわ」

琴馨がごくりと息を飲む。うわさで聞いた。先帝時代の後宮は血みどろの地獄だった。今の後宮に動機はなくとも、遡ればいくらでも怨恨の種はある。今が平和すぎて忘れていた。

「でもどうして。もう四年以上、経ってるわ。なぜ今なの？」

琴馨が言う。

「怨恨や動機があったとして誰を狙うというの？　だってお嬢様の敵討ちだとしても〈今さら〉よ。当時の妃嬪なんて誰も残っていない。先帝の御胤が残っていてはまずいもの、一度でも手のついた女は後宮から出されるわ。恨む相手がいたとしてもとっくに後宮の外よ」

「じゃあ、そもそもどうして砡医官殿は後宮に残ったの？」

宦官となった身では外で生きづらい。だから皇城の宦官は老いて動けなくなるまでここで働く。そんな宦官たちの一般常識が、それ以上思考することを阻んでいた。

彼は他の宦官とは違う。お嬢様と共にあるために浄身し、医官になった人なのだ。

そんな彼がいくら自分のことがわからなくなっていたとはいえ、病んだお嬢様を一人外に出し、自分だけ後宮に残ったりするものか？

「……李典正様なら、なにかご存じかも」

蛍雪は言った。

「皇帝の妻たる内官が後宮を追われても、実務をおこなう宮官は残されるわ。新たに入った私たちの知らないことも、先帝の代からおられる李典正様ならご存じよ」

急ぎ、三人で李典正のもとへ走る。

人払いをして、昔語りを願った三人に驚いた顔をしながらも、李典正は応じてくれた。

「でも、これから私が語るのはあくまでうわさ。真実はわかりませんよ？　……宮正司は、妃嬪が関わるとうわさされた事件には介入できない。それが当時の後宮でした。捜査など一度もできませんでしたから」

静かに言う李典正の手は小刻みにふるえていた。きつく握りしめ過ぎたせいだ。

当時はいろいろあったのだろう。捜査したくともできない。正義を貫けない、見て見ぬふりをしなくては女官も生きていけない時代だったのだ。

それでも李典正は話してくれた。彼女が知りえる限りを。当時の皇帝の寵を巡る争い、霜月が怨みをもつかもしれない妃嬪について話してくれた。

その中に、〈皇后を守る薛來鹿〉の話もあった。彼女は冤罪を作っては競争相手を陥れ、生まれた赤児までをも人をつかって殺したそうだ。

「毒を盛られて心を病み、自身に仕える宦官を主上と思い込み、すがる嬪もいたそうです。あろうことかまだ少年だった宦官に。……先帝が崩御され、妃嬪の方々は外に出されました。が、少年はここに残りました。ともにいけるわけがない。彼がいけば大事な主にいつまでも後宮の嫌な記憶を引きずらせるはめになるのですから」

(……きっとそれが砥医官殿のお嬢様だ)

お嬢様を捨て、こんな目に遭わせたのは先帝だ。なのに彼のお嬢様は彼のことを主上と呼び、すがってきた。どんな思いで彼は大切な人を見た?

先帝が崩御し、やっと自由な外に出られることになったのにお嬢様は自分のことを皇帝と思い、すがりついてくるのだ。自分がいる限りお嬢様の心が安まることはない。いつまでも後宮の記憶を引きずる。

彼は一緒に行かなかったのではない。

一緒に行けなかったのだ。

どれだけ無念だっただろう。幼い身で浄身してまで仕え続けたお嬢様だ。ただ幸せに。幸せに微笑んでいてくれたらそれでいい。そう願い、仕えたお嬢様が無残に踏みにじられた。そして引き離された。それでも主のことを思い、血を吐く思いで別れた。なのに結局、お嬢様は死んだ。後宮で受けた心の傷がもとで。

こんな未来を迎えるために、自分はこんな体になったわけではない！

彼の叫びを聞いた気がした。

後宮は歪んだところだ。死にかけても誰も助けてくれない。それどころかとどめを刺そうと群がってくる。目に映る者すべてが敵だ。一瞬たりとも気を抜けない。

それでも皇帝の庇護を受ける間は人に恨まれても生きていられた。が、一度、寵を失い転落すれば奴卑（ぬひ）にすら侮られる身になる。恋だ、愛だと浮ついた心にうつつをぬかしていれば生き延びられない。霜月の主は身をもってそれを体験したのだ。

苦しむ主を見て、彼が正気を保っていられただろうか。

「狂ってる、わ……」

琴馨が言った。それはどちらが？　霜月が？　それとも彼を追い込んだこの場所が？

李典正が、「当時の内官の診療記録は医局にならば残っているかもしれません」と言った。

ただし、あるとしたら一般の目にはつかない、暁紅が言っていた医局奥の秘密書庫だろう。妃嬪の関わる案件をそこらの棚におきっぱなしにするわけがない。

霜月は優しい人だ。こんな目に遭わされてもお嬢様の代わりに後宮の女すべての健康を願ったほどだ。だが位があがり今まで見ることのできなかった後宮医局の秘密を見たなら。

そしてお嬢様の死の真相を知ってしまったのなら。

お嬢様が気鬱の病になったのは後宮の人間関係が過酷だったからだけではなく、毒をもられていたから。後宮を出て死んだのも、そのときの毒に体をむしばまれていたからなら。

そして、もし、はっきりと盛った相手がわかっているのなら。

自分なら憎むだろう。

大事な人を害されたら、相手を〈お嬢様の代わりに幸せにしたい後宮の女たち〉という括りに入れることなどできない。

「でもそれが事実ならなおさらよ。なぜ今になって。だってもう今さらよ。後宮には当時の妃嬪は誰も残っていない」

「いえ、今だからこそ、では」

暁紅が義憤に駆られたのか、ふるえる冷たい声で言った。

「明後日の中秋節、後宮にはどなたが来られると思います？」

皇太后と、薛氏だ。四年ぶりに中秋節の宴に出るためにやってくる。

霜月のお嬢様に毒を盛ったのが彼女たちなら。

「……砡医官殿に、任意での同行を願いなさい」

李典正がしぼりだすような声で言った。

「真実を、聞かねばなりません」

疑いがあるだけでは霜月を捕え、調べることはできない。宮正司では管轄が違う。

だが凶行を止めたい。今ならまだ間に合う。皇族殺しの大罪を犯す未来から、彼を救うことができるのだ。そんな真似をすれば彼の前に待つのは惨い極刑だけだ。

心は急くが後宮の門はもう閉まっている。

まんじりとしない一夜を明かし、翌朝、一番乗りで医局へ行く。

が、彼はいなかった。

無理を承知で彼が住まう房まで案内してもらった。人柄を反映してか、質素な房の中は文の類はすべて焼かれ、身の回りの物が整理されていた。

「……彼はもう、ここに戻るつもりはないようですね」

動く気、なのだ。

この中秋節の間に――。

霜月の行方を捜す間に昼が過ぎ、夜も明けた。

今日は中秋節。とうとう当日を迎えてしまった。五十袋分の黒麦から作ったであろう、毒素を持つ麦粉の行方もわからないままだ。

どこに隠してある？　どうやってつかう？　わからないことだらけだ。

後宮は広い。中をくまなく探して歩くとなると大人の足でも数日かかる。しかも今日は祝祭だ。いつもとは違い、皆が路に繰り出し祝う。雑踏に紛れた霜月をどうやって探す？

そもそも宮正司に余分の人手はない。

内侍局にも捜査協力を依頼した。が、はねつけられた。李典正が比較的霜月に好意的な内侍省の上役に話を持ちこんでくれたが、示せる証拠がない。あるのは状況証拠だけだ。

「そんなこじつけで後宮医局の長たる医官を疑うか！」

逆に、慶徳宮の宮官たちが起こした不始末の責任を内侍省に押しつける気か、宦官を馬鹿にするか、と、関係をこじらせた。

「麦角というものは飲料や食物として口にしない限り大丈夫なのですか？」

「お話を聞くと阿片に似た症状が出るようですが、白い粉を探せばいいのですね？」

宮正司所属の女孺たちが中秋節の準備をおいて捜索を手伝ってくれる。が、黒麦の粉をどうつかえば毒となるかの資料もない。慶徳宮の事例を見ると、麦粉状態であるていどの量を口にすると症状が出るようだが、効くまでに時間がかかっている。死にも至らなかった。

(死んだお嬢様の復讐なら、当然、彼は皇太后様や薛氏殿の命をとりたがっている)

なら、麦角の粉を速効性の毒にする方法があるのか？　そこまでは表の医局の資料にも載っていなかった。そして今の段階ではさらなる記述を求めて後宮医局の秘密書庫の閲覧許可を得ることもできない。体をつかって霜月本人と麦粉の行方を追うしかない。

「魏掌様、あのように必死になられて」

「皇太后様を守るため、正義のため、宮正司女官の鏡のような方だわ」

懸命に駆け回る蛍雪を見て女嬬たちが言う。違う。自分はそんな殊勝な娘ではない。

今まで漠然と後宮の平和のために働いていた。苦しむ者がいれば苦痛の原因をなくしたいと捜査した。物言わぬ遺体があればその無念を晴らしたいと動いた。

だが今回は趙燕子がいる。

皇帝である彼は後宮を訪れる皇太后と薛氏のもっとも近くで彼女たちを歓待する。霜月の前に無防備な姿をさらすのだ。当然、なにかあれば巻き込まれる。

相棒の命が危ない。そして彼は動けない。

後宮で新たな騒ぎが起こったとき、彼はまず、国を動かす自身を含めた皇族が狙われる可能性を検討しただろう。実母の命もかかっている。だが皇帝としての立場がある。捜査などできない。黙って的になるしかない。誰よりも捜査に加わりたいのは彼だろうに。

(そんな中、託してくれた。間に合いませんでしたではすまないのよ)

なにが宮正司女官か。普段大きな顔をしてこの体たらくぶりはなんだ。自分を叱る。

そのときだった。

小柄な影が後宮の路地で探索の指揮をとる蛍雪にぶつかった。

「すみませんっ」

どこかで聞いたような澄んだ少年の声がして、雑踏の中に消えて行く。

「蛍雪様、それは」

同行していた芳玉に言われて見ると、帯に括り文がはさまっていた。紙縒のように細く畳まれたそれを広げてみると、

『天』

ただ、一字だけ書いてある。

それを見て思い出したのは、夏に起こった事件だ。炎上する殿舎に皇帝を閉じ込め、「天子なら天を見よ」と、脱出路を用意していた妃がいた。はっとした。

見上げる。

そこにあるのは底のない空だ。

夜になれば多くの天灯が埋め尽くすはずの空。

『お嬢様は中秋節のおりに天灯を上げる姿が可憐だと、先帝陛下の目にとまったものですから』

前に聞いた、霜月の声が脳裏に蘇る。

『おや、安西殿まで行きましたか。計算どおりですね』

『今年の天灯は期待してくださいね。皆の目を楽しませるよう、ちょうど陛下がおられる露台の高さで一旦、滞空できるよう、工夫を凝らしましたから』

つぎつぎと、彼の声が記憶の底から浮かび上ってくる。

「まさか」

彼は外の天文台まで出向いて、この時期の風向きを調べていた。

この季節、皇城の上にどういう気流があるか、当日の天候はどうか。調べて、試し天灯も手ずから飛ばしていた。

「あれが、彼の復讐手段なら？」

天灯の構造は提灯の形にした紙袋だ。灯籠の紙や願い事を描く顔料に毒を吹き付ければ。いや、天灯自体に麦粉をばらまく仕掛けをつけて空に飛ばせば。

「毒の霧が、降り注ぐ……」

時刻はすでに夕刻だ。

仕上がった天灯は何カ所もある打ち上げ場所に運ばれてしまっている。

「今日の後宮配置図を調べてっ、天灯を上げる場所は何カ所⁉」

琴馨が叫ぶような声で指示を出す。

後宮で上げられる天灯の数は数千。宮正司でも独自の天灯を作ったように、霜月の手がくわえられていないものもある。

「麦角を仕込まれた天灯は一部のはずよ」

一つの天灯にどれだけの毒を仕込んだかはわからない。だが全体からすれば少数のはず。どれが本命だ？　騒ぎが広まり、皇族たちが避難する前に露台を通過するもののはずだが。

「駄目、もう日が沈む。第一陣の天灯が着火準備に入る時間よっ」

「何とか上げるのを延期してもらえない？」

「無理よ、これは後宮行事よ⁉」

皇帝か皇后に直訴しないと無理だ。宮正司に止める権限はない。そもそも直訴しようにも一女官が許しも得ず貴顕の前に出るなどそれだけで首が飛ぶ。万に一つの僥倖で御前に出られたとしてもこの話を信じてもらえるかどうか。それでも。

「私が……！」

行きます、と言いかけて蛍雪は言葉を呑み込んだ。これは優越感からくる驕りではないかと思ったからだ。

他に明かせなくとも蛍雪は皇帝から許しを得て捜査している。このまま皇帝のいる公の場に踏み込んでも罰は受けないだろう。

（それはとくべつ扱いを期待しているということではないの？）

自分が皇帝の前に出て、その対応具合から彼の正体がばれる、ばれないの問題だけではない。蛍雪自身が妃嬪に対して優越感をもつという女官にあるまじき罪をおかしているのではないか。自問する。後宮の女官はあくまで妃嬪に仕えるためにいる。

前に後宮から出される棺を止めるため、とくべつな通行証をつかったことがあった。今はあのときとは違う。あのときはあくまで皇帝の傍にいる衛児を頼った。皇帝の名を出さず、密かに兵を動かしてもらえまいかと願った。それですら越権行為だった。

（なのに今回は直接、主上に助力くださいと願い出ようとしている）

だがここで引けば霜月に凶行を実行させてしまう。今ならまだ彼を止められるのだ。彼の罪を減じて助命を願うこともできる。なにより皇太后が、傍にいる皇帝が危い。

行くしかない。蛍雪は心を決めた。

正式な面会要請では間に事情を知らない者たちをはさむが勝算がないわけではない。蛍雪は刑部令の孫だ。一女官よりは発言に重みが出る。それは以前の事件で実証済みだ。

同じ直訴なら衛児から預かった〈非常用の通行証〉をつかうべきかとも思ったが、今回は彼とは関係ない、魏家出身の一女官として皇帝につなぎをとるのだ。だから直球でいく。

尚宮局から宮正司に通達された今夜の後宮行事の流れ、皇帝の動きを思い出す。

今日の彼は後宮の寧心殿にある拝月台で皇太后、他妃嬪も交え、月に供物を捧げる。その後、それぞれ自身の手で天灯を上げた後、見晴らしの良い露台へと移動し皇太后共々、後宮に仕える者たちが上げた天灯を見つつ観月の宴を催すことになっている。

まだ陽は沈みきっていない。今なら皇帝は皇后とともに寧心殿にて皇太后の到着を待っているはずだ。

螢雪は寧心殿に向かった。だが。

「止まれ！」

「ここは寧心殿ぞ。部外者は近寄るでない！」

門番を務める宦官に止められた。やはり無理か。

かくなるうえは裏に回って塀を乗り越えてと物騒なことを考えていると、皇太后のものにしては控えめな先触れの声が聞こえてきた。先導の供の者たちに導かれて、一台の輿がやってくる。誰か宴に出る貴人を乗せているらしい。

門番に促され、あわてて平伏した螢雪を見て不審に思ったのか、輿が止まる。

「そこで何をしておる……、と、おや、そなたもしや魏殿の孫ではないか？」

伏せた背に、しわがれた声がかけられた。

「覚えておらぬか、昔、魏家で童のそなたを抱き上げたこともあるのだがな。顔を上げよ。

わしだ、宦官の爺じゃよ」

　おそるおそる顔を上げると、輿に乗っていたのは高威芯だった。

　皇帝の側近中の側近。後宮にて輿を使う許しさえ得ている宦官の頂点に立つ男だ。この人とは前に一度、蓮英を保護してもらうとき会ったことがある。

　だが祖父と付き合いがあったなどと聞いたことはない。内心、首を傾げたが、彼の親しげな態度は、他人に声が聞こえないよう蛍雪を傍近くまで招く方便だったようだ。

「安心せよ、わしは趙燕子殿のことは知っておる」

　招かれて近づくと、ささやかれた。

「わざわざここまで来るとは危急の取り次ぎの必要があるのだな？　よし、わしが大家に願い出よう。事情を話してくれんか」

　この人であれば信用できる。そう彼から聞いた。なので手早く事情を話す。

　聞き終わった高威芯は頼もしくうなずいてくれた。

　そして周囲に聞こえるように言う。

「なるほど。本日の警備に関する宮正司の勤めか。よい、私が許す。ついてくるが良い」

　四年、後宮にいながら足を踏み入れたことのない寧心殿の中を行く。

皇帝の宮殿に一女官が立ち入るなど、本来できることではない。漂う香が高雅でありつつ華やかだ。同じ皇帝のための宮殿でもここが後宮だからか、表の永寧宮で嗅いだのとはまた違う艶がある。

緊張しつつ歩いていると、「おお、紅をつけてくれたのか」と先導する高威芯がふり返った。

今の蛍雪は正装している。そのまま出ようとしたところ琴馨に「まさかそれで行く気⁉」と鬼の形相で止められたからだ。徹夜で走り回った衣はしわしわだった。いそいで中秋節用に準備していた衣に着替え、琴馨に化粧も施してもらった。

琴馨に感謝だ。今さらながらに思った。あんな格好でこんなところを歩けない。

高威芯は微笑ましげな、孫でも見るような細い目をしている。もしや本当に幼少時に会ったことがあるのだろうか。

本殿から橋のように宙にのびた回廊を渡って高い土台の上に築かれた四層の楼に入る。

「大家はこちらの露台で皇太后様の到着と月の出をお待ちだ。事情を話してくるので、しばしここで待つように」

露台に面した広間らしきところの外にある廊下に留め置かれ、高威芯が中に入る。

「どうした、高威芯。皇太后様のお出ましはまだか聞きに行ったのではなかったか」

皇帝の声だ。帳の向こうから聞こえた。

高威芯が彼に事情を説明しているのだろう。しばらく待たされた後、許しが出たのか、皇后付きの後宮宦官が現れて中に入るよう合図する。

膝をついた姿で入ると、また声がした。

「顔を上げよ」

そこにいたのは夕日を背に並んで立つ男女だった。皇帝と皇后だ。二人は語らいながら、後宮の夕景を眺めていたようだ。

初めて、皇后の顔を見た。美しい人だった。

そして初めて〈皇帝〉を見た。髭をたくわえた、凜々しい青年だった。

（これが、表の〈皇帝陛下〉……）

公の場で見る皇帝は威厳に満ちていた。人を自然とひれ伏させる冷たささえ感じる。

喉が干上がった。そして悟った。普段、自分が見ていた〈趙燕子〉はつくられた姿だと。

正確には別の人格だ。

今、目の前にいる皇帝も、後宮ではしゃぐ趙燕子も、どちらも彼の一面ではあるのだろう。だが場にあわせて彼は周囲が望む、ふさわしい人格をつくっている。表では皆を従わせるため威厳ある様を装い、後宮では女官たちを萎縮させぬようふざけた言動をとる。

最初、直訴を考えたとき、蛍雪は皇帝の前に出たときは気を張り演技をしなくてはと思った。彼を知る者として、親しみある態度をとってしまうことを恐れたからだ。

だがその必要はなかった。ここにいるのは蛍雪の知らない〈皇帝陛下〉だ。

ほっとした。女官の分を踏み越え、なれ合う感覚が出てこなかったから。

大丈夫。自分は皇帝と趙燕子を区別できている。初めて会ったふりなどせずとも、体のふるえが止まらない。声が出ない。だが、

『蛍雪』

彼の声が聞こえた気がした。はっとして前を見る。先ほどと変わらない、厳かな皇帝の顔がある。だがその目の奥に、〈彼〉を感じた。務めを果たせ、と背を押された。

「……こ、皇帝陛下に申し上げますっ」

一度声をひねり出すと、自然とふるえが止まった。蛍雪は組んだ腕を高く掲げ、声を張り上げた。今度は落ち着いて話せた。自分たちがたてた推測を述べ、天灯を上げるのを少し待って欲しいと願い出る。

「馬鹿な、後宮行事を滞らせるなどできるわけがない！」

甲高い、気分を害した皇后の声がする。

「大家（だんなさま）、この者を罰しましょう。皇太后様にそのような無様を見せられません。その話が真としてもことを防げなかった宮正司の責任。なぜ天灯を延期などせねばならない」

もっともな言葉だ。だがまだ防げる道は残っているのだ。どう言えば納得してもらえるだろう。頭を下げ、皇后の勘気が収まるのを待ちつつ必死に考える。

そこに、「皇后様に申し上げます」と、高威芯が助け船を出してくれた。

「もっともな仰せですが時が迫っております。こちらには皇太后様もお見えになりますし念を入れられた方が。予備の護衛に備えをさせ、宮殿外に待機させてはいかがでしょう」

皇后はそれでも渋った。が、皇帝が決断を下した。

「……王氏よ、そう言うな。四年ぶりの皇太后様の来訪だ。なにかあってからでは遅い。念のためだ。高威芯、疾く取り計らえ」

皇后の主張を退け体面を潰すのではなく、あくまで皇太后の身を案じてという形を取り、命じる皇帝の声がした。

「それと。そのほう宮正司の女官と申したな。これで願いは叶えた。下がって犯人を追え、と、言いたいところだが女官の身では宦官相手に強くは出られまい。子遊(しゆう)！」

「はっ」

控えていた護衛の武官に声をかける。

「そなたと配下、五人ばかり助太刀してやれ。宦官どもが何か言えば朕の名を出して良い。……それ以上は貸せぬ。朕も丸腰ゆえな」

狙われていると直訴があったのに、傍らから護衛を外そうとする皇帝に、皇后が「大家！」と悲鳴のような声を上げる。

「少々減ったところでまだ護衛はおろう。案ずるな。なにかあればそなたと自分の身くらい朕自身が守る」

「私めも。我が命に替えても大家と皇后様の御身を守る楯となりましょう」

皇帝と高威芯から言われて皇后が唇を噛んだときだった。表から騒ぐ声が聞こえてきた。

「なんだ？　皇太后様のご到着か？　先触れの声はしなかったが」

「どうやらそのようですな。皆なにをしていたのか。では、急ぎ私めはお出迎えを……」

言いつつ下がろうとした高威芯が、ふと動きを止める。

怪訝そうに、皇帝と皇后の背後に大きく開いた露台の外の空を見る。

「あれは……？」

その声につられて、蛍雪も外に広がる空を見る。

天灯だ。

黄昏時の空を背景に、数百はあろうかという深紅の群れがこちらに近づいてくる。

「なぜ天灯が？　まだ陽も落ちておらぬぞ」

「馬鹿な、早すぎる。予定では辺りも暗くなり、月が昇ってからのはず。おい、お前たち、なぜ上がったか確認の使いを出せ」

お付きの宦官たちが急ぎ動き出した瞬間、露台の外まで近づいた天灯が爆ぜた。

パパパパンっ
乾いた音がして、火花が散る。煙が上がり、辺りが昼のように明るくなった。

「うわっ」

「きゃああっ」

露台の手すり近くにいた侍女と護衛が悲鳴を上げて身を伏せた。

その間にも、ふわふわと飛んできた天灯が次々と弾け、炎を吹いては落ちていく。

「爆、竹……？」

祭や婚礼の際に鳴らす、景気づけの火薬筒だ。天灯に仕掛けてあったのか。

「王氏、こちらへっ」

皇帝が皇后をかばう。その手をとり、急いで火花の届かない楼の奥へと待避させる。即座に護衛たちが駆け寄り二人を囲む肉の壁をつくった。宦官や女官たちもそれに続く。残る武官たちが現場を納めようと走る。

「くそっ、落ち着け、音と火花が派手なだけだっ、殺傷能力はないっ」

「皇太后様はご無事かっっ」

天灯が火を吹く直前に、皇太后が到着したはずなのだ。

蛍雪は天灯の火花から袖で身をかばいつつ、露台から外を見た。身を乗り出し、下の、門から続く石畳の前庭を見降ろす。

皇太后の輿があった。外に残っていた供の者たちが悲鳴をあげて落ちてくる天灯と火花を避けているが、皇太后や侍女たちの姿はない。間一髪、屋内に入った後のようだ。

だが、まだ安心はできない。天灯の来襲は続いている。

「何をしている、さがれっ」

声と共に先ほどの子遊という護衛が、ぐい、と蛍雪の肩を引いた。屋内へと投げるように入れ、皇帝、皇后を囲む女官たちに合流しろと怒鳴る。迫る天灯に向かって小刀を投げる。天灯を覆う袋がやぶれ、次々落下していく。

が、数が多い。ふわふわと飛んで、大きく開いた柱の間から、屋内にまで入ってこようとする。危なくて、楼から待避する渡り廊下のほうへも近づけない。

皇帝が皇后らおびえる女たちをなだめながら言った。

「許す、ここにあるものはなんでもつかえ」

「御意っ」

武官たちが周囲の帳を引きちぎり、投網のように露台から投げかけ、火の粉を払う。

残る者たちが花瓶の水や茶を布にかけ、柱と柱の間に渡し、即席の防火壁を作っていく。

露台から屋根に降りた者たちも帳を押さえていた綱を使い、天灯をなぎ払っている。

「弓矢を持ってくれば良かったな」

「ああ、だが下が石畳で助かった。おい、延焼に気をつけろっ」

次々と天灯が地に落ちていく。

下にいた者たちも無事待避したのだろう。安全な屋内から落ちる焰を見て叫ぶ者がいるようだが、火傷を負った熱さを訴える悲鳴は聞こえない。

蛍雪もまた、侍女や女官たちとともにひとところに集められている。

ふるえる女たちの中に立ち、一人、外に目をやっていた皇帝が疑問を口にした。

「簡単すぎる」

え？　と蛍雪は彼を見る。皇帝は独り言をつぶやくように顔を前に向けたまま、いつもの趙燕子の言葉を聞かせてくれた。

「そもそも犯人とやらは皇太后様と薛氏を殺したいのだろう？　こんな雑なやり方で可能と思っているのか。医官であれば毒の扱いにも長けていよう。その毒とやらは空から撒いて確実に目的の者を殺せるものなのか？」

はっとした。たしかにその通りだ。阿片の煙ですら相手を酩酊させることしかできない。何度も吸わせ、毒を蓄積させなければ死に至らない。

黒麦の粉も同程度の毒しか持たないのなら？　霜月はなぜそんなものを殺害道具に選んだ？　しかも事前に慶徳宮で騒ぎを起こしてみせたのはなぜ？

あんなことをすれば警戒する者が出るとわかっているだろうに。

そこでふと思い出した。以前あった毒蛇の事件だ。庭の蛇を一掃するために、人を動かすには宮正司の箔付けが必要だと言われたことがあった。

（もしや今回も同じでは）

あたりまえのことだが皇太后の警備は厳重だ。凰雲宮から後宮に来ても周囲には護衛がついている。急な病になっても呼ばれるのは表の侍医だ。後宮医官である霜月では近づけない。だがやむをえない事態を作ることができれば？

彼は後宮一の医官だ。天灯の毒で皇太后が傷つかなくともよし。騒ぎが起これば表から侍医を呼ぶ暇もない。万が一に備えるとの口実のもと皇太后に近づける。確実に殺せる。

つまり、まず慶徳宮で騒ぎを起こす。後宮内に毒があると認識させ、宮正司を動かし、皇族の命が狙われていると皆に認識させる。

そのうえで天灯が危ないとなれば？ 実際に天灯が予定にない動きをし、弾ければ？ 宮正司の、いわばお墨付きがあるのだ。

毒や天灯で幾人、傷つこうが関係ない。

(皆が後宮で暗殺未遂事件が起こっていると信じ込む！)

彼が心底殺したいのは二人だけ。

いつの間にか外の騒ぎは収まっていた。来襲した天灯はすべて落としたようだ。外からは落ちた天灯を回収し、飛び火がないか点検しているのだろう。「水はどこだ」「そこにも落ちてるぞ」との、宦官たちの声がする。

「今、皇太后様はどこにいる？」

皇帝が低い声で尋ねた。

我に返った高威芯が、あわてて応える。

「皇太后様は寧心殿に入られ、護衛の数が多いこちらと合流すべく、向かっておられるはずですが」

天灯の襲撃はおさまった。だがまだなにかあるかもしれない。ことが収まるまで皇族たちはまとめて守ったほうがいいとの考えからだが、それにしては到着が遅い。まだ先触れの者すら来ていない。

そのとき、外から甲高い、言い争う声がした。

「天灯はすべて落ちたと言ってもしかけてあったのは毒なのでしょう？　宮殿の周りにまだ煙が漂っているわ。それにまたあれが飛んでくるかも知れない。このようなところに皇太后様の御身をとどめるわけには参りませんっ、後宮を出ます、凰雲宮に戻りますっ」

「しばしお待ちを、外を歩くのは早計です。第二陣がどこに来るかもわかりませぬっ」

蛍雪は立ち上がった。武官たちの間を縫い、再び大きく開いた露台に出る。

眼下の前庭に人がいた。

言い争いつつ、皇太后とその供の侍女たちが宮殿から出てくるところだった。皆、手巾で口元を押さえ、落ちた天灯の残骸から遠ざかろうと、門を目指している。

引き止めようとする宦官にまくし立てていたのは侍女の一人だ。衣装の質からしておそらく薛氏だろう。屋内に戻るようにすがる宦官たちを押しのけ、周囲の侍女と護衛に皇太后を輿に乗せるよう命じている。

その様に違和感をもった。蛍雪は天灯の仕掛けと大量の毒が後宮にあるかもしれないことは話した。だがそれを知るのはここにいる者と宮正司や捜査協力を要請した後宮内侍局の関係者だけだ。

(……どうして、ここに到着したばかりの薛殿が知っているの)

はっとした。目をこらす。

漂う煙の中、皇太后の護衛である娘子兵の胡三娘が皇太后を抱き上げ輿へと乗せている。

その傍らに、霜月がいた。

騒ぎが起こった時点で駆け寄ったのだ。弾ける天灯に皇太后が恐怖を感じ、不安になったところに、「私は医官です」と優しげな外見の彼が現れれば誰でも信用する。そこで毒の話をされ、ここにいると危ないと言われれば。

事情を知らない、かつ、常に命の危険にさらされる経験をしたことのある彼女たちなら反応する。安全策をとり、避難を開始する。

彼はすでに護衛武官より皇太后の近くにいた。薛氏が皇太后の隣に戻るのを待っている。

「駄目っ」

声をかけていては間に合わない。見破られたと彼が動いてしまう。

蛍雪は露台の手すりに手をかけた。飛び出す。

ここは観月の宴が開かれる露台の二階部、宴が始まるまで貴人がくつろぐ控えの間だ。地表からは遠い。だが露台の前には屋根がある。

皇城の各宮殿の屋根には四隅に火除けや魔除けを兼ねた神獣や龍を象った像、旁吻があ る。そこに領巾をかけ、綱代わりにすれば下まで降りられるはずだ。

蛍雪は正装で来て良かったと思いつつ裳裾をからげ、半ば滑り落ちつつ屋根を斜めに駆ける。駆けつつ肩の領巾を外す。旁吻に巻き付け、飛び降りる。

びりっと鋭い音がして領巾が破け、不格好に尻餅はついたが無事、下の石畳に着地する。

「ご無礼！」

空から降ってきた女官に驚く供の者たちをかき分け、霜月の前へとでる。凶行を止めるべく、身をもって楯になろうと、彼と皇太后の間に分け入ろうとする。

が、一歩遅かった。

「思ったより、気づくのが早かったですね」

ふりかえった霜月が、皇太后の腕を引いた。いまだ担ぎ上げられていなかった輿に乗り上げ、皇太后の身を腕に抱える。そしてその首元に懐から出した小刀を突きつけた。

周囲から悲鳴が上がった。とっさのことで皆、対応できない。いや、皇太后に突きつけられた刃が肌に近すぎて、すぐ隣にいる備身も動けない。霜月のかざした刃先は正確に、皇太后の頸動脈の上にあった。

「どこか別室に連れ込みゆっくりと恨み言を聞かせようと思っていましたが。本命に逃げられてしまいましたか。……あいかわらず小ずるい女だ」

そう言う彼の視線は人質に取った皇太后ではなく、素早く下がって備身の陰に隠れた薛來鹿を見ている。

「皇太后様っ、おのれ、宦官風情が」

「お前っ、逃げ場はないぞ、あきらめろっ」

護衛の備身たちが色めき立つ。が、皇太后がいては動けない。手詰まりだ。だがそれは霜月も同じだ。皇太后を殺し、仇を討ったところでこの包囲網からは抜け出せない。薛氏に第二の刃を向けることもできない。囚われ、極刑に処されるだけだ。

それでも彼は皇太后を人質にとることをやめない。

蛍雪は直感した。彼は死ぬ気だと。

「駄目です、そんなことをしても。それより私たちが……！」

とっさに叫ぶ。が、言葉を最後まで続けることができない。霜月が、ふっと笑った。

「続きを言えず口ごもるとは、あいかわらず正直な方ですね。『それより私たちが』？この者たちの罪を暴き、仇を取ってくれるというのですか？後宮を出た女、しかも皇太后やその腹心の元嬪を相手に、宮正司になにができるというのです？」

その通りだ。蛍雪は唇を嚙んだ。

「幸か不幸か、私は身寄りのない宦官、連座の罪を負わせる者はいません。こんな騒ぎを起こしたのです。私の運命は変わらない。ならば刑場に引かれるよりこの場で、この、自ら手を汚さず人を殺してきた女たちに死とはどういうものか見せてやるのも一興でしょう。少なくともこの鬼畜たちの記憶に残る。取るに足らない者の死でも残された者たちがどう感じるか。すべてを家内のもめ事として闇に葬られるくらいなら、私は喜んで罪人となるでしょう」

後宮の理不尽だ。ここまで言われても宮正司にはなにもできない。だけどできることだってある。蛍雪は霜月に向かって叫んだ。

「では、なぜ、あなたは天灯を宮正司に向けて放ったのです？　なぜ私にお嬢様の話をしたのです？　……あなたの本当の目的はただ相手を殺すことではなく、自分たちがされた非道を世に知らしめることではないですか」

苦しい、苦しい。こんな目に遭わせた相手が憎い。涙を流す自分を皆に知ってほしい。

宮正司女官になって何度も聞いた。後宮で起こる怨嗟の大半は、自分がされた仕打ちに対する悔しさだった。霜月だってそうだ。

「……このまま相手を殺したい。ですが、すればあなたは即、周囲の護衛に殺される。それで仇を討てたと言えますか？　あなたがなぜ殺したいと思ったか、相手がなにをしたか、誰にも知られないまま最後の生き証人であるあなたまでもが闇に葬り去られる。それは悔しすぎる。だからあなたは今も手にした刃を動かせずにいるのではないですか？　なら、駄目です。こんなことをしては。このままではあなたはただの暗殺犯になってしまう！」

蛍雪は前へ出た。

「皇太后様が危ない」

「刺激するな」

小声で叫ぶ護衛の声がする。

が、蛍雪は止まらない。だって彼の目に殺意はない。あっても悲しみのほうが上回っている。

「あなたが本当にしたいのは、皇太后様に、薛殿に報いを受けさせること。彼女たちの心に一筋でいい。自分たちがしたことを悔いる気持ちを、虐げてきた者への謝罪の念を、消えない傷として刻みつけることではないですか？」

また、歩を少し進める。霜月がひるんだ気がした。

「ですが薛殿は逃しました。このままでは死者に口無し。いいように公式記録も綴られる。あなたはただの暗殺犯として処分される。誰にもお嬢様の無念を思い出してもらえない。あなたの真の標的は皇太后様ではなく薛殿、いえ、この後宮という場所だというのに！」

こんな場所があるから女たちはいがみ合う。なによりこんな場所に入るお嬢様を止められなかったことを、大事な人を守り切れなかった自分を彼は憎んでいるのでは。

だからすべてを壊したくて、憎い薛氏と皇太后を、そして自分自身をもこれ以上、のうのうと生き延びさせたくなくてこの騒ぎを起こした。

なのに、薛氏を取り逃しては意味がない。

「……こちらに来ていただけますか、薛殿」

蛍雪の言下の意図を悟ったのだろう。霜月が薛氏を見て招く。

「皇太后様の命と引き換えです。こちらに来て、あなたが今までにおこなったこと、それらを声にして告白してください。お嬢様に、今まで傷つけてきた人たちに謝罪してください」

彼にとって最大の譲歩だ。皆の目が薛氏の挙動に集中する。

だがその刹那、薛氏はためらった。

皇太后より自分の身が可愛い。忠義の顔をとりつくろう前に、本心を垣間見せてしまった。

あわてて前へ出たがもう遅い。皇太后は欺瞞を見逃さなかった。忠臣の本性を見破る。

「薛氏、そなた……」

皇太后の怒りに満ちた声がした。人質として刃を向けられた姿のまま、一喝する。

「子もないそなたをとりたててやった恩を忘れたかっ」

この期に及んで醜くいがみ合う女たちに霜月が眉をひそめた。目をそらす。

その隙をつかれた。

背後から近づいた皇太后の護衛、胡三娘が襲いかかる。手刀の一閃で霜月の小刀を弾き飛ばし、皇太后の身を奪い取る。霜月の背を蹴り、皇太后から遠ざける。

「……っ」

霜月が石畳の前庭に転がった。今まで動けなかった護衛たちが霜月を取り押さえようと周囲を囲む。

「霜月殿っ」

蛍雪は悲鳴を上げた。このままでは彼が殺される。いや、皇太后の怒りが強い。生け捕りにされ、見せしめのため極刑に処されてしまう。

そのときだった。彼がふところから小瓶を一つ取り出した。蓋を外す。

「動かないでくださいっ、毒です、撒きますよっ」

まだ皇太后は同じ前庭内にいる。周囲を取り囲んだ護衛たちが一瞬ひるむ。

「……魏掌殿、あなたは私がなぜ宮正司に天灯を飛ばしたか、なぜあなたにお嬢様のことを話したかと問いましたね」

息をつめた皆に向かって霜月が静かに言う。

「あなたの言うとおりです。覚えていて欲しかったからです。私が目的を遂げられず果てた場合、誰か一人でいい。踏み潰された虫にも心があったと知っていて欲しかったから」

彼は遺言のように言った。それを聞いて蛍雪は彼が持つ小瓶の毒が本物ではないことを知った。ただの時間稼ぎだ。彼にはもう復讐を果たす手段は残されていない。

それでも彼の言葉を最後まで皆に届かせたい。

蛍雪は黙して聞いた。彼の命を賭しての伝言を。

それしかできないから。宦官と女官。ただの官にすぎない自分たちにできることは限られている。罪はお嬢様に毒を盛った薛來鹿にあっても証拠がない。そもそも当時の薛氏は嬪だった。今も皇太后の庇護下にある彼女には手を出せない。

そして今、霜月が皇太后を襲ったことで彼の未来はつぶれた。どんな理由があろうと極刑は免れない。それでも彼には果たしたいことがある。それがこの言葉だ。彼が言う。

「わかっています。これはただの自己満足。私が今さらなにをしようが、あの方が死んだ事実は変わらない」

医師だからこそ、一度失われた命は何をしようと戻らないことを知っている。死者は何も感じない。只の骸（むくろ）。朽ちていくだけだ。むなしいだけだとわかっている。

「ですが残された者の思いはどうすればいいのです？　もしあのときに気づいていれば、どうして気づかなかったと己を責める己の声は？」

止まないのです、と彼は言った。

「目を閉じようとも耳を塞ごうともずっと私を責め続ける。……もう、疲れたのです」

そして皇太后と薛氏に向かって彼が叫んだ。

「覚えておくがよい、お前たちに踏みにじられた虫けらの意地をっ」

彼が二本目の小刀を袖の内から取り出した。止めるまもなく、自身の喉をかききる。

血しぶきが飛んだ。

人体をよく知る霜月の一刀だ。遠く飛んで、避けた薛氏の頬に紅の滴がついた。

安全な場所から陰湿な企みをおこなう。そんな力ある者の驕りに慣れた薛氏と皇太后の目に生々しい紅の色が焼き付く。

蛍雪は声にならない悲鳴を上げた。駆け寄り、破いた袖で止血する。

だが押さえた布は役に立たない。みるみる赤く、重くなる。押さえきれなかった血が地面にしたたり、どす黒い染みをつくっていく。

それでも蛍雪は片手で傷を押さえ、もう片方の手で帯を解き、当てようとする。

「……駄目、です。汚れますよ、あなたが」

だが、その手を霜月が押しとどめた。苦しい息の下で言う。

「いいんです。助かっても自白を促すためとやらの拷問を受けるだけ。死なせてください」

「で、でも」

「思いは半ばまでしか達成できませんでしたが。あなたとあの方なら、薛氏を野放しにはしないでしょう？」

〈あの方〉？　それはもしや。

とまどった蛍雪に、霜月が、ふっと笑みを見せる。

「私は医官です、よ。男女の見分けくらい、つきます。だ、から、どうか薛氏だけでも。皇太后は無理でも、当時のことを、公に……」

それは、最後に残った彼の希望だったのだろう。

宮正司が後宮の宮官たちにしか捕縛の権限がないことを彼は誰よりも知っている。

それでも彼はすがった。

無念を晴らしてくれと。

皇帝が前に言った。「事件を解決できれば民も少しは期待するであろう？　どこぞに力持つ者の介入をはねのけ、正義を守る侠客がいると」と。それを思い出した。

彼の顔には、朝の光を浴びて溶けゆく霜のようなもろい笑みがあった。

そして目を閉じる。

すっと彼の魂が体を離れたのを感じた。

力を失った霜月のふところから、古びた兎の人形が転がり落ちた。中秋節に飾る、月に住むという兎の武将を象ったものだ。ずっと抱いていただろうそれはぼろぼろだった。

大好きよ、私の可愛い月兎さん。

私が遠くに嫁いでもあなたはついてきてくれるわよね。

親もなく、己の名すら知らなかった霜月を〈人〉にしてくれたお嬢様。笑うことを教え、幸せというものを教え、最期に悲しみを教えて逝った。

霜月は彼女を慕っていても、自分でも言ったように、結ばれたいなどという大それたことは考えていなかっただろう。

ただ、幸せに。

いつまでも初恋の少女に笑っていて欲しかっただけなのだ……。


――霜月の自害によって、事件は収束した。

幸いと言うべきか、皇太后が人質に取られたとき、保身に走ったことで薛氏は侍女の身分を解かれた。側近と思った相手に裏切られた怒りから、皇太后は薛氏を見限ったのだ。

いや、もとから時間の問題だったのかもしれない。先帝が崩御し、自身は国母となり、皇太后となった。権力基盤は盤石だ。もう命の心配をしなくていい。そんな中、思い出したくもない過去を知りすぎた猟犬を飼い続ける利点などなくなっていたのだろう。

そして薛氏が辣腕をふるえたのは、皇太后という庇護者がいたから。

力を失った女の末路はむごい。今まで虐げられてきた者たちがさっそく牙をむいた。

彼女の犯した罪には皇太后の黙認があった。が、薛氏はあくまで〈言われなくとも汚れ役をする嬪〉だった。直接、皇太后が指示したわけではない。薛氏が勝手に、後宮内で力を得るために非道をおこなったことになる。ことを明らかにしたところで皇太后に傷はつかない。

故に大理寺の取り調べは苛烈を極めた。数々の悪行が暴かれ、薛氏は勾留中に死亡、市中にまで引き出された遺骸に向かって罪が言い渡された。首を刎ね、晒されたのだ。

後宮まで伝わったうわさによると、薛氏に娘を殺された者が取り調べの官吏の中にいたのだとか。娘の敵をようやく手中にした彼の怒りはすさまじく、ようやく息を引き取れたときの薛氏の遺体は目を覆う惨い有様だったという。

もちろん真実はわからない。が、これで霜月のお嬢様、葉胡蝶は薛氏によって殺されたのだと公の記録にも記された。望んだ形だったかはわからないが、お嬢様が受けた非道を公にという、霜月の希望は叶えられたのだ。

そのうえで、霜月の亡骸は特別の恩寵で故郷へと帰された。

皇太后に刃を向けた大罪人だが、皇太后自身が自分のせいで死んだ〈お嬢様〉に憐憫の情を抱き、彼の忠義を讃えたからだ。

皇太后自身、今回のことで昔を思いだし、寵を失った女の末路と、それでも彼女には忠義の徒がいたこと。対して栄華を極めたが腹心の侍女にも裏切られた自分の身を比して、思うところがあったのかもしれない。霜月が魂だけでもお嬢様と共に過ごした故郷の地で、今度こそ安らかに眠りについてくれればと思う。

そして。蛍雪個人の〈その後〉は。

皇帝、皇后の元まで直訴に及んだが、霜月の企みが真実だったこと、命がけで皇太后を救おうと動いたことが勘案され、お咎めなしとなった。

皇后からは渋い顔ながらも「よくやった」と直々にお褒めの言葉をいただいた。腹心の薛氏を奪ったことになる皇太后の心証はどうかと心配したが、そちらもすべてが終わった後、皇帝から、また焼き捨てるようにとの注意のもと、「許せ。朕も尽力はしたのだ」と短い文が届いた。意味がわからず首を傾げたが、なぜか高威芯に表まで呼出され、直々に、

「いやあ、今回はよくおやりくださいました。これで後宮内での蛍雪様の株も上がりましたぞ。皇太后様も蛍雪様の雄姿に心を打たれ、ことのほかお気に召したご様子、これで先行きは明るうございます。今後のことはご期待あれ」

と、丁寧語になって言われた。よくわからないが事件に巻き込まれたことを皇太后も怒ってはいず、宮正司にもお咎めはない、という意味だと思う。たぶん。

そんな中、後宮内を歩いていた蛍雪は、向こうから来る、小柄な姿に気がついた。

(あの子は)

霜月に心酔していた少年宦官、蓮英だ。何か腕に包みを抱えて忙しなく足を動かしている。

宮正司女官としての職務を果たしただけとはいえ、蛍雪は彼から霜月を奪ったことになる。合わせる顔がない。

思わず足を止めた蛍雪に、彼が気づいた。

「あ、魏掌様。お疲れ様です」

霜月の仇と罵（ののし）られるかと思ったのに、彼は明るく名を呼び、駆け寄ってきてくれた。屈託のない笑顔を向けてくれる。

「魏掌様はお役目ですか？」

「え、ええ。あなたも？」

「はい。今から冷宮へ行くんです」

「え？　冷宮に？」

「はい。砥医官様が以前、健診に訪れておられた方々に滋養の薬を届けに。もうあの方はおられませんができる限りのことがしたくて。私は砥医官様の後を継ごうと思うのです」

いつの間にか一人称が僕から私へと変わっている。

この子も大人になったのだと思った。そして冷宮へ行くと言う彼に少し懸念を感じた。あそこには罪を得た女たちがいる。

そんな蛍雪の心を知ってか、蓮英が妙に大人びた声で言った。

「後宮(ここ)では、砡医官様といい、朱賢妃様といい、どうして目下の者にも気さくに声をかけてくださる良い方ばかりが罪を得て去って行くのでしょうね」

思わず見返す。

蓮英の目は真っ直ぐだった。少しも澄んだ輝きを失っていない。

「では、これで。すみません、上役が替わったので遅くなると叱られますから。今は暇を見つけて個人でやっているんです」

ぺこりと一礼して、蓮英が駆けていく。

蛍雪はその後ろ姿を見て思った。あの子なら大丈夫だ。霜月がいなくなっても志を失ったりしない。よい医官になるだろう。きっと。そう願う。

ただ、彼の先ほどの言葉は気になった。

(後宮では、砡医官様といい、朱賢妃様といい、どうして目下の者にも気さくに声をかけてくださる良い方ばかりが罪を得て去って行くのでしょうね、か)

まるで彼が朱賢妃を知るかのような言葉だった。それに蓮英が向かった先には彼女がいる。朱賢妃が。蛍雪もあの夏の日以来会っていない。が、冷宮の一隅に囚われている。失脚し、もう終わった妃、そう皆に認識されながらも賢妃位を巡る争いを誘発するなど、宮正司女官としても無視できない存在感を放つ人が。

（なにより、捕縛されたときのあの方は少しも絶望しておられなかったと聞いた）

人づてに聞いた。冷宮へ移されるというのに暗い顔をしてはいなかったと。それどころか恋する乙女のように浮かれた、なにかを期待して待つかのような表情をしていたという。

そうなると気になってくる。今回の事件での霜月の探索のおり、探索の指揮をとる蛍雪にぶつかった小柄な影のことだ。

「すみませんっ」

あのとき聞こえた声は、蓮英の澄んだ声に似ていなかったか。

今回の一連の事件。始まりはたわいもない恋呪いだった。

些細な事件。皇帝の好む〈事件〉の芽となるものの連なり。以前、皇帝に追われることを願ってそれらの芽を育てた妃がいた。

乾坤宮の女孺、批林は自身の宮殿では人気者でも、他宮殿にまでは影響力がない。なのになぜ、後宮中に中毒を起こす者が出た？　それに霜月が知り得なかったこと。彼の大事なお嬢様を死に追いやった者の名、復讐につかえる知識が後宮医局の奥にあることを誰が教えた？

（それに、あの〈天〉の字）

朱賢妃には腕のいい祐筆がついていた。だから蛍雪は彼女の字を知らない。

それでも感じる。あの日、〈天〉と一字を与えて、蛍雪を事件の真相へと誘導した〈誰か〉の存在を。恋呪いなど、恋に興味を持つ朱賢妃が考えそうなことではないか。だが。

（……まさか、ね）

脳裏に浮かんだ考えを打ち消す。

思い過ごしだ。あの事件は終わった。朱賢妃も皇帝が直々に捕縛に向かったことで満足して冷宮に引いたはずだ。そう、自身に言い聞かせる。

不安に心を囚われてなどいられない。中秋節も開けたのだ。明日か、明後日か。自分なとよりよほど重い悩みを持つ相棒殿が、ようやく公務から解放されたとばかりに後宮にやってくる。それを迎えなくてはならないのだ。

暗い顔など、していられないから――。

光文社文庫

文庫書下ろし
後宮女官の事件簿(二) 月の章
著者 藍川竜樹

2024年3月20日 初版1刷発行

発行者 三宅貴久
印刷 堀内印刷
製本 ナショナル製本

発行所 株式会社 光文社
〒112-8011 東京都文京区音羽1-16-6
電話 (03)5395-8147 編集部
8116 書籍販売部
8125 業務部

ISBN978-4-334-10244-9 Printed in Japan

組版 萩原印刷

光文社キャラクター文庫　好評既刊

花菱夫妻の退魔帖	白川紺子(こうこ)
花菱夫妻の退魔帖 二	白川紺子
ドール先輩の修復カルテ	関口暁人
ドール先輩の耽美なる推理	関口暁人
営業の新山さんはマンションが売れずに困っています	タカナシ
社内保育士はじめました	貴水(たかみ) 玲(れい)
社内保育士はじめました2 つなぎの「を」	貴水 玲
社内保育士はじめました3 だいすきの気持ち	貴水 玲